尘土飞扬

◎ 刘岸／著

新疆美术摄影出版社
新疆电子音像出版社

图书在版编目(CIP)数据

尘土飞扬 / 刘岸著.—乌鲁木齐:新疆美术摄影出版
社:新疆电子音像出版社,2008.2

ISBN 978-7-80744-292-9

I.尘… Ⅱ.刘… Ⅲ.长篇小说 – 作品集 – 中国 – 当代
Ⅳ.I247.5

中国版本图书馆 CIP 数据核字(2008)第 017479 号

尘 土 飞 扬

出版策划	张新泰　于文胜　侯彦君
作　　者	刘岸
责任编辑	吴晓霞
封面设计	曾多源
版式设计	党红
出版发行	新疆美术摄影出版社
	新疆电子音像出版社
	(乌鲁木齐市西虹西路 36 号　830000)
总 经 销	新华书店
印　　刷	新疆新华印刷厂
开　　本	787mm×1092mm　1/16
印　　张	17.5
字　　数	160 千字
印　　数	12000~32000
版　　次	2008 年 12 月第 1 版
印　　次	2009 年 4 月第 2 次印刷
书　　号	ISBN 978-7-80744-292-9
定　　价	38.00 元

目录

上部

已经发生的故事以及二十二团
的隐密

第一章

昨天

我所居住的这个城市

刮了一场十多年不遇的大风

大风过后

人们就发现边儿死了

01

我很抱歉,当您翻开这部书的时候,会发现故事还没开始,女主人公就死了。

的确,边儿死了。边儿是个女人,边一虎的孙女,边建新的女儿。这两个叱咤风云的男人决定了边儿在这部书里可以是女主人公……

可边儿死了。

边儿是昨天死的。

昨天,我所居住的这个城市刮了一场 10 多年不遇的大风。大风过后,人们就发现边儿死了。

02

甘屯子,生我养我的城市。我不知道你有没有来过?

它有戈壁明珠之称,是我们新疆有名的现代化新兴城市,城中有 6 条纵横交错的双向大道,最近还修了 4 座立交桥,一条立体环城路……

按说,在这样的城市里刮一场大风不算什么,更不会死人。但昨天的那场大风过后,杨子就来了电话,说他的媳妇边儿死了。

"你说啥?! 她怎么死的? "

杨子只说了一个字："树。"

我们赶到医院时，边儿已在太平间里了。医生说，人送来的时候，全身都已经凉透了。医院能做的事情，就是把浑身灰土的边儿进行了一次彻底的清洗，并给她做了美容。

边儿本来就漂亮，美容后就更漂亮了。人们都说，边儿死得很美丽。

"我错了，我不该去看车！我……我应该去找她！可我去找了，尘土飞扬，我什么都看不见……"在边儿的追悼会上，杨子语无伦次地说了这么几句，就目无所视地走出了会场。

他是后来被人拉着才开完追悼会的。杨子年轻的时候是个忧郁而敏感的人，自责使他变得又像回到了年轻的时候，浑身散发出忧郁的气息。

其实，杨子没必要那样自责。他做了他能做的一切，只是稍晚了一点。

03

昨天的那场大风是黄昏的时候刮起来的。

我们甘屯子总是在黄昏的时候起风，但真正的大风总是在黎明时来临。传说，100年前的那场大风就是黎明时刮起来的，它刮了9天9夜，中间虽有断续，却刮得遮天蔽日，日月无光，以致湮没了当时的甘屯子城。边儿、杨子的爷爷也就是在那场大风中四散逃亡的……

100年前的那场大风，是甘屯子地区有文字记载以来最大的一场陆地龙卷风。它起自黎明，刮得可歌可泣，青史留名。而昨天甘屯子的那场风虽属10多年来罕见，却是黄昏时候刮起来的，这就决定了它只能是一场刮十几个小时的普通大风，完全不能和100年前的那场大风暴相提并论。

当然，再普通的风也会留给人们一点记忆。昨天的那场风能留给人们强烈记忆的可能就是边儿之死了。

边儿是为那棵大柳树而死的。

边儿在甘屯子名气大，就是因为树。

你的美一缕飘散

去到我去不了的地方

天青色等烟雨

而我在等你

月色被打捞起

晕开了结局

如传世的青花瓷

自顾自美丽

……

在边儿的葬礼上，杨子就让音箱里始终响着周杰伦的这支歌。周杰伦能把什么歌儿都唱得让人听不明白，但杨子能听明白，能听明白周杰伦的杨子在葬礼上泪流满面。

我不知道边儿现在是不是杨子心中的青花瓷，但过去肯定是。

我不知道杨子是不是边儿心中的青花瓷，但树肯定是。

杨子是理解边儿的，树就是边儿的青花瓷。

边儿全心地护理她心中的青花瓷，怕它被风打碎。

可青花瓷瓶却打碎了边儿的生命。

04

边儿走进昨天的大风时，杨子正在4S店里看车。

杨子年轻的时候就有在天山南北四处游走的嗜好，人到中年，以车代步，自驾出游也依然是他的梦想。杨子是个有着浓郁的诗人气质的人,用"梦想"进行表述,相当准确。

我得弱弱地强调一下,杨子仅仅是在看车,而不是在买车。

因为杨子买车,边儿反对。边儿自从多年以前女儿飞飞童年夭折之后,就痴迷上了种树。边儿种树是自费的、义务的,当然也不可能是大面积的。严格地讲,她是长年累月地在补种树,护理树。在我们新疆像甘屯子这样的地方,年年都要植树,但成活率并不是特别高,总是有一些林带、绿化带会有一些树因为缺水或者其他原因,还没长大就死了,或者压根就没成活过。边儿是个追求完美的人,她见不得一片绿色中有一块地方豁牙露气,就长年累月地从苗圃扛来各种各样的树苗子补种。

当然,这花不了多少钱。

但杨子要买车,边儿还是说"没钱"。

杨子最初看中的是帕拉丁、帕杰罗、猎豹飞腾、探索者这类越野车,边儿说没钱。杨子没办法就退而求其次,成天跑到 4S 店的同学那里研究本田 CRV、途胜、长城哈弗 CUV 这类价格相对便宜一点的轻型越野车,可边儿还是说没钱。杨子无奈,再退而求其次,成天痴迷于雪铁龙——毕加索、狮跑、瑞虎这类 SUV 车,最后杨子怕边儿还说没钱,就心犹不甘地选定了别克凯越的旅行车。

这回边儿同意了买车,但提出买辆皮卡车,拉树苗子方便。

杨子气得差点儿要踢边儿一脚,后来是踢了门一脚,走了。

大风就是这个时候刮起来的。

刘邦他们那地方是大风起兮云飞扬,我们甘屯子不是,我们甘屯子是大风一起就尘土飞扬,眯得人睁不开眼。

眼都睁不开,杨子还能到哪儿去? 只能习惯性地进了 4S 店,店长是他的同学,名叫孔明。

孔明说,东风日产的跨界车逍客马上到货了,网上呼声极大。这款车比别克凯越的旅行车更适合你。它拥有 205 毫米的最小离地间隙,全轮驱动的配置。总之,CROSS 该有的逍客全部具备……

7

杨子看了资料，激动得像街上的风，满大厅疾走不止："好车，真是好车呀……"

　　孔明像诸葛亮一样笑得胸有成竹。

　　"可得十七万八千块呀！边儿肯定不给钱。她让我买皮卡，说拉树苗子方便。你说，这女人是不是真的神经有毛病？"杨子无奈地哀叹。

　　孔明的名字不能白叫，孔明就是孔明，有智慧："这事儿好办呀！你改天把她叫来，我给她说这道客的顶上有行李架，可以放树苗子呀！关键是你这态度不对，女人嘛，要哄。她们哪儿懂车。"

　　"可要是把车开回去，她真往上放树苗子怎么办？"杨子问。

　　"嗨，这么漂亮的车，她到时候就舍不得了。"孔明像草船借箭一样，胸有成竹，"你现在关键是把她哄好，让她同意买车。到时候车到手了，是你开。你不拉，她能咋着？！"

　　杨子一听，气意顿消，转忧为喜，就给边儿打电话，假装关心地问边儿吃饭没有，想哄边儿高兴。

　　但边儿在电话里急匆匆地说："我正要出门，你自己在外面吃吧，我得看看树去。"

　　这回杨子是真担心了："喂，你神经病啊？这么大的风！你看哪门子树……"

　　杨子的话没说完，边儿已撂了电话，出门了。

　　杨子摇着头对孔明说："这个女人，一沾了树，就勺掉了。"

　　勺，在我们甘屯子话里是"傻"的意思，但又不完全是"傻"的意思。比如，傻子一定是勺子，但勺子却不一定是傻子。

　　孔明听杨子说边儿是勺子，就不吭气了，目光没着没落地四处乱看。

　　其实，全城的人都知道，边儿一沾了树就成了一根筋。杨子无非是把一个大家公认的事实做了一个通俗化的描述。孔明有些尴尬，觉得无论是附和还是反对都不好，就什么也没说。孔明是聪明人。

但就是聪明的孔明也没料到,边儿会出事儿。

即将出现的逍客让他们太激动了,他们谈得热火朝天,都没有多余的脑子去想这件事儿:边儿走进漫天的大风中,会发生什么?

05

边儿在大风中都去看了她的哪些树,没人知道。反正,人们最后找到边儿是在环城公路边的那棵大柳树中。

注意,我说的是大柳树中,而不是大柳树下。这就是说,边儿死得相当超乎常人想象。在灰蒙蒙的朝曦中,人们看到柳树断裂的枝桠上有边儿的一些血,它们已经凝结并蒙尘。而边儿和大柳树一样,浑身落满了细细的沙土,在色彩上与周围的环境浑然一体。

也许正因为此,杨子他们才在昨晚的大风中三过大柳树而没有发现边儿。

06

杨子和孔明谈逍客的时候,有人跑进了4S店,那人被风沙吹得抱头鼠窜,转身关门时就像和风在摔跤。杨子一下就想起了边儿:"这女人疯疯颠颠的,我去看看。"

"先打个电话。"孔明还是有智慧。

杨子就给家里打电话,没人接。杨子又给边儿打手机,手机也没人接。

"风这么大,她听不见。"孔明判断,"还是去找找吧。"

杨子看了看表,离他和边儿刚才通话有一个小时了,他想边儿或许回家后去了邻居家或者周围的什么地方,就急匆匆地赶回家中。

家里没人,邻居家也没人。边儿的手机扔在沙发上,而且早没

9

电了。

杨子还是和边儿心有灵犀的,他首先就想到了大柳树。

大柳树是甘屯子最老的一棵树。当然,在我们甘屯子没有内地那种动辄成百上千年的树,最老的大柳树也就50多年的树龄。

大柳树在甘屯子很有名。这和它的资历有关,更和边家人有关。

当年甘屯子的边瞎子——对不起,叫顺口了,他的大名叫边建新。这个称呼是他自己先叫出来的, 我们跟着叫, 其实带有敬意——当年甘屯子的边瞎子还健在的时候, 就发生过这样一件事儿:革委会主任的老婆对柳絮过敏,一粘柳絮就喷嚏连天涕泗横流皮肤瘙痒。她家和大柳树一样又都在老城区,相距甚近。主任老婆就年年犯病。

结果就有会溜沟子拍马屁的人纠集了一伙红卫兵,声称"杨柳岸晓风残月"这类封资修的诗歌歌颂的就是这种树,要把大柳树这个封资修的标志砍了。

没想到,就在一伙人扛着大锯,提着斧头来到大柳树下时,甘屯子的开县元老(这个词儿是我生造的,但很准确,以后你就知道了)边瞎子也到了树下。

边瞎子风尘仆仆,一脸倔强地坐在一把烂藤椅上,双手拄着一把坎土曼,扯着嗓子喊:"狗日的,我看谁敢砍树?日能的你站出来,把老子的头先砍下来!"

人们先是一愣,后来就有人冲上去,要揪斗边瞎子。边瞎子却把坎土曼像耍大刀一样,当空挥了几个大圆:"狗日的,你们知道吗?这是阿丽娅家的柳树!1950年王震给这棵树浇过水。"

阿丽娅是哈斯木老人的孙女,20世纪50年代的一个维吾尔少女,剿匪平叛时她当向导牺牲了,有民族团结的楷模之称。在我们新疆,民族团结是个大事情,就是在那个动乱的年代大家也还是很注意的。至于王震是不是给大柳树浇过水,那时的红卫兵倒是根本不在乎。

事情到此本该结束,但人群中不乏聪明人。有个聪明人就喊了一声:"你说是阿丽娅家的,那你拿出证据来?"

我说这个人聪明就在于在那个不讲证据的年代,他居然想到了要证据。

大柳树上又没刻名字,边瞎子当然拿不出证据。

但他坚定不移,坐在那儿,声称谁敢砍树,他就砍了谁!或者有能耐先砍了他再砍树。

那时的红卫兵也厉害,在坎土曼抢不到的地方,站成一个大圈,对边瞎子进行口诛笔伐的围攻。

事情居然就这样从早上僵持到了傍晚。

最后还是革委会主任亲自到现场,一句话劝走了红卫兵。

革委会主任的那句话是:"大柳树也不能说是封资修的东西嘛,伟大领袖毛主席不是说过:'杨柳轻飏直上重霄九'么?"

就这一句话,把一些人就吓得手心冒汗:差点儿把毛主席赞扬过的树给砍了。

结果当然是红卫兵悄然而退。

这个革委会主任叫乜家驹,也是个聪明人。他巧妙地把毛主席赞扬过的"柳"和我们甘屯子的大柳树混为一谈,吓走了红卫兵。

其实,我们甘屯子的大柳树无论是从品种还是其他方面来讲,都不是毛主席赞扬过的那种柳树。

甘屯子的大柳树是旱柳,干粗皮糙,枝条缺乏柔韧性,叶子发灰,而且长得歪七扭八,很容易让人想起庄子讲的那种叫樗的树。

我不知道庄子说的樗是不是旱柳,但我知道即便是樗,只要有边儿在,谁也别想把它砍了或者毁了。

樗在边儿的眼里也是青花瓷。

边儿爱树,和树的故事多,光和大柳树的故事就不止一件。

最早的一件事儿发生在老街改造那会儿。甘屯子也和内地的城市一样,有老市区,我们叫老街。不过甘屯子因为是先规划后施工的城市,老城区改造就简单得多。那条老街不用动,改造无非就是扒了旧房子盖新楼。

这事儿大家都欢迎。甘屯子最初是从一条街发展起来的,街还行,可路两边的房子也确实已经破旧了。扒就扒,盖就盖,好事儿啊。

可有一天,边儿提了把菜刀冲进了市规划局。

传说当时边儿是一菜刀把人家的一沓子图纸给剁了。

原因是规划局的人,把大柳树所在的那片地方规划成了一个污水处理厂。施工的人一进来就平整土地,弄了台拖拉机要把大柳树拉倒。

规划局的人知道边儿是边瞎子的女儿,又在女儿飞飞夭折后精神上受过刺激,是个勺料子,惹不起,就摇头叹气地把污水处理厂北移了 50 米。结果不但是大柳树,就连它旁边的另几棵要死不活的无名树也保留了下来。很自然,它们后来都由边儿照管着。

到了 21 世纪初,甘屯子也要修环城路了,麻烦又来了。按图纸,环城路要从污水处理厂南边过,大柳树得伐掉。

边儿就又闹。她给市长打电话告规划局,到报社找记者采访。

这回规划局不怕了,因为环城路是自治区设计的,他们不能乱改。而且新的市委大院也有了门卫,不让带菜刀的人进去。

连杨子都劝边儿:"算了,修路的事儿比一棵树重要。"

但边儿犟,自己跑到首府,拿个小马扎,成天就坐在政府大院的门口不走,要见交通厅长。

年轻的交通厅长出差回来,看见一个衣着朴素、模样俊秀的女人坐在门口,就着一瓶矿泉水吃馒头。一问,说是找他,就为了不砍一棵树,已经等了 5 天了。厅长的眼泪就差点儿下来,当即派了秘书带了边儿跑了几个相关部门,最后还亲自到了甘屯子市。

可实地一考察,交通厅长也跟着我们市长一块劝起了边儿:规划不是不能改,把路再扩大一些就行了,可那就要多修 7 公里的路。甘屯子还不富裕,多 7 公里的等级公路,就超审批计划了。

"还缺多少？我给你们凑！我下半辈子的工资够不够？"边儿说得斩钉截铁。

交通厅长和市长都笑了，就是10个边儿下半辈子的工资也不够修那7公里的路啊。

最后还是交通厅长回去给自治区副主席作了汇报，同意了甘屯子市追加环城路投资的报告。据说那个年轻的交通厅长见副主席也不容易，他这么做只是不忍心看边儿抹眼泪儿。

这笔钱不少。为此有人议论边儿，说她病得愈来愈厉害了，为了一棵树，让公家花了那么多钱。但边儿不管这些，还像是示威似的，弄了个"古树"的牌子钉到了大柳树上。后来是文物管理部门出面，边儿才摘掉了那个小铜牌。

大柳树才50多年的树龄，当然不能算是古树。但在旱柳里它也确实算是老树了，老得有一半树心都开始空了。去年冬天下大雪，大柳树上最枝繁叶茂的一根枝干就劈裂了，是边儿让人做了个三脚架，把枝干再撑起来，又用麻袋、塑料布、铁丝一道道地包扎了劈裂处，它才又焕发新的生机的。

你可能已经发现了，我一开始就告诉了你：边儿死了。可接下就绕来绕去，不肯在边儿是怎么死的这个问题上进行具体描述。其实，我不止一次地开了头，可总是有头没尾，绕到了别处。我也知道这样不好，不合叙事文体的章法，还有卖关子的嫌疑。可我实在是不忍心叙述这样的悲剧：一个那么热爱树的女人，却被树给砸死了，而且死得那么惨……

现在，既然我已经说出了最核心的不幸，那就继续说吧。

前面说过，杨子回家后看到边儿不在，首先想到的就是到大柳树那边去找人。

大柳树在老街东头。甘屯子的发展是由东向西的，最初的东面后来都成了城市的边缘。杨子家在城市的南部，这就是说，从杨子家到大柳树所在的老街，不近。但甘屯子是个不大的城市，这段路也不

13

能说远。如果没风,徒步大概 45 分钟就能到。

但昨天有风,风还大。杨子顶风逆行,跟踉跄跄地就走了约一个小时。

杨子走到大柳树旁时吃了一惊:它那个刚刚恢复生机的枝干又折了,这次不是劈裂,而是断裂,巨大的树头朝下,戳在地上。显然,大风把边儿精心护理起来的枝干再次刮断了。

杨子在大风中看不清大柳树是否还有其它的树干也断裂,只觉得没了这个重要枝干的大柳树有点像千年胡杨,一下子就与枝繁叶茂这个词儿挂不上了钩。

杨子在大柳树旁喊了几声边儿,确信无人后就去了南一路的小苗圃。

小苗圃是边儿最喜欢的地方,她常说,我们甘屯子不能没树,要想有树就不能没苗圃。

杨子在小苗圃里把嗓子都喊哑了,还是没见边儿的影子。杨子就又去了城西、城南的防风林,边儿在这些地方种过好多树,许多树的年轮她都说得清。

再后来杨子就开始在街道上、马路旁跑,两边的绿化树中,有许多是边儿补种的,她能闭着眼找到每一棵需要浇水或者打农药的树。

已经凌晨时,杨子回到了家中,没有找到边儿。

杨子看到空荡荡的客厅时,忽然有了一种不祥的预感。他急忙给那些边儿有可能去的人家打电话。打到孔明家时,孔明说:"你脑子进水了? 边儿从来都没到我们家来过呀! "

杨子说,我的脑子可能是进水了。我把该打的电话都打了,该去的地方都去了,就是没人。

孔明就开了一辆东风大卡车来,——在那样的大风中,也就这样的卡车能在风中跑。

"走,开车去找。"孔明在风中喊。

"这车在城里走,警察抓住就麻烦了。"杨子说。

"×！快走。现在还能顾上那些。"孔明说。

杨子就钻进驾驶室,两人开始城里城外地转悠。

大风刮得满城看不见几辆车,更看不见警察。

但也看不见边儿。

两个小时后,当杨子再次来到大柳树下时,他听到孔明说:"报警吧。"

孔明的声音像是发自颤抖的汽车避震弹簧,让人听了心慌。

当时,在东风卡车大灯的照耀下,他们围着大柳树以及它断掉的树头,已经转了两圈,除了看到边儿做的那个巨大的三脚架也被压折了以外,什么也没发现。

07

警察就是警察,他们并没有动用警犬,就找到了边儿。

孔明说,警察中有人从大柳树折断的树头中闻到了血腥味儿。

可那时候边儿的血已经凝固了至少5个小时。

事情看上去很简单:边儿来到大柳树下时,看到了那个劈裂口并未完全长结实的枝干,它在风中嘎嘎作响即将断裂。边儿想挪动巨大的三角架再次撑住它,可它最终断裂了,巨大而沉重的树头迎面砸向了边儿……

边儿浑身上下大小伤口多达30多处。至少有6根折断的桠干穿透了她的身体,还有一根小枝桠戳进了她的面颊。

边儿或许是先被粗大的树干打昏了,然后才被树头扎穿身躯的。

边儿或许是被树干打倒后,就被扎压在了树头下。

她或许叫了,或许没叫。甚至或许叫了很长时间,或许她根本没力气喊叫,只是呻吟了一个晚上……

这一切到底是怎么样的,甚至连铁石心肠的刑警都不愿意去想象。

尘土飞扬

15

长篇小说

在东风卡车的大灯照耀下，起重机慢慢吊起树头。

那树头已经被风沙涂抹成了黄土的颜色。

同时呈土黄色的还有一个人。她被几个穿白大褂的医生抱着，有几个工人在锯插在她身上的枝干……

杨子像睁着眼做梦一样，看着这一切，觉得虚幻而毫无真实感。

他甚至头脑空空如也，不知道这比梦还虚幻的景象意味着什么。

后来，人们把边儿送上了去医院的救护车。可杨子依然一动不动地看着那些从边儿身上锯下的枝桠。他发现它们样子诡异，在尘土飞扬的大风中，发出的声音高深莫测。

第二章

据说边儿生前说过

她的命是家传的一个青花瓷坛子救下的

她死了

要回到那个瓷坛子里去

01

　　边儿终年 46 岁,死后和他父亲边建新埋在了一起。

　　那地方叫红山头,是甘屯子河水从北山流出来的地方。

　　红山头是甘屯子一带的制高点,不是墓地。

　　但大名鼎鼎的边建新去世的时候,留过遗嘱:把我埋到红山头,我得天天看着甘屯子,不能让哪个狗日的胡糟踏掉了。

　　边建新是瞎子,其实他从来没亲眼见过新兴的甘屯子。但所有人都承认:边瞎子是甘屯子半个世纪以来发展变化的真正见证人,他有资格葬在红山头。

　　边儿死得突然,没有遗嘱。但她说过:死了要和父亲葬在一起。

　　为这事儿环保局和水工团专门给市委写了报告,市委批了:边儿的遗愿应该得到满足。

　　边儿就葬在了红山头。

　　边瞎子是被一口棺材抬上山的,而边儿只有一块墓地。她的骨灰在家中。

　　杨子说他不能用骨灰盒把边儿埋到山上,边儿生前有遗愿。

　　据说边儿生前说过,她的命是家传的一个青花瓷坛子救下的,她死了,要回到那个瓷坛子里去。

　　杨子把这句话理解成了边儿的遗嘱。

　　这个遗嘱导致了不久后杨子再次离家出走。

你隐藏在窑烧里

千年的秘密

极细腻犹如绣花针落地

帘外芭蕉惹骤雨

门环惹铜绿

而我路过那江南

小镇惹了你

在泼墨山水画里

你从墨色深处被隐去

……

边儿去世后,我们甘屯子有线电视台的观众点播节目总放周杰伦的这首《青花瓷》,我注意到点播者就是杨子。

杨子年轻的时候好像就继承了他父亲杨翰林的忧郁气质,总是默然地独自离家出走。

我担心边儿的死对他刺激太大,会出什么事儿,就让妻子去找杨子,看看情况。

妻子回来说,她见到杨子了,他在盘店。

我们甘屯子地下 100 年前的老东西多,什么清朝的盆盆民国的罐罐,在荒郊野外时常就被挖出来了,故尔古董生意这一行兴旺。杨子几年前辞职后,就开了一家古董店。

我问妻:"他盘店干什么?"

妻说:"他说,没心思经营了。我觉得也好,他现在哪有心思经营店面啊。"

我问："人……怎么样？现在满世界的人都得抑郁症。"

妻说："我看还行。没犯年轻时候的毛病。——他答应周末到家里来吃饭。"

我开始放心地等周末，等杨子。

可周末，杨子没来。

他失踪了。

03

说杨子失踪当然不准确，这只是最初 3 天的情形。我让妻子到处打听，都不知道杨子的下落。

到了星期二，事情就明了了：杨子又独自离家出走了。

说"出走"还是比较准确的，因为杨子是背了个行囊，徒步走出甘屯子的。在杨子的身上，总有一种流浪者的气息挥之不去。

星期二的早上，我忽然想起了孔明。他不是杨子的同学么？

我于是给他打了电话。孔明给我名片，不是因为我当老师时教过他，而是因为后来我当了作家。在孔明看来作家就应该有钱，有实力买车。孔明的爷爷曾经是甘屯子有名的买卖经纪人，孔家后人在商业经营上可能天生就有良好的前瞻性。

孔明说："杨子上个星期四和他在一块喝酒，醉了。先是唱《青花瓷》，后是唱《冰山上的雪莲》，再后来又唱了什么他也记不清了。总之是唱着唱着杨子就哭了，哭着哭着就站起来走了。"

他们追出去，可拉不住杨子。

杨子说，他要赶紧去霍尔斯的 22 团，去完成边儿的遗嘱。去晚了，要是有人发现了青花瓷坛子把它弄走或者打碎了，那他一辈子就对不起边儿了。

孔明说，他看挡不住杨子，就赶紧开了辆车，想送杨子。可没出城，就被交警挡住了。酒后开车，至今他的驾照还在交警大队里。

"那么,杨子呢?"这是我最关心的问题。

孔明说:"当时我连车都被交警扣了,根本走不了。就眼看着他走了,背了个行囊……"

我放下电话,就觉得头晕、恶心。

22团和霍尔斯,是新疆同一个地方的两个名字。它像一个神秘的咒语,杨家人、边家人,还有许多人的命运,都似乎在验证着这个咒语的存在。

04

22团,对杨子来说,意味着命运的前定,也意味着生命之谜的不确定性。

26年前,杨子去22团寻找父亲杨翰林的生命足迹,结果却与边儿邂逅,并与之成婚。

当时,我写过一篇小说叫《22团》,还算真实地描写了杨子的那次寻找。遗憾的是我受了当时文学思潮的影响,在准确写出杨子、边儿内心图景和情感世界的同时,对事实进行了粉碎后的重拼,这就影响了它的可读性。

这篇小说在当时显得过于先锋,不好发表。后来我就把《22团》的存在忘记了。

当天晚上,我翻出《22团》阅读,妻似乎看出了我的心思。

"你想用这篇小说纪念一下边儿?"妻说。

"是。可里面又写了他们未婚先孕的事儿。这事儿一直是边儿的隐痛……"

"小说不是虚构文体吗?你把边儿叫成别的名字不就行了?!除了甘屯子人,别人谁知道啊……"

妻的这个主意倒是不错。不过,26年前我写作是用纸、笔,白纸黑字。不像现在用电脑,想给人物换个名字,输入两个名字,点击一

尘土飞扬

下"替换"就搞定。

为了把边儿叫成孔雀(对不起孔明,这是他妹妹的名字),以及删除一些不必要的描写和过场戏,我花了一晚上的时间。

下面是这篇小说。我想,您看看它,对进一步了解杨子和边儿会有帮助。

长篇小说

(1)

杨子想去 22 团的动机来自飞机撒下的一张彩票。

那天有架飞机掠过了他家的 7 层楼顶,当时杨子想起了一位诗人的话:一条撞碎鱼缸的鱼……

鱼,撞碎鱼缸,迢迢而去。杨子能想象出飞机远去的声音,在长空里摩擦出的那条低回的弧线,平滑而自由。

那张彩票就是这时飘落到阳台上来的。

杨子望着它在正午的阳光里翻飞、朝自己逼近,异常迷惘,他认为自己看到了庄子梦中的彩蝶……

"是飞机在撒彩票!你看,落到咱们家阳台上来的就是一张彩票。"母亲曲萍敏捷地抢上彩票,说,"嘻,如今的人真会做生意。"

曲萍曾经是甘屯子的风流人物,现在又是有身份的女干部,但却和满世界的人一样,上班下班谈的都是某某人做生意赚了,谁谁谁倒买卖发了。

杨子觉得还有一些事情很重要,母亲不该忘记。

"妈……"杨子望着母亲风韵犹存的脸,突然沮丧地又想起了生父杨翰林。

杨翰林在杨子即将出生的时候失踪于一场暴风雪中。那场暴风雪后来就化成了一片浮云一团迷雾,使他的失踪变得不清不白,也使曲萍精心构建的这个家庭至今气息暧昧充满谜的氛围。

"好啦,你自从知道了你父亲的事,就变得愈来愈神经质。你这

22

个样子真让我担心,唉,我真不该告诉你父亲的事,你现在变得越来越像他……"

杨子觉得母亲的声音像只猫,在各个房间里窜动。

后来母亲把绿色的彩票贴到了客厅的窗上,阳光无力地从它的四边渗过来,使它呈忧郁的黑色。杨子不明白母亲为什么要把它贴在窗上,就把它取了下来。

杨子在把玩彩票的时候又想起了生父。杨翰林失踪的那个地方新疆地方上的人叫它霍尔斯,兵团人叫它22团。22团这个名字总让杨子想起一个书名:《第二十二条军规》。

"我想出去走走。"

"你是该出去走走,这对你身体有好处……"曲萍看了一眼瘦弱的杨子说。

（2）

胖男人看过了杨子给他的彩票后,说:"祝贺你,你中彩了。北山河谷、水上公园、杨树沟的青草湖。这几个地方你可以任选一个,届时本公司将组织你们15位中彩者免费旅游一天。"

"请问,我可以去霍尔斯吗?"杨子说。

"霍尔斯?你去那儿干什么?那是边境口岸。"

"不,是团场。22团。"

"团场也不行。你只能去北山河谷、水上公园、杨树沟的青草湖,不能去霍尔斯!"

"我一定要去。"

小男人的目光像水,把杨子浑身上下洗了一遍后说:"那你的彩票只能折价一半兑换现金。"

杨子很高兴。

尘土飞扬

（3）

"你怎么会产生这样的怪念头？"曲萍吃惊地说罢就哀叹，"我早就看出来了，你自从知道了你父亲的事后，就打定了主意要去霍尔斯，找你的父亲……"

"我知道什么？对我的生父，你什么都没讲。20 年来，只要我提到他，你就会一反常态地恼怒起来……你倒是告诉我呀，在那个风雪之夜，他到底是怎么失踪的？"

"他是——"曲萍突然哭了，脸变得蜡黄，手臂像一根羽翎在空中抖着，"他们说他是叛逃。——团场的生活太苦，你父亲的父亲在旧社会当过县长，你父亲是'9·25'起义的，你们杨家和杨增新家是亲戚。他总是被政治审查，他实在受不了了……"

"叛逃？那你……"

"我在你父亲之前，就，就离开了 22 团。"母亲的脸上泛起了红晕和虚张声势，"上面说，让守土驻边的人 3 至 6 个月就回来，可是我一守就是 30 年。"

"母亲，真正的叛逃者是您。"

"你，你怎么能这样跟我说话！我是为了你才和你父亲分手的……"

（4）

一辆黄河轿子车把杨子扔到了一个肮脏的车站后，杨子就被一群汗流浃背衣衫各异的人挤到了有很多油垢的售票窗口。

杨子掏完了身份证、工作证等证件后，才被告知：你缺一个最主要的证件：去霍尔斯的通行证。因为霍尔斯是边境口岸。

这个叫通行证的东西其作用就是拒绝我的通行。杨子是在烟尘荡漾的车站漂泊多时后明白了这个道理的。

杨子明白了这个道理时正坐在一个鞋摊上。他穿了 3 个月没烂

24

的狼牌运动鞋到了这个车站不到 3 小时就开了胶。

"你去霍尔斯干什么?"钉鞋匠是个半壳子老汉,50 多岁的样子,看上去像个甲状腺亢进的人。但他眼神很好,缝鞋的针角均匀缜密,锤子也抡得铿然有致。

"我找我的父亲,他原来在 22 团放过马。"

"我以前也是 22 团的。这几年团场搞活了,我们也老了,只能出来挣个酱醋钱,——你,你是他的儿子? 杨翰林的儿子!"钉鞋匠说话间一抬头,眼里就有了亮光,手就捏住了杨子的手,"我就知道,早晚有一天,你会来……你看你多像你的父亲,只是没他那么精巴。当年你父亲知道了你母亲的事,追上副连长,几铁锹就拍断了副连长的腿……"钉鞋匠说起杨子父亲当年的事声音越来越洪亮。

"有这种事? 拍断副连长的腿? 之后呢?"

"这……反正当天晚上杨翰林就让团保卫科抓走了,后来送到了师里。那天晚上好大的风雪呀,连里有 40 多只羊冻死在了圈里……"

"你说我母亲的事? 我母亲的什么事呢?"

钉鞋匠的目光一下子变得相当游移,他看了一会儿杨子,才说:"啊? 小子! 我说过你母亲的什么事么?!"

"你说过的!"杨子坚定地说。

"噢,我是说过你的母亲。你母亲叫曲萍,她和那些从老区来的、湖南来的妹子们不一样,她和你父亲一样,是有文化的人。你父亲不但会设计图纸,还会给马看病……他这人挺能的,在陶崎岳手下时,就是骑兵营里的秀才。他还办过学校,就是现在的甘屯子小学……"钉鞋匠目光东躲西藏,巧妙地转移主题,后来他突然朝着一个方向大喊了一声:"哎——,这儿有去霍尔斯的!"

在一片喧哗与骚乱的声浪中,一辆漆皮斑驳的小中巴梦一般游了过来。它的身上披满空气中的尘埃灰土。

"不,您不告诉我母亲的事我不走!"杨子看清了这是一辆私营

尘土飞扬

25

车后,敏捷地跳了下来,对着钉鞋匠大声嚷嚷。

"去吧,她的事是……那个副连长对你母亲……非礼。"钉鞋匠说出了"非礼"这个词后重重地朝地上吐了口黏痰。

（5）

中巴以一种要散架的姿态扑上一条道路后,杨子产生了想离开它的强烈愿望。

他气宇轩昂地对售票员说:"我没有通行证。"

"谁跟你要通行证啦?! 坐你的车!"售票员是个小伙子,留一撇仁丹胡子。他大概刚吃过凉面之类,正打瞌睡,听了杨子的话,便愤愤地一抬头,说话间朝杨子喷出了口浓浓的大蒜气息。

通往霍尔斯的道路很像人体长出的盲肠,在它未被认识之前,以闲置无用的神情面貌懒洋洋地寂寞着,在被认识之后,还是依然如故。但道路上了等级,铺了柏油,埋了路碑,显示着国家对一条通向外山口的交通干线的厚望和关注。

杨子在注意到这条道路时,也注意到了路旁的钻天杨。它们像一支得令奔赴远方的的军队,但下令者把它们派出后就忘了。它们终年守候在路边等着回归的将令,直到现在,它们已超越了生命的意义,开始在时间的远方伫立。它们在高远的天空下晃荡出老人式的情绪和宁静。它们的身高使人难以想起它们当年的幼小。杨子断定,当年的那群充满热情的理想主义者们,在栽下它们时根本没有展望未来,他们没有想到自己是种下了一排不可兑现的诺言,更没想到当未来成为一种存在时,它们会在时间的远方越长越高,不断地提示它们所应得的尊敬。

连绵不断的钻天杨在某个地界忽然让位给了一片灿烂的阳光。

没树的地方阳光的灿烂显得充分而动人。

于是,一个团场的意境也就在这宽敞的阳光中扑面而来。

……中巴拐进了一道纯属装饰和标志的门坊,它拱形的横匾和门墩使人想起一个无形人正挑着的重担。中巴拐进门坊后,售票员陡然立起,"喂,你该下车了。"他朝杨子大喝一声就开了车门。

杨子下车后看到了一条道路,一大片农田,一幢远处的大楼,还有一个自由形成的农贸市场。那里有许多来自阿拉木图的外国人在做生意,兜售手表和望远镜。

杨子忽然想到了一个怪问题:这些外国人中是不是有谁的爷爷到过甘屯子呢?

(6)

杨子在那个阳光四溢的正午走进场部大楼后,才发现自己遭遇了一个大家都休息的时间。在这个各个办公室都关门闭户的时间里,杨子在走廊里自由晃荡,感觉他是大楼的唯一主人。

杨子有点饥饿感时,就从大楼走了出来。

杨子出门时看到有个年轻人慌慌张张地迎面而来,就站住了。

年轻人冲过来,忽然就抓住了杨子的手:"啊,您就是记者杨子吧?我刚听人说您来了,就急忙赶来……真是对不起。一路上辛苦啊。"

"我是杨子。不过我是来办点私事……"

"私事?——都一样都一样!这样,我们先去吃饭。你等一下。"年轻人说完就窜进了大楼。

"楼里没人!"杨子朝年轻人喊。可年轻人已出来了。

像变戏法似的,他的身后竟摇曳出了个姑娘。年轻人边匆匆奔走边给姑娘比划着什么。

姑娘三围突出,脖颈颀长,浅绿带花的连衣裙轻盈地飘摇……

杨子的目光省略年轻人,看到了一只孔雀向自己走来。

"这是我们宣传科的小孔,广播站的播音员。"年轻人是宣传科长,他在介绍孔雀时,迅速用宽胖的身子挡住了孔雀。

孔雀几乎是从科长的腋下灵巧地钻了出来:"林颖主编前几天还给我们来信,说您这几天就来。他在信中还提到过您父母曾经在

27

这儿工作过……"

杨子发现他的脑海不知什么时候已具备了后现代小说的特点：万象纷杂，各自独立成块状，且超越时空地杂合在一起，像一桌拼盘大杂烩……

"总编给我安排过到这儿采访的任务？"杨子已经想不起来这事儿了。

科长说要边吃边谈，于是他们朝一家餐厅边走边谈。

（7）

科长很轻易地就喝醉了。

孔雀看到科长被人扶走，异常兴奋，"来！为你采访顺利，再干一杯。"她的眼流光溢彩，脸上红霞飞舞。

"可我应该不是那个来给你们写报告文学的记者啊！"

孔雀莞尔一笑，"还会有哪个记者来？——你喝多了。"

"可我……我是来找父亲的。"杨子说。

"那么，"孔雀抚了抚自己的面颊，深情地说，"你就负有双重任务，寻找父亲和写报告文学。——你父亲原来是干什么的？"

"他以前在甘屯子当过盖楼的技术员，后来在 22 团养过马。"杨子一说到 22 团，就又想起了《第二十二条军规》那本书，继父乜家驹曾经说过，世界上自从有了第二十二条军规，许多人就常常在战场上自己把自己丢掉。

"22 团早就不存在了。"孔雀说话时咯咯地笑。

"不存在了？"杨子吃惊地望着孔雀漂亮的双眼。

"'文革'前，22 团归了地方。兵团恢复时，地方上只给交回了 22 团的一半，不够一个团场。所以兵团就把 22 团的这一半一分为二，分别划给了 13 团和 15 团。"

"那么，我现在在哪儿？"杨子从没听母亲曲萍说过 22 团被如此三分肢解的事。她在市委机关工作了近 20 年，不会不知道这件事。

"你现在在 13 团, 怎么你不知道吗？"

22 团像一个打出去就断了手腕的拳头, 再也找不回来了。这个事实让杨子沮丧而迷惘。

（8）

杨子和孔雀一见钟情。

杨子记得自己是来找生父杨翰林的, 可是在孔雀的撺掇下, 他稀里糊涂地就开始到处采访, 写起了歌颂团场的报告文学。

杨子在农工的院落和棉花地里晃来晃去, 懒懒散散地采访。清晨的风常常吹得他思绪飞扬, 像 22 团的黄花飞起又落下。

棉籽吐蕊的季节, 他在三棵大青树下和孔雀约会。孔雀说："我知道你父亲的事了。"

许多年前的一天, 杨翰林从马厩出来, 霍尔斯多年不遇的大雪, 已模糊了他和所有人的家。凭感觉他知道妻子曲萍已在这个风雪之夜离开了他们的地窝子。但他还是回到了那里。他进门后看了看曲萍留下的纸条, 就装上纸条, 搓着手又暖和了一会儿, 然后锁好门, 走进了茫茫雪原。

他不相信曲萍能在这样的夜晚走出很远, 他认为他能找到妻子。

他就那么若有所思地在风雪中走着, 像个游魂, 一直向西游动……

风雪太大, 天太冷, 他必须不断地活动, 不停地走。

他走了一夜。天亮时, 风雪停了, 他才发现已经走得太远太远, 他走到了永远也无法返回的地方, ——他越过了国境线。

他转过身, 望着那条黑色的铁丝网, 百思不得其解: 他是怎么从它的东边无知无觉地就到了西边的。

雪霁后的天地一片明洁。他看到在铁丝网的东边, 寻找他的农

29

工越来越多,他们拿着32倍的望远镜瞭望着他。他抽了根烟,然后慢慢脱下皮大衣,坐到了雪里。

他没有再起来。永远没有。

他把自己冻死了。

他用生命证明了一切和他预期的一样。

孔雀在讲这个故事的时候,杨子一直沉默不语,目光凝视着身边大片的棉花地。他看到有一片远方的浮云,在棉花地的中央投下了一块阴影,纷繁的棉桃便带上了银色的光泽……

"你读过《第二十二条军规》这本书吗?"后来,杨子突然对孔雀这样说。

这天,杨子哭了,还醉了。当晚他住到了孔雀家……

(9)

孔雀的声音不像孔雀,像金丝鸟,甜美而迷人,天天都在高远的天空里飞来飞去。

团场的广播站把喇叭架在树上是个伟大的发明。简便易行,喇叭还随着树一块长高,像孩子拽着大人的腿悄悄成长。

杨子坐在院子里写报告文学,文思枯竭时就听广播。大青杨的树头不管有风没风总是在高远的空中"刷啦——刷啦"地摇曳着,孔雀的声音也就听上去有点颤,有点时隐时现,有点怪怪的韵味。

"多滑稽,你在这里和我在一起,你的声音却在大喇叭里慷慨激昂地号召人们大战'三秋'。"有次,杨子对孔雀说。

"那是录音。"孔雀咯咯地笑着跑进了厨房。

孔雀每天只做两个人的饭,她和杨子的。她的母亲带着她的一个弟弟一个妹妹在口岸上做生意,卖服装倒化肥。而被她称作干爹的父亲则在杨子乘车的那个车站钉鞋,顺便看守她们家在车站的转货仓库。

孔雀家的人都不常回来,家里的土地就都包给了口里来的民工。

　　民工就住在她家院里，既是房客，又是伴儿。民工们不管孔雀的事，他们只管地里的庄稼，丰收在望，他们就管到秋天。一看将要歉收，他们就在夏夜里踏着皎皎明月，像私奔的男女那样溜之大吉。

　　孔雀做饭时，杨子开始津津有味地听她从大青杨树上播出的声音：场党委发出紧急通知，近期红蜘蛛对棉花的侵害越来越重，各连队须抓紧防治工作……突然，杨子听到了科长的声音，他在大喇叭里喊着"请杨子到场部招待所来一趟"。

　　"我陪你去吧……"孔雀搓着手上的面酱说。

　　"你们科长找我肯定是有关报告文学的事吧？"杨子对自己这么长时间还没完成一篇报告文学感到惭愧和不安。

　　孔雀说："不会是这事儿。"

　　果然不是有关报告文学的事儿。

　　年轻的科长一见杨子就兴高采烈："好呀，大记者来了。有好事呢。"他说着拍了拍杨子的肩，"15团的王主任来了，他原来是22团三连的。我们问了你父亲的事，看来你父亲可以……嗯，说不定会成为烈士呢。"

　　招待所里没电，农忙季节，生活用电要到深夜11点才来。因此杨子和王主任的会晤在一盏昏暗的煤油灯下举行。杨子一直提心吊胆，怕王主任风一般的大笑把灯刮灭。

　　那盏昏黄的煤油灯给杨子留下了灾难深重的绝望印象，以致他最后只能反反复复地嗫嚅："那么，在我母亲离开22团的那个风雪之夜，我父亲压根就没去找她？"

（10）

　　"你知道我父亲是干什么的吗？"从招待所出来，杨子目光凄迷地望着月华融融的棉花地（他觉得那像一片无边无际的深厚大雪）

突然说。

"放马的。还有就是画图纸盖房子的。"孔雀说着钻进了杨子的怀里。

"不对。他是个高明的拳师。他敏捷地让我闪了许多年的空,这回又乘我不备,狠狠地在我的后腰上打了个下勾拳……"

"你还惦记着父亲?"孔雀迷迷瞪瞪一副没睡醒的样子。

"我惦记他么。"杨子一怔,"22团已经不存在了,他再次躲得无影无踪……"杨子喃喃自语着,他一想到22团就会想起那本名叫《第二十二条军规》的书,可是,第二十二条军规到底是什么呢?他边吻孔雀,边竭力回忆。

(11)

孔雀后来告诉杨子她怀孕的消息时,杨子不信,说:"有这么快吗?才刚一个月。"

孔雀说是真的。杨子就跳起来跑到桌前写了张纸条:"1982年秋,杨子与孔雀得一爱子。"

杨子把纸条装进一个酒瓶,封好,提了把铁锹走出大门。

"你要干什么?"孔雀追出来,问。

"我要给我们的作品留下证据。"杨子说着,就到了大青杨下挖坑。

孔雀双手抱肩,就远远地站着,看杨子挖坑,埋瓶子。

杨子埋下瓶子后,回头发现身后的孔雀泪水涟涟。

于是,他情不自禁地抱住了孔雀。

"这棵树下面有一个瓷坛子,是我干爹埋下的,就在那儿……"孔雀指了指大青杨下的某个位置。

"瓷坛子里有什么?"杨子有些好奇。

"没什么。就是……瓷坛子是青花瓷的,是我祖爷爷传下来的。"孔雀说。

"你告诉我这个……啥意思?"杨子有些恍惚。

"我的命,就是它救下的……"孔雀声音幽幽地说。

杨子的目光在埋瓷坛子的地方和孔雀之间来回看了两遍,可孔雀什么也没说。

"将来我死了,你要把我的骨灰装到这个瓷坛子里去!记住啊。"

"记住了。"杨子觉得孔雀很傻很可笑,就偷偷地笑了。

杨子一笑,孔雀也笑了,破涕而笑。

孔雀破涕而笑时,清晨的天空掠过了一架飞机,杨子看清了那是一架从阿拉木图飞来的国际航班,它在通过霍尔斯口岸时,明显地降低了高度。杨子便想起了那架撒彩票的飞机,想起了那位诗人的话:一条撞碎鱼缸的鱼。杨子觉得他就是那条撞碎鱼缸的鱼。

现在,我撞碎了鱼缸,我自由了。杨子想到此,便觉得这个日子值得纪念。于是,他对孔雀说:"这个孩子,不论男女,都叫飞。"

也就在这天黄昏,钉鞋匠回来了。

钉鞋匠回来的时候,杨子正站在棉花地边望东边的一脉远山。

钉鞋匠从孔雀同学的中巴车上下来,像打量一条狗似的把杨子打量了很久后,说:"小子,你现在还在找你的父亲吗?"

杨子说:"没有。我已经成了父亲。"

钉鞋匠听了,忽然就啪地抽了自己一个耳光:"××先人啊,我就怕这个……我就怕这个啊!"他说着就以和他那一把子年龄绝不相称的灵巧动作,弹着跳着窜进了他自己的屋子。随后屋子里就响起了驴叫一样的嚎叫:"老部长啊,这事儿不怨我,怨你自己瞎了眼!咱们都瞎了眼啊,当年就该一枪崩了他,让他杨家断了后呀……"

"干爹,你咋这样咒人家呢?"杨子听到孔雀在屋里对钉鞋匠说话,语气不像是劝慰钉鞋匠,像争吵。

钉鞋匠听了孔雀的话,骤然停止了嚎叫,声音变得断断续续:"老部长……他杨翰林对不起你,我也对不起你。可他杨翰林的儿子不该对不起你……"

33

"行了,杨子没有对不起我!"孔雀的声音斩钉截铁。

"没有?"钉鞋匠的声音。

"没有!"孔雀的声音斩钉截铁。

这时候,杨子才注意到自己的衣领被那个仁丹胡子的家伙揪着。

杨子很疑惑,也有点吃惊:"你,干什么?"

"干什么?!你他妈说我干什么?老子和她好了3年。你从哪儿冒出来的?!"孔雀的同学比杨子矮半头,但浑身充满了日本海盗式的野悍。

"你把手松开!"孔雀在杨子也酝酿悍气的时候,及时出现了,"你把话说清楚!谁和你好了3年?是你追了我3年,我答应过你吗?说呀,说!"

"没……"仁丹胡子只说了一个字,就倏地瘫坐到了地上。

（12）

一夜之后,钉鞋匠就老了,成了老鞋匠。

他再没去车站钉鞋,而是成天围在杨子的身边。他好像担心杨子会从大地上消失,常常偷窥杨子。

终于有一天,钉鞋匠讨好地冲杨子笑了笑,才说:"孔雀她妈要回来了。"

杨子没听懂,看着钉鞋匠,忽然发现他变得那么老,很可疑。

"您老了。"杨子的话一出口,就发现自己说话不得要领。

"是啊,是啊。我和她妈都老了……人老了,就盼着儿女赶快成家,我们好抱孙子。"

"行了干爹,别絮叨了。我和杨子商量好了,去甘屯子。"

钉鞋匠显然很高兴,"这就好,这就好!是结婚么?"他又低声问杨子。

当然。杨子本来想这么说,可又怕自己说得不得要领,就点了点头。

钉鞋匠再没说什么,只长长地舒了口气。

按钉鞋匠的安排,他们要赶在孔雀的母亲回来前离开22团。

临走的前一天,杨子又站在棉花地边望东边的一脉远山。

远山看上去是一缕黛灰。

钉鞋匠过来,叹了口气,指着那缕黛灰说:"唉,那就是过去的22团三连。"

杨子说:"我知道。"

钉鞋匠的甲状腺微微地有些亢进:"噓,你的那个父亲啊,"他正要感慨些什么,孔雀已抢先说话了:"干爹,杨子的父亲可能要被追认为烈士呢。15团的王主任说,杨子的父亲是在暴风雪袭击霍尔斯的那个晚上,出去看马号的母马生产时迷了路,才被冻死的……"

"王二傻,他知道个屁!"钉鞋匠骂了一句,哼了一声,就独自进院了。

晚上,杨子看到钉鞋匠在油灯下翻腾箱子,就走过去说:"干爹,我母亲真的被人非礼? 我父亲真的没在那天晚上找过我母亲吗? "孔雀叫钉鞋匠干爹,杨子也就跟着叫他干爹。

"你母亲?……嗬……嗬。"钉鞋匠忽然咳嗽起来。咳嗽之后,钉鞋匠神色恍惚了一阵子,未置可否,却突然指了指院外黑乎乎的大青杨说:"嘿,小子,那下面是不是埋着你们的根儿? "

杨子吓了一跳。难道钉鞋匠知道大青杨下面的秘密么?

杨子带着孔雀回到甘屯子后,把那篇报告文学交给总编。总编不满意,最终也没发表。对此杨子无所谓,孔雀却很生气,认为报社骗了团场的农工。

尘土飞扬

第三章

边儿和杨子举行婚礼的时候

边瞎子还健在

也参加了婚礼

但钉鞋匠没来

边儿的母亲王小芸也没来

01

边儿跟着杨子来到甘屯子那年,杨子20岁。

你可能已经注意到了,我在《22团》中提到了他们到甘屯子要结婚。其实事情并不那么简单,即使是在1982年,两个未到法定年龄的人(至少杨子没到)想随便地结婚也不是件容易的事儿。事实上,即便是有曲萍的存在,他们也是走了后门,托了关系,拖到了边儿快生产时才领到结婚证的。当然,那时候结婚和现在一样,有一个游戏式的法定程序,就是给参加婚礼的来宾展示结婚证。

曲萍他们假装忽略了这个细节。

边儿和杨子举行婚礼的时候,边瞎子还健在,也参加了婚礼。但钉鞋匠没来,边儿的母亲王小芸也没来。对了,我得说明一句,钉鞋匠就是当年跟着边瞎子来到甘屯子的小罗子,后来人都叫他罗子。而被罗子叫做"老部长"的人就是边瞎子边建新,他当年是甘屯子县的武装部长。

边儿和杨子的婚礼是在老县委的小礼堂举行的,这在当时是很有面子的事儿。老县委的机关楼是甘屯子一代人的骄傲,边瞎子的眼睛就是为了修这幢楼而失明的。边儿和杨子的婚礼能在这样的地方举行,当然和乜家驹有关。

那时候甘屯子还是个县,乜家驹是县委书记。

作为杨子的继父,乜家驹的高兴是真实的。不过,他用的还是惯

37

常的表达方式:大而空地说了一通祝一对新人在未来的时间里美满幸福,为甘屯子的建设作出更多贡献之类的话。

婚礼之后,乜家驹就高升了,调到州上,当了副州长。一年后,曲萍也随夫上调,到了州机关。

曲萍在婚礼上显得欢天喜地,由于罗子没来,她就把边瞎子当做亲家,显得殷勤备至。

边瞎子在抚摸边儿脸庞的时候,热泪盈眶,还哽咽了许久。

这感人的一幕当天被我的父亲刘汗青记到了他的日记中。

我父亲刘汗青曾经是甘屯子的史记官,准确地说,刘汗青生前死后,都是甘屯子最有资格的、唯一的、法定的史记官。边儿和杨子的婚礼能被这样的人记载,应该感到幸运。

刘汗青在记下杨子和边儿的婚礼后不久,就安然辞世了。他在旧社会的迪化(乌鲁木齐)监狱中坐了 23 年的牢,弄了一身的病:老寒腿、关节炎、哮喘、胃溃疡、腰椎增生等等,不过他还是活到了 80 多岁。

在边儿和杨子的婚礼上,两个最应该来也最想来的人都没有来。一个是钉鞋匠罗子,一个是王小芸。前者是边儿的养父,后者是边儿的生母。

据说,王小芸在知道了边儿和杨子的事情后,跟罗子哭闹了不止一回。至少有两次自己跑到了汽车站,要不是罗子及时赶到拦住,她就可能会赶到甘屯子,把边儿拽回去。后来,是曲萍亲自去了一趟22 团,两个当年的患难姐妹抱头痛哭了好几场,王小芸才算是安静下来了。

罗子和王小芸托人给边儿送来了钱和嫁妆,但人没来。

罗子没来,是因为他怕见边瞎子。他曾经信誓旦旦地给边瞎子承诺:一辈子就只养着边儿,再不要孩子。

可是,他后来一不小心就生了一个女儿。接着,又一个不小心,生了一个儿子。

罗子怕见边瞎子,当然不仅仅是因为一个警卫员违背了对首长的誓言,更深层次的原因可能还在于罗子害怕自己在婚礼上出现,会勾起人们对当年那些是是非非的议论:王小芸曾经是边瞎子的法定妻子!

王小芸本来是要来的,但在最后一刻她也改了主意:她和边瞎子有20年没见面了,她怕在大庭广众之下,自己会手足无措。还怕人们回忆起当年她和罗子发生在土豆地里的尴尬事儿,惹人议论。此外,她觉得边儿未婚先孕出现在婚礼上,当妈的也是会被人议论的。

王小芸也是一个怕被人议论的人。她年轻时被人议论过,知道人言可畏。

这两个怕被人议论的人,最后都找了一个相同的理由:病了,病得卧床不起,没法出门。

边儿倒是不在乎罗子和王小芸来不来,"他们没病。就是不想来,觉得不方便。"她对我说。

边儿和其他女孩子不同,她在婚礼上敷衍着走了必要的程序后,就大大方方地坐下又吃又喝了。她不认为婚礼和一个女人的幸福有关。

杨子也是个对举行婚礼没兴趣的人。不过,因为曲萍满面春风,热情洋溢,他也就不得不随着母亲,木木讷讷地给人点烟、敬酒。

后来,杨子和边儿都对我说:"早知道边、杨两家的历史关系那么复杂,他们就坚决不让曲萍办婚礼了。"

杨子和边儿的婚礼是那年深秋举行的,大家都穿得厚,好像没人注意到边儿有身孕。

尘土飞扬

02

1982年,杨子去寻找生父杨翰林,结果找了一头雾水。这是我的看法。

真的，围绕着杨翰林，总有一些东西像雾一样，挥之不去，辨之不清。

在《22团》中，我曾经提到了杨子的生父杨翰林有可能被追认烈士，这不是空穴来风——《22团》虽然是小说，但里面所写的一切都不是空穴来风。事实上，杨子那次寻父，虽然没有结果，但也促成了霍尔斯有关部门对杨翰林之死的一次调查。调查的结果大体如下：

一、杨翰林有可能是在妻子曲萍出走之后，为了寻找妻子，出门后被风雪迷路，冻死后失踪的。

二、还有一种可能，杨翰林当天接到过马号的通知，说马号里有一匹马要生产。他可能是在去马号的途中，被风雪迷路，冻死后失踪的。因为当时杨翰林在22团负责放马工作。

这两种可能都排除了一种不好的说法：杨翰林死的时候，越过了边境线。因为他死在当时争议地区的我方一侧。并且按照最新的《中哈国界勘定条约》，那个三角地带也已经完全属于中华人民共和国。

此外，调查的结果也否定了杨翰林畏罪潜逃的说法。因为调查证明，前一天晚上杨翰林确实被抓过，但十几个小时后就被放了，师部当时就批评了团保卫科，说他们抓错了人。他们应该抓的是另一个人，那人应该是放羊的。

这就是说，杨翰林无罪，当然也就没有畏罪潜逃的动机了。

不过，这些都和追认烈士无关。如果第二种可能属实的话，杨翰林被冠以"因公殉职"倒是有可能。

凭心而论，作为县委书记夫人的曲萍在这件事儿上表现出了应有的积极态度，她甚至督促县委派一个调查小组去了霍尔斯。

可后来她的态度就发生了转变，很消极地对杨子说："这事儿不好办。"

杨子发现母亲曲萍不但越来越消极，而且一说到父亲就越来越伤感。

母亲的伤感让杨子怀疑他的生父杨翰林可能真的在曲萍离开的那天没去找她。

已婚的杨子在边儿的劝说下，没有再追问曲萍和杨翰林的事儿。

慢慢地,杨翰林是不是"因公殉职"的事儿就不了了之了。

行文至此,你可能会产生疑问:既然杨翰林没有越过边境,那么杨子总该找到过杨翰林的墓地、遗骨、遗物之类的东西吧?

答案是否定的。

杨子说,他确实打听过,但遇到的人都语焉不详。都是听说有人见过杨翰林冻死后的样子,但后来具体怎么处理了以及埋在了哪里,时过境迁,物是人非,确实没人能说得清楚了。

正因为此,所以才有了那样的说法:杨翰林失踪了,没见尸体,可能是越过了边境线。

我想,杨子后来默认了"因公殉职"的事儿不了了之,大概也与此有关。他是寻找过父亲的,但什么也没找到。连杨翰林和曲萍当年生活过的土房子也早夷为平地,成了一片棉花地的一小部分,更遑论遗骨、遗物了。

一个一点遗存也没有的去世者，怎么能证明自己是死在 22 团那块土地上呢?何况杨翰林又曾被人怀疑越过了边境线,硬要申报"因公殉职",会不会是儿子给老子找麻烦呢?

我想,即便杨子不去想这么多,曲萍或者边儿也会想到这些。而她们的此类顾虑不可能不影响杨子的思想。

杨翰林身上最大的谜,可能就是他的死。

03

在《22 团》中,我还提到过杨翰林拍断过副连长的腿。不过,您得注意,这事儿是钉鞋匠说的,我在文本中没有进行过这方面的叙述,也就是说，它是罗子说的，不是我说的。我之所以这样说，是基于这样一个事实：

在曲萍离开22团的前夜或者前一天，当时的副连长找过曲萍。具体的地点可能是在连部或者小学校的后操场，可能的情况是：这个满脸疙瘩的副连长对曲萍作出了非分的或者说是企图作出非分的举动。结果是有个汉子提了把铁锹从水渠边的树林子里窜了出来，大吼一声，就追着副连长打。副连长跑得快，那人追不上，就把铁锹扔了出去，不偏不倚，正好砍在了副连长腿上……

副连长被砍断了脚踝骨，疼得抱着腿杀猪般嚎叫，在野地里乱滚。连里的人闻讯赶来，把副连长往卫生队送时，那汉子已经无影无踪，只有曲萍哭得像个泪人一般。

按副连长的指控，当天杨翰林就被抓了起来，但到了第二天，师里就放了人。因为有证据证明，事发当时，杨翰林不在现场，他在马号和几个人为一匹母马的生产问题忙乎。那砍了副连长的汉子不可能是他。注意！在这里我们发现了官方的事实认定：副连长的腿是被"砍"断的，不是像罗子说的那样是被"拍"断的。也就是说，罗子连起码的细节都搞错了或者故意说错了。

受了惊吓的曲萍，迷迷糊糊，说天黑，她也没看清那个汉子。团保卫科的人让曲萍回去好好回忆一下那个汉子是谁，因为那个汉子相当重要，副连长被定什么罪，是不是"未遂"都取决于那个汉子的证词。

可第二天曲萍就失踪了。再后来人们才知道她回了甘屯子。据此，连里就有了一种传说，说那汉子是曲萍的相好，要不怎么会有那么大的仇，一下就把人家的腿砍断了？

那年头保卫科案子多，偷鸡摸狗，捉奸抓赌都管。管得多，经验就丰富，经验丰富能力就强。几个人一碰头，就把罗子叫到了团部。

这事儿和那个副连长无关。他当时吓得半死，三魂荡荡，七魄悠悠，只顾逃命，根本没顾上看那个汉子是谁。保卫科的人是根据推理找到罗子的：他们到连里一排查，发现当时可能在现场附近的就4个人，一个放羊的，两个在大田里干活的，还有一个赶马车的——这人是个瘸子。

那两个在大田里干活的是一对夫妇，嫌疑最大的自然是罗子。他就是那个放羊的。

但罗子坚决不承认，说当时天黑云大，眼看要起风下雪，他急着赶羊回家，啥都没注意。

保卫科的人怕再把罗子送到师里去，又受到批评，再加上王小芸到团里来哭闹，只得把罗子放了。

结果那个副连长就因为找不出是谁砍了他的腿，证明不了自己"未遂"，只得瘸着腿，顶着一个流氓犯的罪名，到另一个团场里劳改去了。

后来，保卫科的人到甘屯子办另外的案子，觉得那个副连长的案子不了了之不好，就顺便找了一回曲萍。

曲萍的回答很干脆：一、副连长是有企图，但什么也没干成，就被追来的汉子砍了腿。二、那个汉子不是罗子，罗子她熟悉，那汉子不是。三、这个案子已经过去一年多了，既然那个流氓副连长已经被绳之以法了，那这个案子就不要再追查了。

当时被副连长弄得敞胸露怀狼狈不堪的曲萍，这时已经变了模样，不但恢复了美妇的气质，而且在乜家驹的特批下，已经成了甘屯子的一个机关干部。

保卫科的人本来还想给曲萍倾诉一下他们工作的苦衷，但看见曲萍一脸严肃的干部表情，又想到曲萍和乜家驹的关系非同一般，就唯唯诺诺地退出了曲萍的办公室。

那个副连长被劳改了3年后释放，再回到连队时，脸上的疙瘩没了，老婆也嫁了别人。他摸着儿子的头，长叹一声，就一个人瘸着腿回了河南老家。

据说，副连长临走时，带着儿子拜访了一次罗子。

他对罗子说："现在,我成了瘸子。媳妇、娃娃跟了别人,是他们的福。"

罗子对他说："你是活该。"

副连长点头说："我是活该,可娃娃不该受罪吧?"

罗子说："不该。"然后就低头沉默不语。

良久之后,副连长说："行了罗子,这事过去了。日后把我儿子照顾着点,别让他遭罪,我们就扯平了!"

罗子摸了摸那个男孩的头,半天才对副连长说了一句:"那你走好。"

副连长就走了,回了河南,再没回22团。

据说,罗子和副连长一直关系不和睦,但罗子在副连长走后一直把他的儿子当侄子看。副连长儿子的后爹好酒,酒后常打孩子。小时候,这孩子挨了打就往罗子家跑,而罗子夫妇也不拿这孩子当外人,碰上啥吃啥,有时候还留在家里睡。有几次,罗子还正儿八经地找过副连长儿子的后爹,警告他:"你要是再打孩子,我就收养他了!"

其实,副连长儿子的后爹在孩子12岁以后,就再没打过孩子。

这孩子就是我在《22团》中写到的那个售票员,一个留着日本式仁丹胡子的小伙子。他从小学到初中,都是边儿的同学。

我得承认,我在《22团》中对原副连长的儿子进行了不够实事求是的描写。事实上,这个留着仁丹胡子的小伙子还是非常儿子娃娃的,从小学到初中,边儿在学校没人敢欺负,就是因为有他。

在霍尔斯的孩子中,他曾经很有名,打架是出名的狠。

在《22团》中,我写到了他最后是"揪"住了杨子的衣领,然后被孔雀喝止了。其实,无论是杨子还是其他什么人都不可能这么幸运。真正的情况是:这个原副连长的儿子在罗子窜入房中咒骂杨翰林的时候,就一把揪住杨子给了他一拳。

这一拳打在杨子的腮上,他的嘴角马上出血了。

而就在边儿出来喝止的一瞬间,他又松开揪杨子的手,给了杨子一个左下勾拳。

这一拳打在了杨子的肚子上, 杨子什么声音都没顾上发出, 就捂着肚子要倒地。就在这一瞬间,这个像日本人一样又矮又凶悍的家伙,又给了杨子一个扫堂腿……

杨子腾空扑地,身体平展地趴在了地上。

边儿喝止的声音就在这一刻骤然响起,尖锐而锋利。

边儿的同学一愣,随后就颓然地坐到了地上,仿佛边儿的声音是一把刀,突然把他的身体拦腰斩断了。

杨子在地上爬了很久,才被边儿扶起来。一起来,他就说了让边儿感动一辈子的话:"我发誓,这辈子谁也别想把边儿从我身边夺走!"

边儿的同学席地而坐,垂头丧气。

杨子却走过去,像个殴斗的胜利者一样,站在他身边,居高临下地说:"现在我们扯平了! ——如果我爹当年确实打断过你爹的腿的话。"

随后,杨子把口中的一团瘀血狠狠地吐到了地上。

04

杨子把嘴里的瘀血吐到地上的那一刻,忽然理解了父亲。

"他,就是一团雾。"后来,杨子对我说,"我去 22 团,整个就是一个雾里看花。"杨子这样说的时候,忽然不好意思地笑了。

杨子大概是笑自己用"雾里看花"这个成语不合适。杨子在 1982 年的 22 团之行,其实是可以用"雾里摘花"来形容的。

那雾,是杨翰林;那花,就是边儿。

杨子在迷雾中寻找父亲,无意中却摘到了边儿这朵花。而且花开之后,很快就结了果。

尘土飞扬

边儿和杨子结婚后 5 个月,花开结果,生了他们的女儿飞飞。

一个女人刚结婚 5 个月就生了孩子,这种事儿在 20 世纪 80 年代,是件没有名誉的事儿。为此,曲萍曾动过让边儿堕胎的打算,但边儿和杨子坚决不同意,一个哭得死去活来,一个声称要带上他心爱的女人流浪天涯。

曲萍没办法,就急急忙忙地给他们办了婚礼。然后,整天唉声叹气地看着边儿的肚子一天比一天大。

后来,到了边儿明显地已经"出怀"时,曲萍忍不住去找了老鳏夫边瞎子。

双目失明、根本不可能看到边儿是不是"出怀"的边瞎子当时正在街道上溜达。听了曲萍的叙述,想也没想就举起手中的探路杆子,大吼了一个字:"滚!"

曲萍气得脸煞白。

可回到家里,生了半天闷气,曲萍还是没明白边瞎子到底是啥意思。

"你说,这边瞎子到底是发的什么神经?"她问乜家驹。

乜家驹说:"你还敢去找他啊?你儿子做的孽,要把老头儿气晕了!——行了,最近上面就要来人考察我。这时候不能出事,你赶快把这事儿处理好!"

曲萍说:"我就是不知道该咋办才问你的嘛。你说,咋处理吗?"

乜家驹没好气地说:"问你儿子呀?!"

一提到杨子,曲萍就不敢吭气了。她知道,自己的这个不争气的儿子在乜家驹的眼睛里就是个神经兮兮的二百五。

"要不,让边儿回霍尔斯去,在王小芸那儿把孩子生了,过个一年半载再回来?"曲萍试探性地问乜家驹。

"也就只能这样。让杨子也去,别让王小芸说咱们不负责任。"

"他去能干啥呀?"曲萍苦笑着说。

"能干啥?人家在边儿的眼里说不定就是个忧郁的诗人拜伦呐!"乜家驹说着,自己也笑了。

06

王小芸在曲萍的召唤下,不显山不露水地来了一趟甘屯子。

两个女人一见面就抹起了眼泪,先是王小芸说自己命苦,接着是曲萍说自己命苦。最后两个命苦的女人一致决定:不能让边儿再命苦,得把她带回霍尔斯去。

可两个女人到了杨子家,却发现杨子和边儿正在收拾家当。

两个女人都惊讶了,一个问:"这是要去哪儿吗?"另一个问:"这是想搬家么?"

杨子说:"我和边儿已经商量好了,我们进北山,到老龙口去。"

两个女人一听都急了。

你们可能不知道,我们甘屯子的甘屯子河在二三十年前不但是荒山秃岭,而且枯寂寒冷。尤其是老龙口,几乎每年冬天,都会有人不幸遇难……

"老龙口那是啥地方,你们想去就去吗?"曲萍说。

边儿却笑嘻嘻地掏出一份招工表,晃着说:"妈,我和杨子的招工表已经批了。"

王小芸一把搂过边儿:"边儿,妈在老龙口干过,那地方你不能去啊!"

曲萍也想抓一下杨子的手,但杨子一扭身,甩开了,"你不是怕我们在这儿生孩子吗?"

"你,你怎么跟你那个死鬼父亲一个德行?!"

"我,不过就是想看看父亲当年在那里干了些什么。"杨子说。

47

曲萍的脸又给气白了："去吧,看看你那个倒霉的父亲都干了些什么。"

07

杨子和边儿上了老龙口后3个多月,边儿生下了女孩飞飞。

坐月子的边儿天天有母亲王小芸守护着,足不出户。她不知道母亲王小芸的心里有多苦:要不是边儿的缘故,王小芸可能一辈子也不会到老龙口来。

老龙口,有王小芸太多的伤心泪以及不敢回忆的记忆。

第四章

人们被迫逃亡

离开了浴血奋战的甘屯子城

此后

城荒了

河干了

人走了

城荒了

甘屯子就被叫成了干屯子

01

杨子的父亲杨翰林进山修老龙口那会儿，我们甘屯子市还叫干屯子县。

干屯子在100多年前的名儿就叫甘屯子，之所以叫甘屯子，是因为古时候有兵在这里屯垦，干屯子河虽水流不大，但水质甘甜。两岸的屯兵饮用此水觉得幸福，就把此地唤作甘屯子。

后来，到了20世纪初，一场地震导致北山煤窑坍塌、乔尔玛山体滑坡，甘屯子河改道断流。从此，河干了。

河干的时候，城里的人还在，正在和哥萨克溃匪打仗。他们中间有名有姓的人物就有边儿的爷爷边一虎，杨子的爷爷杨树之，孔明的爷爷孔老三等。

不幸的是，就在甘屯子保卫战打得如火如荼时，20世纪最大的一场陆地龙卷风袭击了甘屯子城。黑风暴一波一波，日夜不息，湮城达半月之久。人们被迫逃亡，离开了浴血奋战的甘屯子城。

此后，城荒了。

河干了，人走了，城荒了，甘屯子就被叫成了干屯子。

02

杨子和边儿到老龙口的时候，干屯子已经恢复了过去的名儿，叫甘屯子市。

干屯子撤县改市的时候，大家都说干屯子这名儿不好听，应该叫老名儿。因为干屯子已经不"干"了。

干屯子之所以不"干"了，就是因为有了老龙口。20世纪50年代初，一大群来自四面八方的建设者们，筚路蓝缕，开山凿石，经过三四年的艰苦奋斗，重新炸开山体，修了龙口，甘屯子河恢复了过去的河道……

干屯子河有了水，干屯子也就恢复了生机，——或者说是变得越来越生机勃勃。

于是到了20世纪80年代第一春干屯子撤县改市的时候，大家就嚷嚷要恢复过去的名儿，叫甘屯子市，说"甘"字比"干"字好。

当时的市长乜家驹觉得嚷嚷者有理，就拟了方案上报，上面也就批了。干屯子县就成了甘屯子市。

您可能已经发现了，干屯子之所以能成为甘屯子，与甘屯子河有很大关系。

我们甘屯子人当然也明白这个道理，所以我们有个水工团，专门负责甘屯子河的维护和建设。

03

边儿和杨子结婚后，就双双到了水工团。

水工团的人大部分都在北山里，长年累月地看守从龙口一直到城里的各种水利设施。他们的生活有点像养路段的工人，寂寞而孤独。

杨子和边儿显然正是冲着这份寂寞和孤独而去的，所以他们强烈要求到龙口去工作。龙口就是河流水利工程中的分水闸，是离河流源头最近的地方，也是最远离人群的地方。

但水工团的领导考虑到边儿和杨子的特殊情况（他们都有一个

在我们甘屯子举足轻重的父亲），还是把他们放到了老龙口。所谓老龙口就是杨翰林他们20世纪50年代修的龙口，到了20世纪70年代中期，我们甘屯子的人力财力机械能力施工能力都有了巨大进步，所以就在雪山的更深更高处修了新龙口。新龙口离河流源头最近，离老龙口有十多公里远。

这就是说：看守新龙口的人是最寂寞的人。下来才是边儿和杨子。——也许我应该进行这样的表述：看守新龙口的人，是水工团离城市最远的人，下来就是边儿和杨子了。

我不太清楚边儿和杨子离我们甘屯子市到底有多远，我只知道他们出山一趟不容易，要许多的因素正好有利。比如正好有大车下山，正好是枯水期，正好没有风雨冰雪，正好道路畅通，等等。在这样有利的条件下，他们回城一趟，需要汽车跑12至15个小时。

主要是北山里许多地方没路。有路的地方也是崎岖颠簸，时断时续。——这是边瞎子的总结。

边瞎子曾多次地去过老龙口，他的总结具有权威性。

自从边儿生了飞飞后，边瞎子每年都要跟市里要四五次车，去北山里看孙女。市里每次也总是把最具越野性能的车派给他。但即使这样，边瞎子每年真正能进山看到孙女也只能有两三次。几乎有一半时间他都是无功而返，有一次他还差点儿出了车祸，要不是那辆车前后加力，四轮驱动，边瞎子就会连人带车掉进河中，即便侥幸从车里钻出来，也会被河水冲到下游的水库里去。

04

飞飞第一次出山，是在4岁时。

那一年边瞎子67岁，老了，再也上不了老龙口了。但他想飞飞，就在自己67岁生日的前夕，要求见一下他的外孙女。

已是鳏夫的边瞎子是甘屯子一代功臣，组织上就专门派了一辆进口越野车,把杨子夫妇和飞飞接出了山。

那好像是骄阳似火的日子,新疆的河流总是春季冰雪消融的时候发洪水,冲毁路段。到了夏季河水稳定,下山的路倒是相对好走。但杨子他们下山前夕,山里下了雨,一场小雨。也就是这场小雨,把路面冲断了七八处,结果杨子他们用了 3 天时间才从北山里出来。

对了,我应该说说北山。北山是天山的一支余脉,甘屯子河从乔尔玛雪峰发源后,从天山深处流出,大部分河道就在北山里。我们水工团的新龙口、老龙口,还有各种各样的河坝、分水闸就在北山中。

像新疆的许多大山一样,连绵起伏的北山是光秃秃的红石头山。雪线以下,没有一棵树。从甘屯子最高的楼上远眺,你能发现北山是褐红色的,在戈壁上形成一个巨大的弧,夕阳西下时,这个弧红得像是一道火龙喷了出去。

这道火龙的喷射点就是红山头。它是北山离甘屯子最近的山体,也是甘屯子河流出北山的最后分水岭。

甘屯子河的最大特点就是从龙口直到红山头,整个河道两岸只有草,没有树。盛夏季节,河谷里一起风,还常常尘土飞扬。当然,20 世纪 50 年代后,红山头上有了一些树,但那都是人工种植的绿化树。

北山没树,和山体的地质构造有关。构成北山的主体物质据说是一种红沙岩,土壤层极少极薄,上面长不住树。而这种红沙岩还有个特点,干燥时坚硬,湿水后松软。大水一冲,红色的沙粒土就到处乱流。

山中草少没树,留不住水。一下雨,山上有多少水,都会流进河道。所以我们甘屯子河就经常泛着红色,进山出山的道路就经常被山上的雨水冲断。

雨水冲断道路的程度通常和雨量的大小有关,一般的小雨——就是气象台说的那种标准的小雨,会在道路上形成雨裂沟、路基塌陷、小的山体滑坡,只要你肯下功夫用石头填,用棍棒撬,用手清理路障,一般都还是能通过的,只是要花时间。

尘土飞扬

边瞎子 67 岁生日时，边儿他们之所以花了 3 天时间才出山，主要就是道路有问题耽误了时间。

可以想象，为了让飞飞能赶上边瞎子的寿辰，杨子夫妇吃了许多苦。那辆进口的丰田越野车，根本不像它的广告词所说的那样："车到山前必有路，有路必有丰田车。"实际情况是它只走了还不到一半路程，就陷进一片看上去毫不起眼的河滩泥沙中，趴窝了。杨子他们被迫徒步走了 7 公里路，到工段上找了一辆拖拉机把它拉了出来。之后，心急火燎想赶夜路的司机又对丰田车的通过性过于有信心，结果刚走到泄洪大坝时，底盘上一个和供油有关的管子就被路上的一个大石头刮掉了。杨子他们无奈，只得在泄洪大坝的工房里住了一宿，第二天搭了一辆挖掘机到了分水闸道。分水闸道已经快出北山了，可是他们等到天黑，才上来了一辆拉石头的大卡车。

这辆带拖斗的东风卡车被水工团的人吆喝着连夜装车，天明出山。

可就是这样，杨子他们还是晚了一天，错过了边瞎子 67 岁寿辰的正日子。

好在飞飞进门后，一声爷爷，就把边瞎子叫得心花怒放，满面春风。

飞飞第一次出山是坐着一辆东风大卡车来到外公家的，这事儿后来边儿常给人絮叨。

05

飞飞 4 岁时，第一次看见树。

那是在边瞎子家。

边瞎子论级别也就是个副县级吧，但他是 1949 年以前的老干部，又是甘屯子第一任代县长、武装部长，在我们甘屯子算高干——至少享受的待遇让大家觉得他像高干。

所以他的住房不但宽敞,还有个大院子。

边瞎子的院子大,里面就种了许多的树,杨树、槐树、柳树、桑树、李树、苹果树,等等。边瞎子的姑妈秀姑以前是尼姑出身,深居简出,整天就在院子里务习树。我们甘屯子风沙多,种树就要好好务习,不务习,树就活不了。边瞎子家有秀姑,所以他们家的树就长得好,在甘屯子数一数二。

秀姑是73岁时寿终正寝的,那是1978年。

秀姑去世时边瞎子家的树已经长得郁郁葱葱,有些还硕果累累。

秀姑去世后边瞎子家的树依然长得郁郁葱葱,有些还硕果累累。

飞飞4岁时第一次到外公家,最震撼她的就是那些郁郁葱葱的树,其中的桑树还硕果累累,长满了桑葚。

后来边儿就常给人说:"飞飞从那辆东风卡车上下来后,一进门就目不转睛地盯上了那些树。"

在这里我得描绘一下飞飞的肖像。

你可能已经注意到了在这部小说中我是第一次进行人物肖像描写,我回避了对大人的肖像描写,却要描写一个4岁孩子的形象,这实在是因为出现在我们面前的这个孩子太漂亮了。你应该在阅读了前面几章后就意识到了边儿是个漂亮女人,但飞飞比边儿还漂亮。

你也应该知道了杨子的母亲曲萍年轻的时候是个大美女,杨子的形象自然不会差。事实上,杨子忧郁的形象多少有点像意大利的足球名星巴乔。

飞飞择优录取了边儿和杨子的长处。飞飞恰到好处地继承了杨子白皙的皮肤和微微有点卷曲的头发,却摒弃了杨子忧郁的三角眼和狭长的脸形。她有着一双毛绒绒的大眼睛,轮廓分明的樱桃小口和一个翘翘的小鼻子,这都是边儿的特征。

集合了边儿和杨子全部优点的飞飞看上去有点像个洋娃娃,谁都想抱过去亲一亲。飞飞不是那种口齿利落、八面讨巧的孩子,谁抱她,她都只是笑。

但这已经让人稀罕得不行了。

边瞎子更是对飞飞心疼得要命。

说也奇怪,边瞎子作为我们甘屯子的资深盲人,似乎能看见飞飞。

飞飞一进院门就目不转睛地盯上了家里的那些树,而边瞎子则盯上了飞飞。当时,大家都忙着从车上往下拿东西,飞飞一个人站在院中央。谁也不知道边瞎子是怎么回事儿,他像是能看见一样,径直走过去,就抱起了飞飞,连探路杆子都没用。

"爷爷!"飞飞只叫了一声,本来对边儿他们错过自己生辰不满的边瞎子就乐得老脸开满了秋菊花。

但边瞎子还是瞎子,当飞飞指着那些树问边瞎子是啥时,边瞎子看不到飞飞指的是啥,是边儿过来告诉飞飞说:"那叫树。"

飞飞就冲着院里的大树连声喊:"树!树!"好像树能答应似的。那是飞飞第一次看到树。

此后的日子里,边瞎子不是带着飞飞在树下荡秋千,就是扛着飞飞摘桑葚。爷孙俩的欢声笑语在树阴间时起时伏。

06

飞飞要回老龙口的时候,哭了。她抱着一根树干,不想走。

"妈妈,我要树。"飞飞说话的时候楚楚可怜。

边儿的眼眶就湿了,她对杨子说:"飞飞喜欢树,回去后咱们把老龙口周围的山上也种上树。"

边儿说到做到,回去时真的就在车上捎了些树苗子。

那是些杨树苗子,没活。3个月后,都死了。但边儿并没就此放弃,相反,她开始不断地托人,有车上来就带树苗子,在老龙口试验种植。

一年后,老龙口周围的山坡上果然就有了些树,针叶松、云杉、白桦、青杨……

边儿还硬是种了几棵桑树,虽然看上去不可能结桑葚,但活了。这让飞飞相当惊喜,她天天跑到树下瞅,怀疑自己家的桑葚是被鸟偷吃了。

也就在这一年,水工团的领导来找杨子夫妇谈话了,要调他们下山,回甘屯子工作。因为甘屯子的发展日新月异,需要人才。杨子原来工作的报社也扩大了,需要杨子这样的"老新闻"。报社的说法连杨子自己都不好意思相信,但水工团领导的说法还是让人信服的:杨子和边儿的孩子小,家里还有边瞎子这样的老人没人照顾,组织上不能不考虑。

杨子原来在报社工作,觉得新闻工作没意思,就整天东游西逛,三天打鱼两天晒网地上班。和边儿成婚后,进了北山,开始还兴致盎然,上山下河到处乱窜,一边看山景听河涛,一边企图索解杨翰林甚至王小芸的隐密故事。后来当他发现无论是他的生父杨翰林还是边儿的生母王小芸,他们在北山里的生活都相当乏味和单调时,郁闷就代替了兴致,复又变得懒散起来了。再后来家庭的琐屑烦事逐渐冲淡了他和边儿的激情,他也就时常感到了山里的寂寞……

水工团的领导来时,杨子已经对山里清静而枯寂的生活感到了不胜其烦,他一口答应了回报社工作。

可边儿不同意调动,说她舍不得那些树。

水工团的领导很吃惊,告诉边儿说,是电视台调她!因为边儿原来在霍尔斯时干过团部的广播员,有一定的业务基础。甘屯子原来的电视转播台大发展了,正式成立了电视台,现在正在争取"卫星上天落地",太需要人了……

边儿还是说:"舍不得那些树。"

57

水工团的领导就无奈地摇头：本来他们是想尽快完成任务，让乜家驹满意的。之前，乜家驹和曲萍因公回甘屯子，想孙女，让人把飞飞和边儿接下了山。全家人见面的时候，因为有水工团的领导陪同，乜家驹就说了一句："飞飞快5岁了，该上幼儿园了。你们水工团有幼儿园吗？"

水工团的领导说："有有有。"

乜家驹副州长说："唔，在山里吗？"

水工团的领导说："没在山里。在甘屯子。"

乜副州长像是若有所思的样子说："唔，飞飞该上幼儿园了。"

团里的领导们立刻领会了乜副州长的意思，急忙地表态说："我们已经研究过了，正准备把杨子夫妇调回团部来。两个人这些年干得不错，我们准备提拔……"

曲萍听了很高兴，可乜家驹说："提拔什么？我自己的儿子我不知道？！吊儿郎当的，能把自己的工作干下来就不错了。还是让他们干点业务工作，也省得给我和你们添麻烦……"

乜副州长说"你们"的时候把头扭向了身边的宣传部长，宣传部长马上点头："就是，杨子原来就是记者，边儿也是广播员出身。都是人才，我们宣传口子目前正需要人呢。就不知道你们水工团放不放人呐？！"

水工团的领导还能说什么，赶紧地说了一通哪里都需要人才，水工团当然是不舍得的。不过，这就要看怎么安排对两个年轻人的发展有利了。

乜副州长就很严肃认真地说："我是反对提拔领导干部的子女的。"

水工团的领导和宣传部长就都点头："这事儿我们会按乜州长的指示办，请州长放心。"

水工团的领导和宣传部长言必行，行必果。不久水工团的领导就带了宣传部长的批示上了老龙口。

在水工团的领导们看来,杨子夫妇上山看老龙口,本来就是镀金。现在也四五年了,再让人家继续镀金就说不过去了。何况,事情已经到了乜副州长亲自出面说话的地步,再不速办可就不好了。

可边儿说她不想下山,她怕自己走了后,她种的那些树没人管。

水工团的领导觉得这理由不能成立。因为边儿和杨子的工作是看守老龙口,每天的工作量不大,就是四处转转,看看设施,测测水位,有了险情提闸泄洪,及时向下游报告。这样的工作责任虽大,但枯寂得很,年轻人都不喜欢,要换人也都只能是老年夫妻。人老了,多数都爱种个草啊养个树的,怎么会不管边儿的那些树?而且甘屯子人有惨痛的历史教训,都重视树。

领导觉得这可能是边儿做秀,组织上得更真诚些。于是,就更真诚地和边儿谈话,说确实是工作需要,而且派来接班的人一定会是爱树的。

可边儿不改初衷,谢绝得也很真诚,能看出边儿不是在做秀。

组织上无奈,杨子就和边儿商议了一个晚上。边儿对杨子回报社工作倒是非常支持,说一个男人家成天在山里无所事事,最终能有什么出息,还是应该到报社去干事业。

杨子和边儿谈了一宿,看边儿还是不愿下山,就火了。

杨子一发火,边儿就妥协了。同意杨子先调回报社去,她和飞飞再过两年,等飞飞7岁时,下山到甘屯子上学。

杨子悻悻然独自回了甘屯子。报社对杨子倒是照顾,让他专跑水工团的新闻。这样一来,杨子倒也惬意,一个月里总能和边儿、飞飞见上一两次面。

可谁也没想到,第二年的春天,老龙口上就出事了。

07

那年春天水大。

那年春天水大风也大。

杨子上山时给飞飞买了条红裙子,也大。

边儿却很高兴,说:"大点好,娃娃长得快,搁一年就能穿了。"

可有一天,她却忍不住对红裙子的喜欢,提前让飞飞穿上了。红裙子的下摆快到飞飞的脚踝了,飞飞穿上那条红裙子,连边儿也笑了:"行了,脱了,明年再穿吧!"

可飞飞不愿意,她喜欢爸爸给她买的红裙子。

"那行,回头我给你改改再穿。把下面折进去些。"边儿这么说完却没有立即动手。她转身进屋做饭去了。

那天有车要上老龙口,给边儿捎树苗子来,边儿得给人家弄顿饭吃。

车来的时候,飞飞正在屋外的向阳坡上玩秋千。在边儿种的树里,白杨长得最快,向阳坡上的一片白杨树已经比碗口还粗了,边儿就在树上拴了个秋千,让飞飞玩。

那天来的是辆皮卡车,淡绿色的。这种颜色在褐色的山谷里相当耀眼,坐在秋千上的飞飞一眼就发现了它。

"妈妈! 车来了。"

飞飞的第一声喊,边儿就听到了。她正在炒菜,听到喊声出门一看,车还在河对岸的山道上,就应了一声,回屋了。

边儿怕锅里的菜炒糊了,就急忙回屋了。她的心思在对岸的车上,上山的车都要从对岸过来,要转一个山弯,才能上龙口大坝,然后从坝上慢慢开过来。这个过程至少也要一刻钟。这段时间足够边儿把菜炒好盛进盘子里。

边儿的心思都在车上,她没注意到飞飞的举动。

飞飞朝着龙口大坝跑了过去。飞飞见的车不多,平常见的都是大卡车、施工车,像这样的皮卡车又是绿色的,她压根没见过。

她跑过去肯定是想早早地看清那辆皮卡车。

她跑到大坝前时,停顿了一下。边儿平时是严禁飞飞到大坝上的,那里风大、浪急。当然,大坝两边的护岸、河岸边儿也是严禁的。

飞飞肯定是想到了妈妈的禁令,所以到了大坝前,她停顿了一下。可是那辆绿色的皮卡车实在太诱人了,当她看到它缓缓地上了大坝后禁不住就迈开了双腿。

大坝的闸口处浪涛汹涌,急流飞溅,扬起的水雾在阳光下闪烁着七彩的光谱……

惊涛拍岸,震耳欲聋。没有人在这样的声浪中能听到远处的呼喊。飞飞没有听到边儿的呼喊,她依然欢欣鼓舞地喊着什么,挥着手朝前跑。

飞飞跑得兴高采烈,跑得忘乎所以,根本没去管从河谷里吹来的阵阵山风。甚至就在一股强烈的气流骤然而至,吹开她的红裙子,把她像花仙子一样托起来的时候,她依然在对着皮卡车拍手欢笑……

许多年以后,边儿还是不能相信当时所发生的事情:飞飞无声无息地消失到了水雾中。在边儿看来,当时的情形就像一个梦,一切都飘忽不定。她觉得自己分明看见飞飞像她的名字一样飞了起来,红裙子就像一个饱满的红风筝,飞飞坐在上面,缓缓地飞向太阳……

可是突然间那风筝却断了线,飘飞了几下,就快速地在天地间划了一个鲜红的弧线,飞入了急流狂泻的水中。

当时,边儿像疯了一样,嘶喊着冲到了护岸边。之后,她就像在大地上奔跑一样直接跑进了大河中。

她想找到那条红裙子,紧紧地抓住它。可是,她再也没有看到飞飞的红裙子,永远没有。

尘土飞扬

第五章

但谁也没想到
在后来的日子里
无论是杨子还是王小芸都错了
边儿再也没有怀孕

01

边儿创造了一个奇迹,她居然没死。

20 世纪末,为了给电视台撰写一部系列片,我去水工团采访,曾在档案室看到过一份尘封多年的"死亡档案",上面的记录令人心酸:1952 至 1979 年,北山水工团的职工们为维护河道,保障下游地区工农业、生活用水,先后殉职 26 人,年龄最大的 58 岁,最小的只有 18 岁……

这里面还不包括 20 世纪 50 年代初为开发甘屯子河而牺牲的建设者(杨翰林、罗子他们就是这批人中间的幸存者)。让我诧异的是:据记载,1952 至 1979 年,在甘屯子河上游的落水者只有 28 人。也就是说,在全部的落水者中,只有两人幸存。那两人一个是个新婚女工,一个是个小伙子。

新婚女工是在冬季打冰时,冰层断裂,滑入水中的。当时,有 3 个人紧紧地拽着她腰间的保护绳,把她拽上了岸。她后来被高位截肢。

小伙子是在和他叔叔一道查看涵洞时,洪峰忽至,把叔侄二人同时卷入水中的。他叔叔为了侄子,把手指插进涵洞的缝隙中,让侄子踩着自己的胳膊爬上了岸。可当小伙子回头想拉叔叔时,他的叔叔已被"吸"入涵洞,小伙子抓住的只是两根折断的手指……

第三个落水没死的人应该就是边儿了。

边儿是自己冲入水中的,飞飞落水后就无影无踪,但边儿还是想抓住女儿的红裙子。她狂呼乱叫,沿着河岸跑了有二三十米,想看到飞飞的踪影。但看不到,她于是自己冲入了水中。

边儿进入水中不到一分钟就昏迷过去了。

落入甘屯子河的人之所以连九死一生甚至百死一生的几率都不到原因有二:

一是水冷。甘屯子河像新疆多数的河流一样,是雪水河。而甘屯子河又格外地冷,冷到全疆著名,家喻户晓。冬天上游大河会结冰,需要人工打冰,否则膨胀的冰体会挤压堤坝、护岸,导致河道毁坏、大堤胀裂。到了夏天,即便是骄阳似火,河水却依然冰凉刺骨。人入水中,不到一分钟就会手脚抽筋,继而昏迷。

二是水急。甘屯子河的年径流量在新疆算不上特别大,但流速第一。因为河水从发源地到出山口,一路下来,落差极大。加之20世纪50年代初,甘屯子地区水贵如油,杨翰林他们那些人在开山引水时,为了防止河水渗漏流失(1918年这里的煤窑坍塌,就与地质结构疏松不无关系),大量使用了水泥、石块修筑河岸甚至河床。如此一来,河水在河床中奔腾,几乎没有礁石、卵石的障碍。但同时人一旦落水,也就绝无立足之可能,只能被河水冲得四下翻滚,左突右撞。结果不是被河水冻死过去,就是被刚性的水泥石块撞得头破血流,昏迷过去……

边儿入水后是被冷水冻昏了还是被石头撞晕了,不得而知。但她确实是进入水中不到一分钟就昏了过去,这一点毫无疑问。因为那辆皮卡车上的人都看见了,边儿奔入大河后的情形并不比她的女儿好,她在水中呼叫了几声,扑腾了几下后就没影了……

但昏迷后的边儿是幸运的。

人们后来找到她是在下游的5号涵洞导流堤,她依然昏迷不醒。也许是因为想到了要从车上往下搬树苗子,边儿那天穿了结实的帆布工作服。

64

就是这件工作服救了她。

人们看到导流堤上的一根钢筋挂住了她的工作服,从水泥预制板的破口伸出的钢筋并不多,但那一根正好挂住了边儿。

边儿的确是幸运的,可以肯定,在有案可查的落水者中不止一个人曾经被河水冲到过导流堤上,但导流的堤坝是一个坡度超过45度的光滑斜坡,谁也没有停住——也就是说,有 N 个人在被河水冲上斜坡后,又迅速地滑落了水中……

可边儿在被水浪冲上导流堤坝后,正好有个从斜坡的破损处伸出的钢筋挂住了她。

02

边儿被送到甘屯子医院后,当天就脱离了生命危险。

被挂住了的边儿虽然没有再次落入水中,但那个钢筋的位置看起来还是有点低,她当时大半个身子都在水中,样子有点像美人鱼:上半身在导流堤坝上构成一个凄美的造型,下半身却在水中随着水浪飘荡……

问题是边儿不是真的美人鱼,所以她的双腿在后来的日子里出现了麻烦:每逢天阴下雨,都会让她疼得满床打滚。但不管怎样,边儿还是幸运的,她当天就被抢救了过来。

被抢救过来的边儿先是乱喊乱叫,呼叫飞飞。连看见了杨子她都又打又骂,骂杨子不该给女儿买那条红裙子,买红裙子不该买那么大的,等等。再后来她就成了祥林嫂,一会儿自言自语:"我真傻啊,我为什么要给飞飞穿红裙子……红裙子太大了,兜风啊,我怎么就没想到呀!"一会儿又抓住别人的手,哭诉着给人家说:"我的飞飞可怜呀,4 岁前没见过树。后来有树了,她又不在了……我明明看见她在树下荡秋千,就炒了一个辣子鸡的工夫,她就上了大坝……她咋能跑那么快呢,就一个辣子鸡的工夫!?"

尘土飞扬

65

杨子在飞飞没了后的最初几天里也是悲痛万分，他不相信飞飞就这么没了。他组织了一支由孔明等老同学和哥们组成的打捞队，从红山头出发，沿河寻找……

杨子甚至还异想天开地要搞几个皮筏子，组建一个甘屯子河漂流队，从老龙口开始往下漂，以寻找女儿的踪迹。只是在被边瞎子叫去大骂了一通后，才放弃了这个想法。不过，他还是偷偷地搞来了两套潜水服，和孔明等两三个带有敢死队员意味的哥们一道要潜入河底……

杨子的这个想法把闻讯赶来的曲萍弄得坐卧不安，也把水工团的领导吓得够呛，不得不派人成天跟着杨子，唯恐他真的下水——那意味着杨子将成为另一个被人们缅怀的人。

最后是日理万机、百忙之中的乜家驹亲自出马，上了老龙口，和杨子进行了他们父子间最推心置腹的一场谈话，才制止住了杨子一系列的疯狂想法。

乜家驹用了一个上午，其实就是给杨子提出了 3 个设问：一、所有被甘屯子河夺取生命的人，如果在几百里的出山河道里找不到，最终会到哪里？答案是泉沟水库。二、泉沟水库里有什么生物？答案是有水到了这里已经被太阳晒暖和了可以养的鱼。三、泉沟水库里现在都有什么鱼？答案是：有鲤鱼、鲢鱼、草鱼、食人鱼……

"不！你胡说！胡说八道！啊……"杨子在大梦初醒、明白了女儿已经葬身鱼腹后，猛然爆发出了一声大哭。

——在飞飞没了的半个月里，这是杨子第一次发出哭声，而且热泪盈眶。

杨子哭，是因为这个事实太残酷了！

其实担心和认识到这个事实的人不止一人，但只有乜家驹那样理智的领导才会有条不紊地面对现实，说出真相。

乜家驹在慢慢启发杨子明白这个血淋淋的真相时，语气异常平静。他的平静让杨子不寒而栗。杨子一边瞪着眼畏惧地看着继父，一边往后退身。

退着退着,杨子忽然转身跑了。

从此,杨子终生不吃鱼。

03

杨子在明白了女儿血淋淋的结局后,倒是很快就恢复了正常。

"行了,边儿,咱们还年轻,不怕……"他这样劝边儿,"只要你还好,咱们就会有孩子。"

而那时候边儿虽然已经出院,但还是神思恍惚,精神异常。她听不懂也听不进去杨子的话,还是自言自语:"咱们的飞飞是成仙了?对吧?我看见她化进了那片云雾中……不对,是阳光中!这孩子,也真够没良心的,说走就走了!也不说一声……我把树给她种好了,她却走了!"

边儿不像杨子,总想看到他女儿的遗体。那阵子边儿把自己的幻想当成了真实,认为她的女儿成了仙,上了天,入了云。

杨子看边儿神经兮兮,担心她的精神真出问题,就急忙地去了霍尔斯,求来了王小芸,看护边儿。

王小芸也是那样劝边儿:"留得青山在,不怕没柴烧。孩子,你还年轻,再生!"

王小芸的这种话说多了,边儿也就听了进去,渐渐地能够正常地和人沟通了。

但谁也没想到,在后来的日子里,无论是杨子还是王小芸都错了:边儿再也没有怀孕。

04

半年后,边儿不但能生活自理,还能照顾边瞎子和杨子了。

但边儿的情形还是没法让人改变看法：边儿受到的刺激太大了，精神上有了问题。

一年后，边儿依然让人能明显地看出她有些张张呆呆，已经不适合工作了。

杨子就替边儿写了一份内退报告，递给了水工团。

水工团的领导这才想起：自飞飞出事后，边儿再没上过老龙口。也再没说过她山上的那些树。

作为一种极特殊的情形，水工团的领导把杨子的报告递到了市委，并请示是否可以批准边儿病退。

3个月后，市委常委会研究通过：批准边儿病退。

边儿在病退前基本上是住在父亲边瞎子家，病退时水工团特地给边儿分了一套三居室住房。

05

毫无疑问，飞飞的早殇给边儿在精神上留下了后遗症：在某些时候她会出现言语异常，某些时候还会歇斯底里。按我们甘屯子人的说法是：边儿有时候会勺头勺脑。

关于边儿经常会勺头勺脑的例子我在前面已经说过一些，还可以举出更多。不过这都不重要，重要的是后来人们发现：让边儿表现出勺头勺脑的那些事都有一个共性，那就是与树有关。

为此，我们甘屯子人有一个简练的总结：那个女人（当然是指边儿）沾了树就勺掉了。这话后来在我们甘屯子广为流传，几乎成了人们的一种共识。

其实，如果说边儿真的有时候会勺头勺脑的话，根本的原因还是由于飞飞的殇逝。但没几年人们就都忘记了这一点。

半辈子叱咤风云的边瞎子在听到飞飞早殇的消息后，骤然成了一个典型的老人，算起来那时候他也不到70岁，可却像一个八九十岁的老人,不再点着探路杆子满城乱跑,而是终日坐在院里的树下一动不动,并且在有人去看望他的时候也一语不发。

大约是在飞飞殇逝后的 3 年的祭日上,我去边瞎子家,无意中给他说起了边儿的事儿,无非是告诉他,甘屯子人有一个说法:说边儿沾了树就勹掉了。

没想到这个已经被人开始怀疑还会不会说话了的边瞎子突然吼了一嗓子:"边儿已经不能生孩子了,她把树当自己的孩子,咋了?能算勹吗? 狗日的,谁再这么说,我打断他的腿! "

边瞎子吼这一嗓子时,声如洪钟,一院子的人都听到了。

大家这才意识到,3 年了,边儿的肚子一点动静都没有。

06

如果当初边儿被挂在斜坡上的时候,下半身不是一直都泡在冰水里,那么在后来长达 20 年的岁月里,她肯定会有孩子。

如果她有了孩子,那么她肯定会慢慢恢复正常,像你我一样。

如果边儿和你我一样,谁还会说她有些"勹"呢?!

不幸的是,这样的假设没有成为事实。边儿再也没有了孩子。为此,边瞎子迅速衰老,像干了的葵花头。为此,曲萍一提起这事儿就指桑骂槐,唉声叹气。为此,王小芸和罗子对乜家充满愧疚,有空就催着杨子带了边儿上北京,跑上海,寻医问药。

但杨子对此事倒不在乎,虽然在后来的岁月中他也背着边儿有过个把情人,但他对边儿的感情却始终没变。

大概过了 5 年吧,总之是 1991 年的春天,乜家驹夫妇回到了甘屯子。边儿没孩子的事也就骤然变得重要起来了。

乜家驹是 63 岁时彻底离休的。这个当了半辈子领导的人,在 60 岁时因为工作需要没退下来,到了州上的"人大",后来又从"人大"到了"政协",从实职到虚职,从领导到巡视员,他都干得一本正经,

尘土飞扬

69

满脸严肃,一副革命者四海为家的样子。可是真正到了宣布他彻底退休时,他第一件想起的事儿却是要叶落归根,回甘屯子。

回到甘屯子的乜家驹干的第一件事儿就是去看望边瞎子。

边瞎子耷拉着头,不动。

乜家驹就笑了,说:"老部长,乜三来看您了。"乜三是乜家驹当领导前的名字,这名字连他自己都陌生了。

长篇小说

边瞎子也就笑了,抬起头,眯缝着瞎眼说:"乜三,我记得你今年该是 64 了吧?"

乜家驹的脸就红了,不好意思地说:"这个……档案上是两个时间,一个 63,一个 64。"

边瞎子就不笑了,说:"那你不记得自己的年龄了?"

乜家驹的脸由红转白,尴尬地说:"平时忙,没细想。反正都是忙革命工作么。"

"行啊!"边瞎子忽然莫名其妙地长叹了口气,就又耷拉着头,像个葵花头,不说话了。

乜家驹从边瞎子家出来,干得另一件事儿也与边家有关。——这个在位时一直忙得顾不上想孙子的人,忽然特别强烈地想抱孙子了。为此,他开始到处打电话,给老同事、老部下、老朋友,请他们帮忙,找名医大院给边儿看病。

但大半年后,这个冷静严肃的人也成了一枚成熟的葵花头,常常坐在客厅的躺椅上,耷拉着脑袋看斜阳夕照,花影移动,有时还会长长地叹口气。

乜家驹叹气是因为边儿的身体情况真的无可救药,所有的医生都认为边儿此生不会再生出一男半女。

其实乜家驹也可以不叹气,因为他有孙子。那是他和曲萍生的孩子,叫乜军。乜军在州上工作,有个孩子,3 岁多了,由姥姥带着。对了,他们还有个也在州上工作的女儿,虽然还没孩子,但也结婚了。

就是说,乜家驹如果待在州上,他是能够天天抱上孙子,还能天

70

天看到儿子、女儿。

但乜家驹却一退休就跑到甘屯子来了。

07

1991 年,在我的叙事中合该是个多事之年。

这一年,远在霍尔斯的罗子也退休了。这个一边钉鞋一边给老婆孩子看仓库的汉子那天高兴得喝醉了。兵团的许多农工都这样,到了 50 左右,不管是不是倒挂,都苦熬着包地,绝不自动离职辞职。目的就是等着退休,好从此旱涝保收地领一份退休工资。

罗子没退休前,得包地,包了连队的地,再转包给口里人。但口里人靠不住,一看收成不好就跑。罗子家的人怕倒挂,就都得忙着做生意,跑运输,补贴地里的损失。现在罗子退休了,自然高兴,有了固定工资,还不用再操心着包地。这对团场的农工来说,就是件挺美的事儿。

有美事就该喝酒,那天罗子把几个要好的老哥们都叫来了,家宴宾客。

结果别人没醉,他醉了。

醉了的罗子万万没想到曲萍当天也赶到了霍尔斯,还带了许多珍贵的礼物。

罗子和王小芸都很感动,以为曲萍是来祝贺的。可到了晚上,曲萍的话一出口,王小芸的脸就白了,罗子则哇的一声,把白天吃的东西全吐了出来。

曲萍说:"老乜回来半年多了,天天想孙子。可这边儿再生是没希望了,我看,让他们离了算了。"

此言一出,王小芸的脸就白了,嘴唇哆嗦了半天才说出几个字:"萍姐,咱们……可是亲上加亲。边儿可是命……苦,苦啊!"

罗子则像被烫了一般,一蹦子跳到院子里,哇地吐了起来。

71

罗子吐完了，就扶着大青杨落泪了。

后来，罗子看到王小芸抽抽搭搭抹着泪从房间出来，紧接着他看到曲萍一脸怒色地也跟了出来。他不知道两个女人都说了些什么，但他压不住一腔子话要说，就冲过去，对曲萍说：

"你们家老杨已经对不起老部长了！你，你不能再对不起老部长了！"

"你说什么哪？谁对不起边瞎子了？我和他有什么关系?!"曲萍正色道，"杨翰林是不是对得起边瞎子，和我有关系吗？对得起对不起边瞎子，你们两口子最清楚！"

曲萍把话这么一说，罗子一下就蔫了，像个茄子，半天才嗫嚅出一句："我是说，是说杨子这孩子不错，不能让他对不起老部长……"

"怎么？孩子不错就该拴在边家这棵树上吊死吗?!你咋不想想我和老乜，人家老乜家就该断后吗？杨子和边儿他们两个娃娃不懂事，你们当大人的也不懂事吗?!"

曲萍这么一说，罗子就像被打了一闷棍，蹲到了地上。少顷，又吐了起来。

倒是王小芸在这个时候反而会说话了，她也不知道从哪儿转了出来，拉住曲萍细声细语地唠叨：

"萍姐，咱们都老了，咋过不是过？就是这事儿我和老罗哪里敢做主啊？恐怕得看边瞎子的，他是边儿的亲爹呀！再说，我们说了也不算呐，主要不是还得看两个孩子咋想的吗？"

曲萍听了这话，竟然叹了口气，随后自己也落泪了。

08

曲萍从霍尔斯回来，到底有没有去找边瞎子谈让杨子和边儿离婚的事儿一直是个谜。因为曲萍回来后不到一个月，边瞎子就死了。

从一般的情况来说，曲萍是不可能去和边瞎子谈让两个孩子离婚的事儿的,因为她是乜家驹的妻子。乜家驹是边瞎子的通讯员出身,边瞎子敢拿着探路杆子敲乜家驹的脑袋,乜家驹哪里敢让曲萍去和边瞎子谈离婚的事儿?但根据曲萍的性格,我们又不能断定她就一定没有去找过边瞎子,她并不像别人那样怕边瞎子,她完全可能背着乜家驹去找边瞎子。

更重要的是:根据边瞎子家保姆转述的遗言,边瞎子显然在生前是知道有人要让杨子和边儿离婚这件事的。为此他留了遗言:杨子是个好娃,他和边儿是过还是离,是他们自己定的事儿。两家大人谁都不要管。

大概是 2000 年的时候吧,我在甘屯子郊区的杨树沟乡非常偶然地见过边瞎子家当年的那个保姆。这是个利索清瘦话语不多的老太太。当我问到边瞎子死前的那个月,曲萍是否去过边瞎子家时,她干脆地说:"去过。"

"他们谈了什么?"我问。

"不知道。"老太太更干脆地说,并且用一种警惕的目光看了我一眼。

"他们有没有吵架?"

"不知道。"老太太显然相当具有职业保姆的操守,什么都要替主人保密的样子。

可当我绕了一个圈子,说到曲萍去拜访边瞎子,边瞎子一定不高兴时,老太太失去了警惕,愤愤不平地说:

"当然不高兴!老边平时就讨厌这个女人。那天这个女人也不知道说啥哩,把老边给气得举着个拐杖光喊:'滚!你给我滚!'我一看不行,就赶紧把曲萍那个女人拉出了门。就这,老边还气得一天一夜没见说一句话,晚饭也没吃。唉,老边呀,好强了一辈子,最后就那么死了。他是被气死的呀……"

老太太说着竟然哭了起来,弄得我手足无措,只得赶紧离开了。

后来,我动过去找那个老太太进一步了解一下当时情况的念

73

头，但听说当年冬天她就病故了。

边瞎子会被气死？这事儿让我疑惑了好久。最后，我还是否定了老太太的说法。边瞎子是个一生闯过枪林弹雨、历经人间少有磨难的人，应该说一般的事儿一般的人，想把他气出个什么毛病来都不可能，更遑论气死了。

边瞎子死于1991年深秋，享年72岁。

09

边瞎子是在当年的警卫员罗子去找他的那天去世的。

或许是退休了高兴，或许是放心不下边儿他们，或许是太想念甘屯子了，或许是怕以后见不着边瞎子了，或许他本身就是想找曲萍理论一番的……总之，秋收一过，罗子就和王小芸到了甘屯子。

这两个对甘屯子割舍不下又总怕到甘屯子的人，一到甘屯子就悄没声息地钻进了杨子家。

他们没想到开门的竟是曲萍。那时间距曲萍离开霍尔斯没多久，双方一见面都有些惊讶。

尴尬地进屋后，他们才发现乜家驹也在。罗子和乜家驹是当年的战友，见面应该很亲热，可惜当时的气氛不对——边儿去城北挖树苗子去了，屋里的杨子正在和父母争吵。

本来罗子夫妇是要借口去城北找边儿告辞的，可乜家驹不让走，说是老战友多年没见面了，非要请罗子夫妇到家去把酒一叙。

结果，当天晚上罗子在乜家驹家就喝多了，忘了乜家驹是过去的副州长，只当他是自己的战友，竟然手指着乜家驹骂了起来。他骂乜家驹没良心，撺掇儿子离婚，对不起边儿，对不起老部长边瞎子！"你乜三有儿有女，却说什么边儿不生娃娃你们家就要断后，这是×的话……"

对前夫杨翰林从来没那么维护过的曲萍，却异常维护乜家驹，竟然把一杯酒泼到了罗子脸上。

而在那一刻，王小芸居然也就冲曲萍脱口而出地骂了一句："泼妇！"

于是，怒不可遏的曲萍尖叫着掀翻了酒桌……

——这一切被刚好进门的杨子、边儿看得一清二楚。

两个年轻人当时傻了，愣了许久才想起把王小芸往自己家拉。到了半路上，杨子才发现罗子不知去向了。于是，他又四处找罗子，找来找去才发现罗子在边瞎子家。

他跑进去，看到罗子在边瞎子的床前哭得牛吼一般。

而边瞎子则静静地躺在床上，一动不动。

罗子是借着酒劲闯进边瞎子家的。这个半辈子都觉得愧对边瞎子的汉子，虽然确实接到过边瞎子的邀请，但都借故拖延，赖着不进边瞎子的家门。那天却因为醉了，就鬼使神差地跑到了边瞎子家。

老保姆不想让他进去，对他说："老边睡了。他都两天没睡好觉了，刚才好不容易睡了……"

可是罗子却喊着"老部长啊，你不能睡啊，看看乜三他们要干什么呀……"就推开保姆，直接进了卧室。

边瞎子一动不动地躺在床上，眼皮都不眨一下。

罗子就在他的床边站着絮叨："老部长，我是小罗子。我对不起你，我来看你，要打要骂，你随便。但你不能不管边儿，乜三这个狗日的，有儿有女，却让老婆逼着娃娃离婚，说是要不乜家就断后了……"

可絮叨了半天，边瞎子一点反应都没有。

那保姆觉得不对，走到边瞎子床前，一试鼻息，才发现边瞎子没呼吸了。

保姆愕然地一声大叫后，罗子醒了，搬过边瞎子的身体，摇晃了几下，发现边瞎子的身体已经僵硬了。

尘土飞扬

75

瞎子边建新是在睡梦中去世的,医学鉴定为:突发性的大面积脑梗塞导致脑溢血死亡。

但我们甘屯子人对此有个通俗的说法:这老汉一生太苦太累了,一觉睡过去,就再没醒过来。

10

边瞎子去世,在我们甘屯子是件大事。为此,甘屯子有线电视台专门发了新闻、讣告。

边瞎子本名边建新,是1949年以前的老干部,是甘屯子县建立新政府的第一人。新疆和平解放前,他荣立过二等功;和平解放后,又在建设甘屯子的过程中,被评为全疆劳动模范。在我们甘屯子,许多人都叫他边瞎子,其实是一种对边建新同志的特殊尊重。因为他是在修建甘屯子过去最辉煌的市府大楼时,因公致残的。他的那双瞎了的眼睛实际上代表着他对甘屯子的奉献和贡献。

因为是大事,所以市上的党委、政府、人大、政协四套班子的主要领导都亲自出马,参加了边瞎子的追悼会。

同时,四套班子的领导还现场办公,当场作出了决定:遵照边建新同志的遗愿,将他的骨灰埋葬在甘屯子市最高的山——红山头上。

虽然红山头并不是公墓,而是绿化地带,可领导们考虑到边建新同志的特殊贡献,还是给他在红山头划了一块墓地,永久安葬。

因此,边瞎子的去世就比别人多了一个程序:安葬。

那天,甘屯子刮了大风,红山头上尘土飞扬。虽然尘土飞扬,但是市上四套班子的领导们还是都到了现场,参加了边瞎子的送葬仪式。

可谁也没想到,葬礼刚结束,一场新的风波就降临了。

起因是坐车——不,更准确地说,是因为一个无关紧要的女人的一句话。

那天,因为乜家驹也到红山头参加了送葬,所以葬礼结束时,市委书记就恭恭敬敬地把前副州长乜家驹同志请进了自己的车里,一溜烟带走了。

乜家驹在位时很注意影响,对家属要求严,很少让曲萍坐自己的车,曲萍也早习惯了。所以在乜家驹上车时,她并没有凑到市委书记的车前,而是主动地到了一辆面包车前。这是一辆拉边瞎子生前至友亲朋的面包车,像我这种年龄不大不小,够不上格的人都是安排在后面的一辆大巴车里的。

罗子是边瞎子过去的警卫员,有资格坐这辆面包车。可那天的罗子太动情太伤心了,大家都上了车,他还在边瞎子的墓碑前跪着,垂头不语,大概是在向边瞎子忏悔自己当年的错误。

王小芸大概觉得这样不好,就下了车,准备去叫罗子上车。可这时站在车下的一个女人说了句话:"唉,一个是当年边部长的警卫员,一个是通讯员。你看看,做人的差距怎么就这么大呢……"

这个女人是边瞎子保姆家的一个亲戚,因为葬礼忙,临时叫来帮忙。平心而论,像她这样与几家人都非亲非故的中年妇女,不可能含沙射影地攻击谁,或者巴结谁。问题在于她在说话时,是扭头看一眼乜家驹坐的车,又扭头看一眼罗子才说的,这就比较容易让人误会,好像在说其中有一个人不厚道似的。

当然,这个妇女可能是在感叹人生:都是当年的战友,怎么几十年后的地位差距这么大呀!?

问题是她感叹的不是时候,地点也不对。她不应该在那样的时间又站在曲萍身边感慨。

果然,坐在车门口的曲萍误会了,愤怒了:"你是谁?你说这话啥意思?你说清楚!"

这妇女一看曲萍的气势害怕了,嘴里嘟囔着:"我就说了个事实么,又没说啥……"转身想走。

曲萍追了下去："啥事实？你站住！你指桑骂槐地骂谁呢？"

那女人却躲到车后去了。

曲萍却不依不饶："我们没做亏心事，不怕鬼叫门。所以嘛有车就坐，该走就走，用不着跪在地上……"

曲萍话没说完，王小芸已迎了上去："你骂谁呢？谁做亏心事了？！你今天把话说清楚……"

"这还要说吗？大家都清楚。是谁怀了人家边瞎子的孩子又跟人跑了……"

同样是曲萍话音未落，王小芸就接上了："就是，你好啊，都有了人家老杨的娃娃了，还跑回甘屯子去找……"

幸亏罗子及时赶到，大手一伸，捂住了王小芸的嘴，杨子也冲出来把曲萍拉到一边。

两个女人那一刻大概也意识到了自己的失态，几乎同时哭了起来，但又都不服输，就改成了有节制的又哭又嚷。

最后是边儿在众目睽睽之下，跪到了妈妈、婆婆两个女人中间："求你们啦，都别吵了！丢不丢人啊？！"

还好，两个女人同时意识到了丢人，都禁了声，只伤心地悄悄哭。

第六章

我妈他们在州上待得好好的

房子又大

又有我弟我妹他们

非不待

一退休就跑到甘屯子来了

来了还那么多事儿

闹得鸡犬不宁

现在

我干爹又说他要在甘屯子买房子……

01

　　葬礼风波发生的次日晚上,杨子来找我了。

　　您可能已经发现了,杨子常来找我。其实,不光是杨子,他的那些狐朋狗友也和我多有来往。这和他们小时候我当过他们的老师有关,也和我后来当了作家有关。不过,主要还是因为我是他们两代人之间的"中间人"。我在杨子的父辈们二三十岁时,只有七八岁;我二三十岁时,杨子他们那一代人又只有七八岁。就是说,我不能完全地和两代人进行沟通,但任何时候都能和他们进行相对容易地沟通。

　　"刘叔,我干爹他们说,也要搬到甘屯子来住……"

　　杨子说的"干爹"就是罗子。

　　见我没有特别的反应,杨子有些急了:"刘叔,你说,他们到底是怎么回事啊?前些天,闹得把酒桌子都掀翻了。昨天又在红山头弄出了那么丢人的一出。可是还都爱往一块凑得很!我妈他们在州上待得好好的,房子又大,又有我弟我妹他们,非不待,一退休就跑到甘屯子来了。来了还那么多事儿!闹得鸡犬不宁。现在,我干爹又说他要在甘屯子买房子……"

　　"他们是舍不得甘屯子啊,这里的一砖一瓦、一草一木都凝集着他们的血汗,甚至生命!"我说,"他们在荒漠上建起了一个城市,当然想看着它心里才踏实。"

　　"可我干爹说要来看住我和边儿。怕我和边儿离婚!你说,这叫什么事儿啊？我和边儿离不离婚,关他们什么事儿?！”

“那你和边儿到底是怎么回事啊？”

“什么怎么回事儿？我和边儿根本就没说过也没想过要离婚。可是他们却闹得满城风雨针尖对麦芒,互不相让。刘叔,你说,他们是不是都有病啊？都在婚姻问题上受过刺激?！”

我无言以对。

“还有,”杨子情绪有些激动地说,“昨天在坟地上,我妈和我岳母吵架。她们说的话,你听到了吧？不大对劲么？她们到底是怎回事？我一直就不明白,她们那阵子到底是咋回事？”

我依然无言以对。

“我妈先是嫁给了我亲爸杨翰林,后来又嫁给了我继父乜家驹。我岳母也是,先嫁给边儿的亲爸边建新,后来又嫁给了他的警卫员罗子叔,听上去让人有些晕！但也没什么呀？爱谁就嫁给谁呗,怎么他们都讳莫如深的？”

“这个……我也说不清。那时候,我也还小……”我说。

看到我的迟迟疑疑的样子,杨子忽然笑了:“刘叔,你怕啥呀！我给你说,我其实对她们蛮尊敬的。她们的命运这么曲折,一定是吃了不少苦,受了不少难。”

“来甘屯子的人,注定是要为它受难受苦的。不过,也都注定心甘情愿。你的父辈当然也不例外。”我说。

听了我的话,杨子忽然一言不发地低下了头。后来,我看到有一滴晶莹的液体,从他脸部掉了下来。

我想那是泪。

02

后来的事情是罗子夫妇没有搬到甘屯子来,倒是乜家驹夫妇离开了甘屯子,大部分时间都在州上定居了。

乜家驹夫妇走了,没人再嚷嚷杨子和边儿离婚的事儿了,罗子夫妇也就没了"看住"杨子小两口的义务。于是,两人平平常常地在霍尔斯待了几年,回了王小芸的老家湖南定居养老了。

乜家驹夫妇回州上的最初原因肯定和墓地风波有关。乜家驹是个很注意群众影响的人,曲萍和王小芸相互揭短的吵架,显然让乜家驹感到了群众影响不好。据说,为此他严肃地批评了曲萍,两口子还闹得很不愉快。

我在后来的许多年里,多多少少也和乜家驹夫妇有过一些接触,接触的感觉是:当初乜家夫妇是怀着一腔悲凉和无奈离开甘屯子的。

首先让他们深感无奈的是罗子。罗子和王小芸不但跟他们翻了脸,还犯了倔劲,声称要搬到甘屯子来,天天看着杨子边儿,看谁敢让他们离婚。

"和这种人,咋扯得清?"连曲萍也无奈地说。

其次,杨子也让他们失望。杨子对母亲曲萍的行为相当不以为然。无论曲萍怎样苦口婆心他都听不明白,还觉得可笑:"为什么边儿不能生孩子了,我就得离婚?离婚和生孩子有什么关系?我非要个孩子干什么?要是再生个儿子怎么办?一个大杨子后面跟着个小杨子,那多没意思啊!"

杨子的这种在东游西逛中形成的人生观让曲萍和乜家驹也哭笑不得,只能失望地叹气。

还有那个保姆老太太,不但在边瞎子的治丧筹备会上信誓旦旦地说:"边部长让我给大家传个话,他说:'杨子是个好娃,他和边儿是过还是离,是他们自己的事儿。两家大人谁都不要管。'"还在各种不同的场合把这个真假难辨的话四处传扬,弄得曲萍不得不把这个老太太叫到家里,好言好语地规劝,让她以后别再嚼舌头。

可这个老太太也怪,给曲萍答应得好好的,出门就把曲萍找她的事儿告诉了乜家驹。乜家驹本来就对曲萍成天嚷嚷让杨子离婚,

82

弄得满城风雨有意见,听老太太这么一说,心里就真生了气。

"你什么意思吗？还是国家干部啊,成天就知道孙子孙子！看来不给杨翰林留下个根,你是一辈子心里不安呐！"这种话从乜家驹嘴里出来,当然分量不一般。曲萍先是一愣,接着就哭哭啼啼地喊冤。

曲萍哭啼了半宿,乜家驹居然破天荒地没有哄她。

曲萍一下子就学乖了。翌日清晨,她主动提出了离开甘屯子,回到州上去生活的建议。

乜家驹深深地叹了口气,半晌才说:"我也理解一个当母亲的多么希望儿子能有孩子的心情。可是谁让你生了那么个二百五的儿子呢?！离开甘屯子,我还真是舍不得呐！"

乜家驹说这话时,其悲凉之情弄得曲萍差点儿掉眼泪。

但乜家驹毕竟是当领导多年的人,处事理智。一个星期后,他还是带着曲萍,举家迁离甘屯子,回到了他在州上的干休所。

那天甘屯子刮了风,风不大,但刮得深秋的落叶漫天飞舞。

03

曲萍和乜家驹离开甘屯子后,杨子和边儿的生活倒是过得还凑合,其间虽有磕磕绊绊,但大体上没有疾风暴雨。

边儿成天痴迷于种树养树,对杨子在外面和女孩子唱歌跳舞,逢场作戏从不过问。杨子呢,懒散惯了,先是在报社里三天打鱼两天晒网地上班,后来就干脆辞了职,开了个旅行社,整天满世界地跑。再后来,旅行社搞不下去了,就有一搭没一搭地倒腾老东西旧物件。杨子对边儿种树养树倒是从不干涉,有时还会给点资金上的支持。至于生活上嘛,应该说杨子这人本质不错,虽然发生过一两次婚外情,但都及时自我消化,没有越轨出格。

这种日子在老一辈人看来,应该说是总体和睦,相当不错。因此,虽然后来曲萍、乜家驹也常到甘屯子来,但再没明确提过让杨子和边儿离婚的事,甚至曲萍还给她在甘屯子的那些老姐妹们说过这样的话:"我们家杨子啊,那就是个二百五。找了个媳妇呢,自从没了孩子后也成了个二百五! 除了树,她还知道个啥? 也好啊,两个二百五过到一块,谁也不嫌弃谁,日子过得还让人不操心!"

有证据表明,曲萍在别人面前还不止一次地说过这样的话:"要啥孙子呢,那两个二百五在一块儿,要真是生了,还不生出个更大的二百五来? 行了,只要他们自己觉得好,我也就不操那份心。"

您可能不知道,在我们甘屯子,二百五有时候是指傻瓜、弱智,但更多的时候却不是,它甚至是一种爱称。比如说,曲萍说杨子是个二百五吧,其实就是爱称,有哪个母亲认为自己的儿子傻呢? 又比如说曲萍说边儿是个二百五,那也绝不意味着边儿在她眼里是个弱智、傻瓜。事实上,在后来的漫长岁月里,边儿还多次地获得过市里的"环境卫士"、"绿色天使"等光荣称号,市里的领导再弱智,也不会把这样的称号给一个傻瓜吧?

边儿被曲萍叫成二百五,其实和大家对边儿的看法一样,就是说她一沾了树就有点"勺",这个"勺"和一个人的智商没关系,它是一种思维方式。

倒是曲萍说的"生出个更大的二百五来"有贬义,基本含义是指别生出个傻瓜来。

曲萍的这种带有玩笑式的说法,可能是受了什么人的启发。

我们无从判断这个启发者是否真的存在以及心理的善恶,但从客观上来看,它有积极作用。它改变了曲萍的心态,使她把有没有孙子这件事儿看得越来越淡。

曲萍的这种心态变化,决定了杨子家的生活应该风平浪静。

事实上,杨子家的生活也确实波澜不惊地过了十几年。

不幸的是,就在前些天,边儿忽然去世了。杨子家波澜不惊的生活从此成了另一个模样。

　　杨子是在少年时代偶然知道生父不是乜家驹的。从此,他就对生父杨翰林以及杨翰林所经历的那些岁月里的人和事充满了困惑和不安。

　　杨子的这种困惑和不安使他从少年时代起就成了一个忧郁而飘忽不定的人。甘屯子的老人都记得,杨子少年时代就以动辄离家出走而著称。这里面最让人难忘的是"冰棍事件":

　　那年我们甘屯子也有了自己的冰棍厂,乜家驹去视察冰棍厂,回来时带了一小箱冰棍。那年头没冰箱,曲萍怕冰棍化了,就急忙把冰棍分给了家里的孩子和左邻右舍。杨子放学回来得晚,回来后,他听说大家都吃了冰棍,就找曲萍。曲萍说:"你的在箱子里。"杨子去拿时,发现他的那份冰棍已经化成了水……

　　为此,杨子离家出走了半个月,差点儿把曲萍急疯。最后是根据公安局的线索,乜家驹派人在喀什噶尔的一个广场上找到了杨子。当时他正要跟着一支维吾尔农民组成的刀郎乐队,准备去阿图什、麦盖提一带浪游卖艺……

　　至于青年时代么,杨子最著名的游走当然是 1982 年去 22 团寻找他的生父了。那也是最有成效的,因为他带回了边儿。

　　杨子的游走积习在他和边儿成婚后大为收敛,他看上去明朗灿烂了许多,喜怒哀乐也和大家一样,充满了现实感。

　　但我知道,从少年时代起就生长在他内心的那些困惑和不安依然挥之不去。它们就像边瞎子身上的那块弹片,已经与血肉浑然一体,取不出来,可一遇到刮风下雨就频频隐痛,让他难忍难耐。

　　我之所以这么说,是因为杨子在难忍难耐时,有时候会来找我。就像墓地风波发生后他来找我一样。

　　杨子是个内向的人,他从来不给像同学孔明那样的人吐露内心话,更不会去找老一辈的人打探什么。即便对我,他也从不一览无余地袒露心声,提出问题。

杨子说道:"有些事我不便说,有些事我不想说,有些事我不知道。"但他还是常常来找我。

事实上,在过去的20年里,杨子不止10次地找过我。有时候我们相对而坐,会默然无语;有时候又会说得很多;有时候是清茶一杯;有时候是浊酒一瓶。

这样的时候多了,我也就明白了杨子的心迹:他并没有打探父辈隐私的癖好,他只是想有人能帮他解读他的内心。——从小,生父不明的阴影给他造成的困惑太深刻了,以致他对整整一代人的生活都时常感到迷惘、困惑。

"刘叔,你说,这是怎么回事啊?"这是杨子造访我时最常用的语句。

我要么沉默,要么吞吞吐吐。

师者,解惑也。我曾经给杨子当过老师,但我却没法给杨子解惑。

我可以告诉他,你们杨家,还有边瞎子家,以及乜家驹家等许多甘屯子的老户家,都是甘屯子的保卫者、建设者。你们的爷爷奶奶为了甘屯子曾经毁家纾难,浴血奋战,是英雄;你们的父亲母亲为甘屯子出过力、流过汗,付出过青春和生命,也是英雄。没有他们,就没有甘屯子……

可我却不能告诉杨子:边瞎子的眼是怎么瞎的?他的母亲是怎么离开杨翰林的?我也不想告诉他:一个女人为了生存,是怎样嫁给一个残疾人的?一个警卫员是怎样把首长的老婆带走的……

当然,还有一些事情我不知道,还有一些事情我有记忆,但说不清。

有些事我不便说,有些事我不想说,有些事我不知道。这是长期以来,杨子造访我时我的基本状态。

86

但我现在想说了。

在边儿的追悼会上,老一辈中我只看到了曲萍。乜家驹去年去世了,安然正寝。74 岁的王小芸来不了,要照顾 77 岁的罗子,罗子得了老年痴呆症。而且罗家子女还不敢让两位老人知道边儿去世的消息,是偷偷地派了边儿的一个妹妹来和同母异父的姐姐告别的。

来和儿媳告别的曲萍也 77 岁了,走路要人扶。她看见我,哆哆嗦嗦了半天才说出了一句话:"我们都老了……甘屯子变化真大啊。"

那一刻,我忽然产生了一个强烈的愿望:我得给人们说说我们甘屯子!说说这些已经去世或者正风蚀残年的老人们,说说他们的当年……

"你还应该说说他们父亲的父亲,母亲的母亲。"妻对我说。

"对。那才是甘屯子的一部历史。"我说,并当即安排妻次日去看望杨子。

我想,刚刚失去妻子的杨子是最需要和人聊聊天的,他也是整个甘屯子市里最期望我能告诉他点什么的人。

杨子说他周末来,但他周末没有来。

孔明说:"他去了 22 团,去找一个青花瓷坛子。"

您知道,杨子这个人从小就游荡惯了,他什么时候回来,谁也说不准。

现在,我就把甘屯子当年的那些人和事儿先告诉您吧。当然您得记住,当年的甘屯子叫干屯子。

尘土飞扬

中部

父辈的激情岁月以及我的
隐密记忆

第七章

他至死也没看到自己建起的城市啥样

三年来他太忙了

忙得跟头绊子

吃喝拉撒都在工地上

根本没时间四处看看

01

从前,有个人跟着一群人,发誓要把干屯子搞成一座城市。

他们请来了苏联专家,动用了千军万马,干得热火朝天,废寝忘食。

3年后,城市初具规模,这个人直起腰说:我得看看咱们建的城是啥样!可就在他抬头仰望,想要爬上四层楼时,上面掉下来了一桶石灰水,不偏不倚,扣到了他的脸上……

他的眼瞎了。

他至死也没看到自己建起的城市啥样。3年来他太忙了,忙得跟头绊子,吃喝拉撒都在工地上,根本没时间四处看看。

这个人就是边儿的爹,名叫边建新,后来人们都叫他边瞎子。

边建新成了瞎子后,干屯子就多了一道游动的风景。他拿着一根槭木杆子探路,四处敲打,到处摸索。年复一年,他走遍了干屯子所有的犄角旮旯。

半个世纪后,干屯子已经从格兰戈壁上的一个小荒村成了一座现代化的大城市,街上有了川流不息的汽车。边瞎子就常常会被交警拦住,并劝他:"你一个盲人总往街上跑啥? 危险! "

边瞎子通常会不吭气,甩开交警的搀扶企图,敲打着槭木杆子默然而去。有时被问急了,他也会嗫嚅着说:"我,就是想看看我们建起来的城是个啥样子。"

当年,边瞎子走进干屯子的时候,这里荒凉得只有十几户人家。

边瞎子大手一挥,就把这里定成了县城所在地。

那是 1950 年春天的事儿。

1950 年的干屯子街面上没几个人,多的是风。戈壁滩上的风天天有,一来就刮得尘土飞扬。边瞎子就是在一个大风刚过的早上走进干屯子的。当时他骑着一匹高头大马,挎着盒子枪,身后还跟着警卫员小罗子、通讯员乜三。

没有人欢迎他们。街上只有两三条瘦弱不堪的老狗冲他们吠叫了几声,看不到主人出来,也就懒洋洋地躲到阴凉处打瞌睡去了。

边瞎子看到一个维吾尔老汉在喂毛驴,他只谨慎地看了他们一眼。他的女儿倒是柔媚地冲他们笑了笑,转身进了门。远处,一个敞胸露怀的汉子好像在啃西瓜,而近处是一个醉鬼在阳光下酣睡。

"听人说,这儿叫鬼城。你看,就这么几个人……"乜三对边瞎子说,"你看,这些房子……"

顺着乜三的手指,边瞎子也注意到了干屯子有许多的房子,它们稀稀拉拉地散落在大片的荒沙芦苇中,有的已被流沙掩埋得只有一个墙角,有的则干脆成了一个只能看出房屋轮廓的土堆……

边瞎子是从离街道近些的房子判断出远处的那些东西是房子的。不过,近处的房子也多数是些残垣断壁,稍好一点的,也是没门没窗,墙倒顶塌。

"鬼城。"乜三又要对小罗子说什么时,边瞎子吼了一嗓子:"××××××,啥鬼城?你的淡皮话咋那么多?哑巴出身?没说过话?!快去,看那楼里有没有人!"

边瞎子说的"楼",是当时干屯子最豪华的建筑,它是一个维吾尔人修的土木结构的小二层土楼。作为武装部长的边瞎子,是盯着

尘
土
飞
扬

这个小土楼看了足有 3 分钟后,给手下下达命令的。边瞎子发现它是干屯子唯一的楼也是最高的建筑。

后来抗击土匪,边瞎子就在这小楼上鸟瞰过城外的匪情。并且确实有一颗飞向他胸膛的射弹,被小楼的窗台挡住了……

昔人已乘黄鹤去,此地空余黄鹤楼。小罗子和乜三同时给边瞎子报告:报告部长,小楼没人。看上去好多年没住人了。

边瞎子一听小土楼没人,高兴坏了。他打马扬鞭几下窜到小土楼前,滚鞍下马,骂骂咧咧地表达着内心的喜悦,几个蹦子就上了楼。

小土楼满面灰尘,显然好长时间没人住了。边瞎子脚步腾腾,像牛奔马踏,弄得到处尘土飞扬。

"快,小罗子打扫卫生! 今儿咱就办公了。乜三,你到街上去,弄套文房四宝来! 再找个木匠来! "

乜三找来了木匠,却找不到文房四宝。

"你就是嘴上的劲儿,脑子不能活泛点儿? 去,和小罗子到野地里打个黄羊么野猪,准备庆祝我们建立政权。"他给乜三和小罗子下了命令后,就带着木匠到了楼门口,比划着告诉他,让他做个大木牌子。

木匠来的时候跟来了几个看热闹的,其中一个回族小伙子还没等木匠听明白边瞎子的话,就先明白了,说了声"这方便"! 一会儿工夫就扛来了一个大木板,白榆木的,质地良好。

边瞎子一看,黑漆覆面,上面还镂有花纹,是一块过去商铺里的柜台挡板。

"哪儿来的? "边瞎子问。

"戈壁里多的是。"回族小伙子说。

"戈壁里还有啥? "

"听人说啥都有哩。我们去挖过,没见啥。就是些死人骨头,还有烂掉的枪呀刀的,不好挖。没水,太阳又毒。到了里面时间长了晕死呢。"边瞎子听了这话,忽然长长地叹了口气。尔后就吩咐木匠把挡板上的黑漆、花纹都刨掉,要刨得像新木板一样。

木匠疑惑地看他。

"咱们是新政权,哪能用个旧板子哩。"边瞎子说着上马,亲自去找文房四宝了。

03

那年头新疆野生动物多,苇子滩上、芨芨草窝子里,到处能见到黄羊、呱啦鸡以及野驴野猪野鸭野兔等。乜三和小罗子没费多大劲儿就在红山头附近打到了一只黄羊。他们把黄羊拖在马屁股后面拉回来时,边瞎子也回来了,正支着行军锅煮墨汁。

一路背着行军锅的小罗子一看就急了:"我的天,部长,你这是做啥哩?"

"熬墨。这地方是没文房四宝。我找了些锅底黑灰,还有这……榆木上的胶。你们不知道吧?中午的大太阳一晒,木头里的胶就自己往外渗。"

"可是,部长,这黑乎乎的,一会儿咋煮肉啊?!"小罗子痛心疾首。

"怕啥?一洗不就行了?!"边瞎子说着就追着乜三问,"你是秀才,你说,咱这墨咋样?古人是不是就这样弄的墨?"

"部长,你到底是想弄啥呢?"乜三问。

边瞎子一脸严肃,"从今天起,干屯子县人民政府就成立了。"他说这话时两眼望着远处的荒漠,良久才回过头来拍着木匠的肩膀说:"兄弟,你的手艺不错。以后我们用得着你。现在,你去通知大家,一会儿都到这儿来开会。"

那木匠刨好了牌子,正收拾工具要走。听了这话,迷茫地看了一眼军人打扮的边瞎子他们三人,迅速走了。

木匠走后,边瞎子就从火灶上端下行军锅,还伸进一个手指,看了看够不够黑。然后,他从怀里掏出了一截毛绳头,递给乜三,指了

95

指那个大木牌子:"来,写。"

乜三闻到自己手里的"笔"有股怪异的羊膻味,"部,部长,写什么?"

"你写:干屯子县人民政府。"

连小罗子也跟乜三轻叫了一声:"县政府?在这儿啊……"

"你们不×懂。几十年前,干屯子的老县城就在这一带。"

"可这儿,现在成了鬼城了啊!"乜三心有余悸地低声嗫嚅。

边瞎子忽然发火了:"鬼城?乜掌柜就是死在这儿的!他是你大伯,他是啥鬼?"

04

作为新疆和平解放后首批来到干屯子建政的干部,边瞎子算是当时的最高行政长官。他要把县政府的牌子挂到干屯子,谁也没办法。

乜三知道大伯乜掌柜是死在干屯子的,就想抽抽搭搭地哭几声,可看到边瞎子一脸严肃,只得老老实实地蹲在地上,写了牌子:干屯子县人民政府。

牌子写好,挂到小土楼临街的墙上,相当醒目。

边瞎子踌躇满志地走上二楼,手抚栏杆,眺望着红山头,样子像个将军,等群众来了开会。

可到了下午吃饭的时候,除了最初那几个围观的人,没来几个看热闹的人。大家都收拾着准备吃饭。

"小罗子,你给我放几枪。"边瞎子下楼看了看墨迹未干的牌子,没发现问题,再上楼时,就下了这个命令。

"部长,不会把老百姓吓跑吧?"

"嗨,西出阳关无懦夫。敢走西口的人,有怕枪的么?你尽管朝天打枪。没枪声不热闹,有热闹人才会来。"

小罗子就真的朝天放了 3 枪。

果然,街面上许多的门就陆陆续续地开了,从里面走出了些人。他们有的拿着木棍、坎土曼,有的还提着猎枪,有几个妇女提着正剁肉的菜刀。

边瞎子看到人群出来了,就兴奋地喊:"快,小罗子,招呼他们快过来开会。"

其实,不用招呼,人群就是朝他们来的。

乜三见了这阵势,心里有些吃紧,急忙喊:"老乡们,别误会!我们是中国人民解放军,是来帮助大家建政的……"

倒也没什么误会。群众到了小土楼前,看到只是一个络腮胡子的老兵带了两个娃娃兵,再一看墙上的牌子,就都笑了:"县城定咱们这儿啦?好事啊。嗨,你们谁是县长啊?"

边瞎子一高兴有些结巴了:"我是县长……"

他的话没说完,人群里了解共产党的就热烈地鼓起了掌。

"派来的……"

人群中出现了一片扫兴的唏嘘声。

"武装部长。"边瞎子把话完整地说完后,人群里还是响起了几下掌声。

虽然站在小土楼前的人总共也不足百人,边瞎子还是进行了历史性的宣布:从今天起,干屯子县人民政府成立了。

那天,边瞎子很兴奋,群众都走了,他还笑嘻嘻地背着手在小土楼上转悠。甚至,当他看到小罗子因为刷了 8 遍锅,还不能彻底清除那些墨迹而嘟嘟囔囔,乜三因为大伯死于干屯子而神情忧伤时,竟然变戏法似的变出了一个绿皮西瓜。

"嘻,部长,哪儿的?"小罗子问。

"部长,我们没在街上看到卖瓜的呀?"乜三也奇怪。

边瞎子只嘻嘻地笑。

后来大家还是知道了:边瞎子去买文房四宝的时候,看到那个维吾尔老人家的锅灶安在院子里，锅底很黑，就进去比划着想刮点黑灰。而那个维吾尔姑娘却以为他口渴，硬是送了他一个西瓜。

那姑娘很漂亮，她的瓜也很甜。

这事后来成了人们打趣边瞎子的一个笑话，大家都说，边瞎子看到那姑娘后就走不动了。从姑娘家要了点黑灰，大笔一挥，写了个牌子，就把县政府定到了干屯子。

那姑娘叫阿丽娅。

05

县政府的牌子挂出来的第二天，土匪就来了。

土匪是黄昏时候来的。

之前，中午的时候，那个住在街上的维吾尔姑娘阿丽娅就来通报消息，说土匪要来。她爷爷去戈壁上拉梭梭柴时，看到了土匪，有二三十人呢。他们要来县政府抢金子。

边瞎子一听就骂开了："他娘的，他们以为我这儿是国民党的县衙啊，还金子?！老子现在连麦子都不知道去哪儿弄呢!"

他骂着就笑了，他笑，肯定是因为看见了阿丽娅焦急的样子。

"行了，谢谢你。赶紧回去吧，收拾一下，躲土匪。"他对阿丽娅说完就转身上了小土楼，吆喝着让两个手下赶紧升火造饭，吃饱喝足准备打仗。

"部长，我看咱们还是先躲一躲吧。咱们可就3个人。"乜三说。

"就是，土匪来了，一看没金子，自己就走了。"小罗子也说。

"啥?"边瞎子一听就火了，"干屯子县政府刚成立，人就被几个土匪吓跑了?！以后还让人民群众咋相信共产党？快做饭，吃了后就在这儿修工事。这个土楼是全县的制高点。"

那时候干屯子几乎啥也没有，边瞎子却就口口声声地"全县"了。

仗是傍晚时打起来的。

98

黄昏，土匪们就冲进了干屯子。他们全无战法，骑着各式各样的草原马，一进干屯子就嗷嗷乱叫，挥刀舞枪，威慑百姓。

土匪们好像是过了好一阵才找到真正的攻击目标。于是他们各自为阵，成团成伙地朝土楼冲来。

小罗子和乜三看见街面上马蹄踏踏，尘土飞扬，也搞不清有多少土匪，就嚷着要开枪。但却被边瞎子厉声制止了："急什么？这是一伙土匪，又不是反动派的叛军！等我问问他们再说。"

不料，边瞎子话音刚落，土匪就冲进了院子，一边气势汹汹地呐喊叫嚷，一边朝天放枪舞刀。土匪叫嚣着让县长出来说话，否则就要杀人放火。

边瞎子到底是英雄之后，谁也没料到就在小罗子和乜三寡喊着让边瞎子下令开枪时，他却纵身一跃，从二楼上飞身跳到了土匪群中。

"老子就是县长，有啥事，说！"边瞎子落地停稳，一手举着驳壳枪，一手叉腰，虎气生生地大喊。

土匪们见有人从天而降，先就像水一样四散了十多米，——有几匹马还挤在一起，倒在了院墙角上乱翻腾——现在听了这一声断喝，竟半天没人应声。

边瞎子乘机站在院中，连威胁带吓唬地给土匪们讲起了党的政策。

06

边瞎子自称黑肚子，没文化。他纵身一跃，威风八面，至少把 N 个土匪吓得心惊胆战，疑为神人。但他一讲政策，就泄了火，结结巴巴，半天也难以让土匪们心服口服。再加上语言不太通，有些土匪根本听不懂汉语，最后的结果自然是效果不佳——不仅不佳，简直就是相当糟糕。

尘土飞扬

边瞎子正讲着，不知为什么有个土匪头目打了一个嗯哨。众匪徒骤然就牵马回蹬，撤出院子，呈半圆，围在土楼外面，并且个个舞刀挥枪，呐喊嘶叫地摆开了攻击架势。

"他妈的，就你们这个×样子，也敢和老子打仗？老子前年打兰州城的时候……"

但这时的土匪已经失去了对边瞎子的神人敬畏。他的话没说完，有个土匪就一枪打掉了他的帽子。幸亏小罗子反应极快，一把推倒边瞎子，端起卡宾枪打了一个连发，这才抑制住了土匪们蜂拥而起的冲锋。

小罗子把边瞎子拉进土楼时正是傍晚，和土匪的正式战斗应该从这时候算起。

边瞎子没错，他选定土楼作为战斗阵地，真的是易守难攻。土匪是骑匪，来去如风，适合野战，但没有重武器，无法攻坚。面对土楼，土匪只能是打枪投弹，呐喊怒吼，跃马挥刀，武力威慑。偶尔有一两个有心计的土匪，抱了草料，想要堆放到小楼下放火。可边瞎子他们3个人中有两个半都是神枪手，很轻松地就让放火者一枪毙命。如此再三，到了子夜时分，就再没有土匪敢来放火了。

大部分时间双方是在僵持。放火的不敢来，一靠近土楼，里面就有射弹，而且十发九中——起码也是七八中。楼里的边瞎子他们也没法出来，外面十几条枪等着呢，露头就打。

到了后半夜，土匪们干脆三五成群，点了篝火，围成一圈喝起了酒，甚至有喝多了的，还很动人地唱歌。

乜三机灵，提醒边瞎子："土匪这是干什么？要和我们打持久战？想困死我们？"

"娘的，以为是股窜匪，骚扰一阵子就跑了。没想到，他们还真格地跟咱干上了……"边瞎子也觉得这么下去不行，3个人的弹药不够啊，就踱到窗前，想看看外面的情况。

他忘了这个破旧土楼的天窗楼子塌了，天窗透空。结果一发劲道十足的子弹嗖的一声,就飞到了他胸前。

幸亏维吾尔人的窗台是八字形琉璃花砖的,那颗子弹打在了花砖角上。它要再高点或者低点,肯定会打入边瞎子的胸膛。

但就是这样,射弹爆起的琉璃片、陶砖屑也溅了边瞎子一脸,弄得他脸上顿时两三处鲜血直流。

"部长,你没事吧?"黑咕隆咚,小罗子和乜三都看不到边瞎子的伤势,只能问。

"没事。"边瞎子疼得龇牙咧嘴,嘴角吸冷气,却还这么说。他怕两个年轻人知道了紧张,一骚动引起土匪注意。

"部长,咱们和土匪这么僵持下去不是办法吧?我看乘他们还不知道咱们的虚实,咱们来个金蝉脱壳……"乜三提议。

"放屁!四周都是土匪,你说,怎么脱壳?"边瞎子正骂乜三,忽然远处传出了一声枪响,接着就有个苍老的男声喊了起来:"快跑啊,解放军来了!"

随后又是一声枪响,一个女孩的声音也划破了夜空:"解放军来了,解放军来了……"

土匪们像炸了锅的蚂蚁,顿时呼喊着骚动起来,有人滚鞍上马,有人甚至策马扬鞭慌不择路地扭头就跑。

3个人腾地都站了起来。

"部长,咱们的人来了!"

"咱们的人来了?"边瞎子脸上流了血,脑子倒清醒了许多。他感到不对,那女声像是阿丽娅的。而且枪声也不对,解放军来了,却只放了两枪?还是老式毛瑟枪的声音。

"全体注意!准备战斗。"只有3个人,边瞎子还是用了"全体"这样的称呼。他命令大家立刻上马,冲出去。

"通讯员?"边瞎子骑上了马后,喊。

"到。"乜三勒住马头,急忙答应。

"我们冲出去后,你一直往南,56公里处的土尔墩有我们的部

101

队。你的任务是通报这里的情况,请求支援。"

"是。"

"警卫员?"边瞎子又喊。

"到。"小罗子在马上挺了挺胸。

"你跟随我,正面打击敌人!"

"是。"

"开始行动!"

边瞎子一声令下,3个人就黑灯瞎火地冲出了小楼下面的那段破土墙。

那时候,街面上依然有个男声和女声在喊:"解放军来了……"

07

小罗子跟着边瞎子冲向土匪的时候,就觉得这个很有战斗经验的武装部长有点虚张声势。边瞎子又喊又叫,却胡乱打枪,马速不快,根本没有冲向敌阵的样子。

果然,当土匪们从四处向他们重新汇聚时,边瞎子立刻下达了命令:"撤!"

"部长,这是咋回事儿?"回到土楼,小罗子问。

边瞎子很得意的样子:"没看乜三已经朝南跑得没影了吗?咱们的任务完成了。"

"原来咱们是掩护乜三出去报信啊!你早知道咱们的人没来?"刚才小罗子跟着边瞎子冲出去的时候,就感到了不对。夜空里只有一男一女两个声音在喊"解放军来了",可实际上根本看不到一点解放军的影子。当时,他正想提醒边瞎子的时候,边瞎子却下达了撤退的命令。

"老子当然知道。"边瞎子得意地一笑,接着就嗷的一声。——他一笑,刚结了疤的伤口又绷开出血了。

土匪再次围拢了过来。有几个土匪在呜哩哇啦地朝他们喊话，那意思是快投降吧，解放军永远不会来了。

边瞎子让小罗子别急，等土匪靠近了再打。

小罗子就问边瞎子："刚才土匪那么乱，我们有机会朝东跑掉，为啥不跑呢？"

"跑？×的话！咱们挂的那块牌子'干屯子县人民政府'墨迹还没干呢，人就跑了？"边瞎子勃然大怒，"你给我记住，人在牌子在！——去，下去把县政府的牌子给我拿上来！今天就是咱俩都死了，也不能让土匪把县政府的牌子给砸了！"

小罗子真得就冒着被子弹打死的危险，下楼把县政府的牌子扛了上来。

"边部长，你放心。今天我就是死了，也要把牌子保护好。"小罗子激动地说。

这时候，东方已经破白。

08

在我们甘屯子的历史博物馆里，至今还保存着当年的那块县政府的牌子。边瞎子和小罗子誓死保卫县政府牌子的故事广为流传，让许多红领巾激动得浮想联翩。

不过，有些遗憾的是：当小罗子把牌子拿上来，和边瞎子一道做好了誓死保卫的准备后，一个本该感人的战斗故事却被一场风给搅和掉了。要是当时干屯子没起风，那么边瞎子和小罗子就会和土匪血战一场。如此以来，两人经过血战最终保卫了干屯子的县政府牌子，这个故事就会让红领巾们感动得热泪盈眶。

但历史没法假设，干屯子当时起了风。一场本该发生的战斗就没了，被风吹散了。

东方破白时，干屯子的上空传出了一声嘹亢的鸡叫。

尘土飞扬

103

这只被枪声闹腾了一夜的雄鸡，肯定精疲力竭了。但它还是不忘职责，准时报晓了。

一唱雄鸡天下白，随之而来的应该是朝暾冉冉上升。但那天来的却是一场沙尘暴，它从格兰戈壁的最深处缓缓而来，像一个灰色的云阵，越来越大。

土匪们比边瞎子他们更清楚地知道沙尘暴要来了，他们想乘着沙尘暴尚未完全到达干屯子时解决掉土楼里的两个人，然后抢走他们的金子。

天已经放亮了，他们能看清土楼窗口前的人——如果里面的人敢到窗口前来的话。所以他们把有长枪的人都叫下了马，让他们或者蹲着或者趴着，全部瞄向土楼的 3 个窗口，一旦看到目标就开枪。而其余的人则四处抢劫，把百姓家的牲口草料抱来，往土楼四周堆放，准备火烧土楼。

这样的后果当然是严重的，因为土楼是土木结构，楼顶楼梯门窗都是木头和苇子秆构成的。为此，弹药不足的边瞎子和小罗子已经拆了楼上的旧灶台和馕坑，不断地用拆下来的烂土块、破砖头砸那些堆草料的人。同时，两人还做好准备，不管多么危险，只要看到举火把、带火种的土匪就立刻开枪，决不允许其靠近土楼半步。

双方都没料到，沙尘暴在接近干屯子的时候，突然加速了。

就在土匪们终于堆出了一个看上去还有一定规模的草堆时——为此，已有四五个土匪被砸得头破血流、鼻青脸肿——沙尘暴骤然降临。刹时间尘土飞扬，飞沙走石。

土匪们有经验，立刻人喊马叫抱头鼠窜地朝墙根、树下聚拢。接着就滚鞍下马，紧紧地拽着马缰绳，躲在马匹后面等第一波迎头风过去。

惨的是边瞎子他们，楼高风就大，风沙从破朽的门窗潮涌而入，瞬间弥漫全楼。两人像掉进了黄河，眼前一片黄色茫茫，啥也看不见，又担心土匪攻击放火，就迎着风要朝外看，结果风沙眯眼不说，飞沙走石还打得两人脸上手上青一块紫一块……

迎头风一过,就有四五个土匪举着火把,弯着腰缩着脖子,一边躲风,一边朝土楼逼近了。

楼外尘土飞扬,目标不清。几枪出去,无一命中。边瞎子就喊:"投手榴弹!"

这个管用,三四颗手榴弹一出去,土匪就慌了,胡乱地把火把朝草堆方向一扔,逃了。

那些火把在被扔出去的瞬间就被风刮得不翼而飞,没一根飞向草堆。

"行了。节约弹药。"边瞎子喊过,就坐到了墙根。

小罗子不放心,手里提着颗手榴弹,还努力朝外看。

"你猪脑子啊?这么大风,你看那些干草还在吗?蹲下,休息!"边瞎子手作喇叭状朝小罗子喊。

小罗子听清了边瞎子的话,但根本看不到土匪堆的干草,只发现漫天飞舞的沙石中,也有干草在飞,偶尔还有成捆的草料随风飞舞,一闪即失……

"部长,看来这是一场救命的风啊。这么大风,他们要是能把火放起来才怪!"小罗子说着,刚坐到窗台下,天空中就惊雷般发出了一阵轰鸣和尖啸……

真正的大风来了。

尘土飞扬

第八章

天地看上去一片驼黄

都被黄沙土厚厚地覆盖着

不论大小

但凡是个东西

才发现整个千屯子都变了模样

两人四处一看

发现马没了

边瞎子和小罗子从楼上下来

01

边瞎子和小罗子昏头胀脑地坚持到中午时分,风渐渐停了。

两人借着慢慢亮起来的天光,相互一看,都笑了。两个人除了眼睛是黑的,牙齿是白的,浑身上下一色的土黄,像两个泥猴。

边瞎子躬起腰,朝外一看,街上空荡荡的,这才意识到土匪可能已经走了。

"他娘的,是不是走了?"边瞎子说着抖了一下身上的沙土。

"可能。"小罗子说着也就跟着拍打起了身上的沙土。

两人拍打了半天身上的沙土,搞得小楼又尘土飞扬,可外面一点动静都没有。

小罗子就大着胆子地朝外吼了一嗓子:"喂,有人吗?"

没人。半天不见一声枪响。

边瞎子就让小罗子朝外放一枪。小罗子就放了一枪。街道寂静,枪声很响。但没一个人。

边瞎子和小罗子从楼上下来,发现马没了。两人四处一看,才发现整个干屯子都变了模样。但凡是个东西,不论大小,都被黄沙土厚厚地覆盖着,天地看上去一片驼黄。

两人走出院墙圈子,一看,发现满目黄沙中零零散散地还落着一些奇怪的物件:半截烂毡筒,一个破马灯,几片碎皮子,甚至他们还看到了一枚清朝铜钱……

边瞎子就又朝大街上喊了一嗓子："还有活人吗？"

"有，有啊。县长别开枪！"不知从什么地方跑出了一匹马，马上坐着那个做过牌子的木匠，他可能记不住边瞎子是什么长，就直接喊他县长，"别开枪，县长，土匪走了。"

边瞎子发现那是他的马："土匪走了？你……这是我的马！"

"是，它在街东头的烂城墙下卧着呢。我看像你的，就给你骑过来了。——土匪走了半个多时辰了，他们把哈斯木老汉也带走了。"

哈斯木老汉就是阿丽娅的爷爷。

边瞎子想起昨晚的枪声和喊"解放军来了"的声音，就有些着急，"为啥？土匪把人带哪儿去了？"

"好像是哈斯木家晚上乱喊'解放军来了'，想把土匪吓跑。土匪火了，走的时候就把人抓走了。"

"那……阿丽娅呢？"边瞎子问。

这时候又过来了几个户儿家人，七嘴八舌，都说不清阿丽娅的去向，只说看见土匪是朝西跑了。

"追！"边瞎子跳上马，也不管小罗子有马没马，就打马扬鞭，下了追击令。

这时候，街东头响起了枪声、马蹄声。

乜三带着解放军真的来了。

02

李大个子带着一个骑兵连赶到干屯子的时候，边瞎子正要单枪匹马去追土匪。

那时候李大个子是团长，边瞎子是营长。营长见了团长要报告。可是边瞎子着急，见了李大个子敬了个礼，喊了一声："报告团长，土匪朝西边去了！"就一马当先要去追土匪。

李大个子一声断喝,把边瞎子叫下了马:"搞什么鬼?让你来是建政的。谁让你打土匪的?——张连长!带两个排朝西追击残匪!"

李大个子下达完了给张连长的战斗任务,就对边瞎子说:"你过来,在前面带路。让我看看你的县政府。听乜三说,你把县政府的牌子都挂上了?"

边瞎子无奈,只得领着李大个子来到了土楼前。

李大个子哈哈大笑,说不错不错,然后就问:"牌子呢?"

边瞎子就带着小罗子、乜三上楼拿牌子。只有到了这时候,他才得了机会骂乜三:"你他妈怎么搞的?骑兵连这时候才到,土匪都跑了!"乜三委屈地解释说,没办法,他连夜赶到了土尔墩。李大个子也连夜带了骑兵连急行军。可是碰上了大风,伸手不见五指,连队都走散了……就这,也还是以丢了七八个战士为代价,才赶到干屯子的。

边瞎子听了心里有些感动,出来再叫"团长"时,语气里就多了几分恭敬。

李大个子和边瞎子一个心思,一看见县政府的牌子就乐了,"不错嘛!不过你这雷厉风行的作风是不错,但未经请示就把县政府的地址给定了,组织纪律性哪儿去了?再说了,既然已经挂了牌子,政府成立了,就该发动群众,安定社会嘛。"

边瞎子说,刚来,还没顾得上发动群众。

李大个子一听就不高兴了:"首先就应该是发动群众嘛!你看你,3个人守卫一个县政府,传出去不是笑话吗?这就是不发动群众的后果!"

03

李大个子的群众观念强,按他的指示,留下的一个骑兵排当即就开始走家串户,帮助百姓清理沙尘垃圾,顺便了解情况,宣传党的政策,发动群众。

阿丽娅就是这时候在她家院里的那口井里被发现的。

她和爷爷哈斯木都太天真了，以为放两枪，喊几声"解放军来了"，就会吓走土匪，帮助边瞎子他们脱险。他们没料到家里储存的那盒毛瑟枪子弹只有两发能打响，更没料到土匪受了惊吓后并没逃走，而是循声慢慢地找到了他们家。

趴在房顶上放枪的哈斯木意识到了危险，就用一根井绳把孙女放进了井里，然后盖上了井盖……

阿丽娅不知道爷爷被抓走了。她在那口井里从大风起时一直躲到风停，最后是听到了干屯子户儿家人的声音才喊了起来。

那是一口干窟窿井，只有冬夏两季才有水。

阿丽娅听说爷爷被抓走了，就哇哇大哭，哭得边瞎子心酸，就劝她别哭，解放军已经去追击土匪了，你爷爷一定能被救回来。

可是阿丽娅哭得更厉害了，她说解放军追不上土匪，因为土匪住在戈壁中的阿不丹，那个地方不知道的人走过去都看不到。

边瞎子就跑回小土楼，向李大个子请战。说他找到了一个向导，可以带解放军直捣土匪老巢，请允许他带上现在的这个骑兵排，立即行动。

李大个子正安排人在小土楼前布置会场，准备以县长的身份，召开大会，亲自宣传群众，发动群众。

他详细地听了边瞎子的汇报后，忽然就兴奋地笑了："行了，这下好了。机不可失啊！刚才张连长还派人来报告，说他们追到了戈壁里，可土匪无影无踪。原来这伙家伙是跑到阿不丹去了……"他说着就扎上了武装带，朝自己的通讯员大喊："小李，你马上去通知张连长，让他原地待命。等我到达后，随我战斗，剿灭土匪。"

"团长，你准备去？那这个会……"边瞎子不解地看着李大个子。

"会当然要开，不能失信于民嘛。不但要开，而且要开好。"李大个子边说边挎上驳壳枪，"我看你比我还像县长，这个会你就主持……"

边瞎子一言不发地看着李大个子,看得李大个子有些不好意思了,就拍着边瞎子的肩膀说:"行啦,咱们都打了那么多年仗了,怎么一说打仗还那么上瘾啊? 其实,建政工作更重要。"

"可你不是说,你已经被任命成干屯子的县长了吗?"边瞎子说。

李大个子嘻笑着又拍了一下边瞎子的肩膀:"是兼,兼县长。懂吗? 我现在还是321团的团长啊,我的骑兵连我不能不管。我和你不一样,我是兼,你是任命,任命的干屯子县武装部长。行了,部长同志,321团现在得去剿匪了! 你得配合我,也就是配合部队,做好地方的工作……"

04

那天,李大个子硬是连哄带骗地把边瞎子留在了干屯子,自己带着战士们,跟着阿丽娅剿匪去了。

临走,他还假装恍然大悟地一拍脑袋:"对了,我还差点儿忘了! ——通讯员,把县长的大印拿过来! "

通讯员从一个牛皮包里拿出了"干屯子县政府"的大印。

"这个是昨天上面送过来的。"李大个子抓过大印,双手捧着,一本正经地说,"边建新同志, 我现在以干屯子县县长的名义命令你:代理县长! "

边瞎子接过大印,撇嘴苦笑:"我就这么成县太爷了? "

"不是县太爷,是人民的服务员。"李大个子说着就上了马。

"服务员……"边瞎子喃喃自语,无奈又无限依恋地看着李大个子剿匪去了。

谁也没有想到李大个子竟然一去不回,让边瞎子把县长从仲春一直代理到了深秋。

李大个子有运气,他先是在格兰戈壁的阿不丹击溃了围攻干屯子的那伙土匪,救出了哈斯木老人,又在追击残匪的过程中,无意中

尘土飞扬

111

发现了更大的土匪据点。于是,他们一鼓作气带着骑兵连进入北塔山,与兄弟部队一道摧毁了土匪老巢。尔后又由北向西,一路追击残匪,直到在边境线上的霍尔斯肃清全部窜匪……

至此,李大个子受伤了,住进了迪化医院,一直到了深秋才瘸着一条伤腿回来。

边瞎子只能一直代理县长。

李大个子走了没半个月,军区就发布了命令:"全体军人,一律参加劳动生产,不得有任何人站在劳动生产之外。"此令一出,先是"9·25"起义的官兵,后是进疆解放军,先后有上万人涌入了干屯子周围的戈壁荒原。他们就地拉犁,开荒种地,把荒原弄得一片沸腾。同时也把边瞎子弄得跟头绊子,紧张忙碌,一天睡不上几小时的觉。

其间,上级给干屯子派了组织部长、群工部长、生产科长,可就是不派县长。

那一年干屯子百废待兴。作为代理县长的边瞎子要组织人逐级建政,培养民族干部;要发动群众,恢复生产;作为军人的他,还要参加轰轰烈烈的开荒种地大生产……

那阵子边瞎子太不容易了。

所以后来在我们干屯子的史志上,对边瞎子的记载就相当特别:边建新,干屯子县第一任县长(委托代理)。

112

第九章

杨翰林长长地叹了口气

他想起母亲临终前的遗言

将来到千屯子去看看

你爹当过那里的县长

听说那地方已经荒掉了

01

1950 年春末的阳光很好。

中尉兽医杨翰林从很远的迪化转业，到了干屯子街边上。他爬上一段废弃的土城墙，手搭凉棚，朝西眺望。他看到城墙外的荒野上有融化的雪水，形成浑黄的片片小水洼，在阳光下闪闪发光。还有一片稀疏的芦苇滩，苇子不高不壮，浅绿色，在漠漠的旷野上被旷风搅动着，与趋向干涸的小水洼保持着若即若离的生存联系……

中尉杨翰林的目光透过苇滩，看见了一片长着些稀稀拉拉的毛蒿草和骆驼刺的平地。平地由沙土黄土和鹅卵石构成。平地几十年前就被太阳晒得失了鲜润，褪了色，干燥燥地发白，透着地老天荒的气息。

杨翰林长长地叹了口气，他想起母亲临终前的遗言"将来到干屯子去看看，你爹当过那里的县长。听说那地方已经荒掉了……"心里就有些酸楚，又有些不安。

杨翰林出神地看了一中午城墙西边的那片平地。下午，他走进了县政府。

县政府就在干屯子唯一的那座小土楼里。杨翰林走上楼梯，就见到了县长。

那年月县政府里人少，县长好找。

县长也是部队上下来的，一脸的胡子拉碴，人瘦皮黑，嗓音洪亮。

杨翰林进去的时候，县长正拿着个馒叶子在抹自己办公室的窗台。

杨翰林站住，看县长干泥水活，觉得他遇上了一个好泥瓦匠。

"这么好的窗台，差点儿让土匪糟践了。"县长看见了杨翰林，有些不好意思地自言自语了一句，然后就昂首阔步，走到一个古怪的大案前一坐，说："你找我？"

"我找县长。我叫杨翰林。"杨翰林说。

"哈哈！"县长一听，那两只粗糙的大手一拍就迎了上来，也不管自己满手是泥，朝前一伸，就握住了杨翰林的一只手，另一手又一拨，就拍上杨翰林的肩，"我就知道你会来，你一定会来。李大个子说你爹就是过去在这儿当县长的杨树之，那咱们可就是世交啦！"

杨翰林很委屈地说："从我懂事起，我就没见过我爹。我是跟我母亲长大的。她虽然有点文化，但是劳动妇女。"

"哈哈，"县长又大笑，"对对。这些李大个子在信上都说了，我知道。你母亲当然是劳动妇女了。其实啊，咱俩一样，我是一生下来就不知道我爹啥样儿！也不知道我娘啥样。嗨，现在干屯子百废待兴，那有工夫扯这些？！来，你说说你的想法。"

"李大个子说，我在骑兵营干过，会给马看病，让我来办卫生院。可这是两码事，一个马，一个人，不一样。"

"那你的意思？"

"其实我原来是师范专科学校毕业的，学的是土建专业。毕业后没钱才去当的兵。谁知道旧军队乱搞，让我当骑兵。这样我才自学了给马看病。我的专业应该是搞土建设计，要是办学当老师，也算是本行专业。"

县长说："好，好，好哇。那你给咱办个学校吧？"

杨翰林大为振奋："我也是这么想的。'九·二五'起义后，我就想转业，到干屯子办教育。"

"哈，到底是当兵的，痛快。"县长又拉住了杨翰林的手，样子挺激动。

尘土飞扬

115

杨翰林说:"都是当兵的不假。不过我是国民党的旧军队,县长是共产党的解放军……"

"什么话?革命不分先后。都是同志,以后不许跟我见外!我叫边建新,建设新疆的意思。你叫我老边,我就叫你老杨。——好了,现在咱们吃饭!吃过饭,你给我说说办学校的事儿。"

饭还行,大白馒头就猪肉炒白菜,县长边建新还特意让小罗子弄了瓶酒。

其实,那时候边建新应该是代理县长,但大家都叫他县长。他也从未纠正过。

02

一顿饭,一瓶酒,就把后来自称边瞎子的边建新和杨翰林吃喝成了哥们。都是当兵的,父辈又是故交,很容易成哥们儿。

饭后,代县长边瞎子跟着杨翰林去看了那块地方——那是杨翰林看了一下午的地方。借着酒劲,他把它说得好像马上就要天花乱坠,宝雨缤纷。

边瞎子红着脸,像喝多了的样子,说:"行!还有什么?"

杨翰林说:"除了钱和人,我什么都不要。"

边瞎子说:"除了钱和人,你要什么我给你什么。"

杨翰林说:"没钱我怎么盖教室?没教师我怎么上课?"

边瞎子说:"有钱谁不会盖房子?有教师我把你从部队上弄来干什么?"杨翰林哑然。这时候他才看出县长边瞎子根本没喝多,清醒得很。

边瞎子看杨翰林不说话了,很得意。他笑着向小罗子伸手。

小罗子心领神会,马上从牛皮包里拿出了一张纸。边瞎子拿过来,双手举着递给杨翰林。

那是一张盖着鲜红大印的公文纸:任命杨翰林同志为干屯子小

学主任。

边瞎子一脸狡黠地说:"中尉啊,你再不要穿军装了。从现在起你就成了宝贵的地方干部,成了杨主任。杨主任啊,实话说吧,除了这个,我什么都给不了你。"

杨翰林说:"我不要这个,我要教室和教师。"

边瞎子说:"愚蠢么,有了这个你就可以到师范学校里去招兵买马呀,招来了人还愁盖不起房子?"

杨翰林虽然觉得学校的最高领导被任命为"主任"而不是校长,有点不伦不类,但还是急匆匆地收了任命书,奔迪化各师范学校去了。

兽医杨翰林和代县长边瞎子见了一次面,就成了学校的杨主任。

03

杨翰林是用一辆大卡车把招来的老师们拉到干屯子的。

在那个多数人都坐马车的年代,杨翰林通过他在旧军队里的关系,弄了辆大卡车拉人,这在当时相当让人羡慕。

不过也有问题,那就是路——通往干屯子的路那时候坑坑洼洼,大坑套小坑,走马车还行,汽车走上去,就得走走停停,车上的人随时都得下来,推车填路。

不过如此一来,杨翰林就真切地感受到了干屯子周围的荒原在沸腾:到处能看到篝火,到处能看到苇子棚、地窝子,到处能看到红旗,到处能听到歌声。那些打着赤膊的军人们吃住在荒原上,天天开荒拉犁……

杨翰林知道军区下达了部队要大生产的命令,可他不知道边瞎子也不能"站在劳动生产之外"。他走进小土楼,看到县政府里只有七三。

乜三身穿军装，但已成了县政府秘书。

乜三说："县长不在。有事跟我说。"

杨翰林说："县长哪儿去了？"

乜三说："不知道。开荒的坎土曼不够，他可能在铁匠铺；也可能在马车上，给开荒的部队送水送咸菜；还可能在粮食站，给部队分粮食种子；还可能在拉树苗子，上面要求边开荒边种树……"

杨翰林说："到底在哪儿？"

乜三说："真不知道。"

杨翰林说："那……我把老师招来了，住哪儿？"

乜三笑了："你来的路上没看到开荒的部队都住在哪儿呀？自己动手，挖地窝子呀！那东西冬暖夏凉……"

这时候边瞎子忽然骑着一匹马回来了，听见乜三的话，当即就火了："你这个秘书咋当的，没脑子么！杨主任请来的是啥人？是老师。是我们干屯子的宝贝！咋能一来就让住地窝子？快，叫人收拾。把咱的二楼腾出来，让老师们先住下。"

04

杨翰林从师范学校里召来的第一批老师共 5 个，四男一女。

女的就是曲萍。

曲萍一听要住县政府，直接冲边瞎子叫了起来："不行。战士开荒都住苇子棚。我们咋就不能住？"

那时候的曲萍就是干屯子的水仙花，美得边瞎子都不敢正眼看。边瞎子听了曲萍的话，半天竟然没说出个完整的话。

几个男老师也跟着坚定地说："要自己搭苇棚子。"

边瞎子说："那不行，坚决不行！"

曲萍说："咋不行？就你们觉悟高？"

边瞎子跟曲萍说不利索话，就对杨翰林说："反正我也忙，一天忙到哪儿睡到哪儿,有时候几天都不在县政府里睡。你们就睡3天。3天后,你们咋着都行。"

老师们在小土楼的二楼上住了两天,就发现边瞎子让一个排的战士在老城墙根下给他们挖好了3间地窝子。曲萍是单间。

那时,杨翰林还是个英俊小伙。他招来的老师也都年轻得像早晨八九点钟的太阳,心里装着一团火。大家住进了地窝子,个个就想学开荒的战士,让自己像一堆堆篝火噼噼啪啪地燃烧起来……

当天下午,杨翰林就带着老师们到了平地上,开始打土块,盖房子。

几个月后,杨翰林带人盖起的房子里有了琅琅的读书声。

但老师们依然像一团团篝火,下课之后,在平地上忘我燃烧,日复一日地在黄土沙砾上打土块,盖房子……

据说,杨翰林的肺病就是那时候落下的。他在那一年的夏天,每天都打1000多块土块,一昼夜只睡6小时。

到了年底,房子愈盖愈多,有了9间。老师们自己有了办公室、宿舍。读书声也渐渐扩大,有了3个班。

于是,平地上就有了一所学校,叫干屯子小学。

也就在那个秋天,我父亲刘汗青带着我们一家回到了干屯子。

他一回来就成了干屯子小有名气的书法家。

当干屯子小学的校名被我父亲写好要挂出来时,主任杨翰林想起了该让县长边瞎子看看,就再次走进了那幢小土楼。

05

小土楼里多了许多开荒的军官。

杨翰林推开边瞎子的办公室,意外地看到了李大个子。

李大个子坐在桌子角上,正在看墙上的一张大地图。他的身边放着拐杖,有几个军官围着他在给他讲解什么。杨翰林凭专业知识一眼就看出了那是一张城镇规划图。

李大个子是解放军派到杨翰林他们那支队伍中的第一个军代表，算是杨翰林的上级。杨翰林虽然转业了，见了李大个子也要敬礼。

"哈，大秀才来了。"李大个子见了杨翰林就笑着下了桌子，扶着拐站了起来，"翰林啊，老边说你创办了一所学校，我正说要去看看呢。怎么样，对我把你推荐到干屯子来，没意见吧？"

杨翰林说："没意见。这不学校今天挂牌么，我来看看边县长，要没有时间……"

李大个子就开玩笑地对周围的人说："看看，我以为我回来，大秀才是来看我的。没想到啊，人家是来找老边的。"

杨翰林急忙说："我不知道您回来。"

众人就跟着李大个子大笑，笑够了，李大个子才说："不知者无罪。"接着就告诉杨翰林，老边这家伙没良心啊，我替他去剿匪，差点儿把一条腿给弄没了。可回来，这家伙还一句好听的没有，倒给我诉了一夜的苦。

杨翰林就问李大个子的腿碍不碍事。

李大个子说不碍事。本来骨头是长好了的，可是来干屯子的路上，心急，赶夜路，结果马车翻了。刚长好的骨头又断了，不过没事。断了再长嘛。

至此，杨翰林才知道正儿八经的县长李大个子回来上任了。

"那么……老边现在……"杨翰林欲言又止。

李大个子爽快，说："走了。我一回来，这家伙就走了。我给他说，你起码等我腿好了再走。这家伙不听，说替我已经受够罪了。就一周前吧，这家伙去了城建工程处。"

杨翰林听了半晌无语，不由得心里就有些惆怅。

李大个子看出了杨翰林的心思，故意说："翰林啊，你是不是在惦记你那个学校的挂牌典礼呀？你看，我去行吗？"

杨翰林转忧为喜，就要给李大个子敬礼。李大个子一把拉住，说:"你转业了,就不用这个了。不过,你得先帮我看看这个,"他指了指墙上的挂图,"然后咱们再去学校。"

李大个子说着又坐到了桌子上。

杨翰林发现,李大个子对那张挂图了如指掌,根本不需要他看什么说什么,倒是李大个子自己给杨翰林激情澎湃、没完没了地大讲特讲。

李大个子没讲完,杨翰林自己也激动了:"这是一张干屯子未来的蓝图,按照这张蓝图的规划,干屯子不但将恢复几十年前的勃勃生机,而且还会成为一座花园式的新兴城市!"

"过两天,师部就要从迪化搬来了,到时候还会有大批当兵的来我们干屯子。现在是缺人啊……"李大个子说到这里,忽然目光炯炯有神地盯住杨翰林,不吭气了。

杨翰林想起当初李大个子推荐他到干屯子时,就是这种目光。

果然,学校的挂牌典礼结束后,李大个子又把杨翰林叫到了办公室:"你父亲过去在干屯子当过县长,你应该对干屯子的气象有了解吧?你说,冬天的雪是不是快要来了啊?"

"这个,我还真不知道。不过,这个时候北疆是该下雪了。"

李大个子若有所思地说:"老将军说:'下雪前,他要来干屯子,开兴建干屯子城的动员大会。'"

"这么快?"

李大个子摇了摇头说:"你觉得快吗?可就在今年7月,老将军就在哈斯木家的房顶上,给我们规划出了这张蓝图。说起来,不是也有小半年了么?——现在的问题是:老边已经去了工程筹建处,在忙着建砖瓦厂,给施工备料。你怎么样?我看也得做好准备。"

杨翰林有些茫然地看着李大个子。

"还不明白呀!你忘了你是学土建设计的了?老边昨天还给我说呢,工程筹建处现在就缺你这种人才!你现在是地方干部了,部队没法下命令。所以我得跟你商量啊。给个话,去不去?"

121

"那学校怎么办？"

"什么怎么办？当然要继续办。不但办，还要办得更大更好。"

"行。"杨翰林说。

06

老将军在哈斯木家的房顶上画下了建设新城的蓝图,这事儿在我们干屯子被传为佳话。

那是1950年7月底的一天,老将军带着包括苏联专家在内的一行人走出北山,从红山头下来时已经是子夜时分。那时候的干屯子没电,街上一片漆黑,只有哈斯木家的门前还亮着一盏马灯。

"我们就别惊动地方的同志了吧,就在这家投宿怎么样？"老将军说。

众人异口同声地赞同。

哈斯木不知道来了什么人物,给老将军一行人端出了馕和茶水,就去喂一行人的战马。喂完了战马,他又开始从井里打水浇树。

那是孙女阿丽娅生前种下的一棵旱柳树。阿丽娅在春天的时候带着李大个子他们去剿匪,救出了爷爷哈斯木,自己却中了流弹,牺牲在了阿不丹。

阿不丹是哈斯木家祖上居住过的村庄,后来被流沙湮没了。把孙女葬在那里,哈斯木心里很踏实,他觉得这是命运的前定。

但他还是寂寞,每天早上起来,往往会习惯性地喊孙女的名字。

寂寞的哈斯木常常会看着院里的小柳树叹气,那是去年春天的时候阿丽娅种下的一棵树苗,它太小了,让人不放心。所以哈斯木总要给它浇水。

看见了那棵小柳树,哈斯木就有看到了孙女的感觉。

老将军他们边吃馕边研究建城规划。实际上老将军已经多次带人对干屯子地区的水源、矿资源及地质结构进行了考察,知道这里确实具备兴建一座城市的全部条件。

但在荒原上兴建一座城市是件大事,老将军需要反复考虑。

老将军独自思索着走出土屋时,哈斯木正在井边摇辘轳。

老将军急忙上前帮忙:"老人家,这时候打水干什么啊?"

"浇树啊。"哈斯木说。

"这时候浇树?"

"白天嘛热。井水是雪水,凉。热热的树嘛浇上凉水,像人一样,要得病。"

"啊,有道理。这个道理要让垦荒的战士们知道啊。"老将军说着,把打上来的水提起来,拎到了柳树旁,问哈斯木:"是不是要慢慢地浇水啊?"

哈斯木说:"就是嘛。"

老将军就慢慢地细心地浇起了那棵柳树。

这时候有人边拍打着蚊子,边嚷嚷地跑了出来:"房子里一亮灯,蚊子都来了。"

哈斯木就点起了马粪熏蚊子,没有玻璃的房子里立刻黄烟鬼窜,里面的人全跑了出来。

"把图带上,都上来吧。"老将军说着爬上梯子,上了房顶。

房顶上果然凉风飒然,蚊虫很少。更重要的是月华融融,银光如雪。

后来的传说是:老将军他们在房顶上研究了一夜干屯子的蓝图。最后到了朝阳升起,霞光万道时,老将军站了起来,用马鞭指着我们干屯子的莽莽旷野说:"好吧,我们就在这里建一座花园式的戈壁新城!"有位诗人说:"那天晚上,干屯子很安静,只有马嚼夜草的声音。"

马嚼夜草的声音的确有些诗意,后来我们干屯子的一位音乐家就以这种声音为主旋律,写了一首曲子,还在北京获了奖。

尘土飞扬

123

落雪前,老将军到了干屯子,随行的还有几位将军和大批的各类专家。

李大个子把小土楼房顶搭成了主席台,老将军年逾花甲但精神矍铄。他就站在小土楼的房顶上,对着麦克风和上千人的军民,像发布战斗命令那样,声音无比洪亮地进行了兴建干屯子的总动员。

"我知道,你们中间就有许多人的祖辈、父辈曾经为干屯子的开发出过力,流过汗,发挥过聪明才智,甚至付出过生命。比如,边建新的父亲边一虎,杨翰林的父亲杨树之。他们在 1919 年就曾为了保卫干屯子,和当时的哥萨克溃匪进行过可歌可泣的浴血奋战,直到全城被风沙淹没……

当然,他们最终失败了,人走了,城荒了。那是因为没有中国共产党的领导。

现在,我们有了党的领导,人民的支持,还有什么艰难险阻能够挡住我们为社会主义建设奋勇向前的步伐呢?

一个新的干屯子必将诞生!干屯子人民必将过上幸福美满的生活!

当然,我们这一代甚至包括我们的下一代人也必将付出青春和血汗,这是我们的光荣,我们的骄傲!"

老将军的动员,让上千人群情激昂,激动万分。时而掌声雷动,时而鸦雀无声。

最激动的当然还属边瞎子、杨翰林了。他们的父亲都被老将军点到并充分肯定了嘛。

杨翰林会后就写了血书,要求立即参加干屯子的兴建工作。

而边瞎子则在会场上站起来,当众呼了口号:"兴建干屯子,我们光荣!骄傲!"

边瞎子即兴创作的这条口号,内容不错,就是有些拗口,加上他随便站起来领呼,多少有些不合适。所以应者寥寥,跟呼的声音也不整齐。但老将军却很欣赏,指着边瞎子连说了几声:"好,好。这位同志说得好。"

边瞎子这才知道老将军只知道他和他的父亲之名,并不认识他。

另一个特别激动者是哈斯木老人,他的激动相当持久,许多年后他还见人就说:"我见过老将军了。他在我的房子住,还给阿丽娅的柳树浇过水……"

当然,也有一些激动者,他们在激动之余,多少有些失落。

当天晚上,小罗子就找边瞎子,有些不好意思地抠着自己的脑门说:"边部长,你知道你来干屯子的时候,我为啥一定要跟着你来么?"

小罗子是大军进疆时在张掖当的兵,部队到哈密时正赶上暴乱,边瞎子发现这小子人不大,打仗挺勇敢,就把他送到教导营,准备当骨干培养。谁知道他听说边瞎子要去干屯子,就一口气跑了二百多里地,从教导营跑了回来,硬要给边瞎子当警卫员。

"我知道个×!你说为甚?"边瞎子因为开会时自己失态,有些不好意思,对小罗子也就没好气。

小罗子说:"我婶儿在干屯子开过铺子,卖烧酒。后来干屯子来了黑风暴,把她埋了……"

边瞎子一下眼直了:"你婶儿……就是那个罗家嫂子?"

"我当兵是我妈让我来的,她就想让我看看我婶儿死的地方……"

边瞎子看着小罗子,半晌才说:"咋这么巧啊?你婶儿是罗家嫂子,乜三他大伯是过去的乜掌柜。怎么都到我这儿来了?"

"无巧不成书嘛。"小罗子说。

"扯淡!你和书有啥关系啊?!你跟我一样,也是个黑肚子。"边瞎子说。

尘土飞扬

"我⋯⋯就是说⋯⋯巧么！"小罗子笨嘴拙舌地解释。

边瞎子忽然感慨地说："要说有文化，还是人家乜三呀。"

乜三当然也属于激动之余有些失落的人。但乜三不像小罗子，他谁也没说，只是写了一份决心书，说自己的大伯是当年保卫干屯子的英雄，自己不能给大伯脸上抹黑，一定要继承大伯的遗志，为建设新干屯子作出贡献。

乜三是哈密的进步学生，大军到哈密时参的军。乜三参军比小罗子晚，但进步比小罗子快，跟着边瞎子到了干屯子不久，就当了县政府的秘书。当然，这主要是因为他是高中生，在当时算是相当有文化的人。

08

老将军在 1950 年底的动员大会上，把兴建干屯子的蓝图描绘得通俗而生动：

兴建工作分 3 个战场，3 个阶段。

3 个战场是：第一个战场在北山里，就是开山凿洞，兴修水利，把改道的干屯子河水再次引入干屯子地区。第二个战场在格兰戈壁的荒原上，要开荒种地，造出万亩良田。第三个战场在干屯子城区，要建设一个现代化的花园式的新兴城市。3 个战场要同时打响，分批报捷。

3 个阶段是：第一阶段，今年冬天 3 个战场备料，组建人员队伍，勘察水利。第二阶段，明年春播完成后，4 月，3 个战场破土动工。第三阶段，3 年后完成 3 大战役。3 个阶段都要始终把植树造林作为基本工作，保质保量地完成。

沸腾的干屯子，正是按照老将军的规划，3 年后形成城市雏形的。

第十章

那时候
干屯子的人都这样
开荒没牛
就人拉犁
运物资没马
就人拉车
挖土运土
没车
就人抬抬把子

01

　　据说,杨翰林要离开学校时,曾去找过边瞎子,并对他说:"老边,你的任命不对。学校的领导应该是校长而不是主任。"

　　边瞎子说:"那就改改？"

　　杨翰林说:"不用了,就让张三当校长吧。"

　　边瞎子说:"张三马上要上水利工地了。"

　　杨翰林说:"那就只有李四了。"

　　边瞎子说:"这事儿我现在做不了主,你给李大个子说。"

　　杨翰林就去找李大个子。

　　李大个子说:"你一走,张三再一走,李四再当了校长,这学校的老师还剩几个人哪？我可是给你保证过的:学校只能扩大,不能缩小。"

　　杨翰林说:"那咋办？干屯子建设大战在即,到处都缺人手……"

　　李大个子说:"我给你看好了一个人, 就是那个老秀才刘汗青。你觉得怎么样？"

　　杨翰林满脸绽放出了灿烂的花朵:"好,太好了。这是最合适的校长人选。就是不知道人家肯不肯屈就一个小学校长啊？"

　　李大个子说:"这个你放心。我已经和刘老先生谈过了,他原来就是干屯子的史记官,这次回来就是想为家乡人民做贡献的。"

　　就这样, 我父亲刘汗青成了干屯子小学名副其实的第一任校长。

我父亲当干屯子小学校长的时候,已经55岁了。但他还是率先垂范,只要是课余时间,他就领着人进山伐木,木材用马爬犁往学校拉,马匹不够,他就自己牵绳拉套……

那时候,干屯子的人都这样。开荒没牛,就人拉犁;运物资没马,就人拉车;挖土运土,没车,就人抬抬把子……反正,什么都用人,什么都靠人。因此我父亲牵绳拉套运输盖教室的木头也就不足为奇了。

让我小时候感到奇怪的是:当校长的刘汗青似乎对干屯子河特别钟情。

第一个寒假,他就号召全校师生上了北山水利工地。那时,北山水利工程建设刚拉开序幕:要炸石劈山,放炮凿洞,让干屯子河恢复1918年以前的河道。

工地上,人山人海,车水马龙,哪里有一堆娃娃干的事儿? 何况那是施工最危险最关键的地段。我父亲刘汗青自然是被赶出了北山。不过他老人家并不气馁,又去找了已在工程指挥部工作的杨翰林,结果被安排到了红山头下面一段旧河床劳动,负责带着孩子们清理河床里的石沙淤泥。

就是这样一份工作,竟然一个月后,就把我父亲累得吐了血……

我父亲被从红山头工地上送回来的时候,我才七八岁,吓得要命。我那个体弱多病的母亲更是担心父亲患了肺痨。

可谁也没想到,到了夏天放暑假时,他又带着学生进了红山头的另一段旧河床……

他说:"来干屯子的人,谁不得吃苦受累? 我心甘情愿。"

这次是我母亲直接去找了李大个子。李大个子就下了道命令:借调刘汗青一个暑假,负责在县政府里抄写文件,整理档案资料。

可我父亲拒绝执行李大个子的命令,说,我不是军人,不以服从命令为天职。你李县长可以撤了我这个校长,但我一定要在工地上干到干屯子河来水。

尘土飞扬

129

干屯子河来水那天,我父亲哭了。他趴在河沿上,叫着杨翰林和边瞎子各自父亲的名字,双手击壤而哭:"杨县长啊,边一虎呀,你们看到了吗?干屯子河来水了……"

干屯子河来水那天,有好几个人都哭了。但没一个人像我父亲那样,哭得酣畅淋漓,不管不顾。

那是1951年的夏天。

02

到了1952年的夏天,我们干屯子已经有了3万多亩的水浇可耕田,62条绿化林带,8条能看出模样的宽敞大道。

当然,这时候的干屯子还没有柏油路,8条未来的大道还是黄土覆面,路两边的林带后面,还没有鳞次栉比的商店饭馆。但干屯子河恢复了故道,有了丰沛的雪水;干屯子近处的戈壁荒漠成了可耕田,条田四边有了抵抗风沙的林带;林带下面有了干渠、毛渠……更重要的是,干屯子有了人,有了成千上万的人。

1952年春天,2月,毛泽东以中央人民政府革命军事委员会主席的名义颁布了中国人民解放军转业令:

"……你们现在可以把战斗的武器保存起来,拿起生产建设的武器。当祖国有事需要召唤你们的时候,我将命令你们重新拿起战斗的武器,捍卫祖国。"

哗啦一下子,那些原来在戈壁上拉犁开荒的战士除了个别人回军区成了国防军,多数都集体转业了。先期到达干屯子的边瞎子、李大个子、乜三、小罗子也就地转业了。虽然他们还是师团营连的单位编制,但确实都属于干屯子人了。

之后,八千湘女上天山,上万鲁女进戈壁。我们干屯子也来了许多的湘妹子和山东姑娘,她们像花儿一样,在干屯子的3大战场上四处开放……

王小芸就是这时候来的。

王小芸是湖南来的湘妹子,来的时候还穿着军装。那军装穿在她身上,显得异常肥大,她也就显得更加小巧玲珑。据说,她在报名参军支边的时候,因为体重不够,被刷掉了。可她有心计,又怀揣着一块石头,到了另一个报名点。结果当然是体重就够了。

她是因为那块石头帮忙,才到了我们干屯子的。

王小芸是先坐火车,后坐汽车,再坐马车到干屯子的。和她一块儿来的有3马车湘妹子,二三十个人。

她们一来就被"天女散花"撒到了干屯子各处,从机关到开荒点都有。

王小芸被分配到了师直机关的文工队。这在当时是最轻松的工作之一。

王小芸其实并不怎么爱好文艺,被分到文工队,完全是因为她长得好。王小芸穿着肥大的军装,虽然看上去像是穿了个黄色的大褂儿,但她眉清目秀,唇红齿白,天然去雕饰,袅娜似有情,演出时别有一番韵味。

王小芸的嗓音也不好,好像就会唱一首《戈壁滩上盖花园》,但她每次演唱,观众都是掌声雷动。

……

没有工具自己造呀,

没有土地咱们开荒;

没有房屋搭帐篷,

没有蔬菜打野羊呀;

劳动的双手能够翻天地,

戈壁滩上建花园。

在我的记忆中,这首歌儿就是王小芸在我们干屯子唱红的。后来的许多年里,一提到这首歌儿,许多人都会想起王小芸。

03

王小芸她们那批湘妹子来干屯子的时候,正是收麦子的大忙季节。

麦收一过,老将军就来了,给大家开庆功会,同样是上千人。

在那次会上,老将军再次给大家明确了未来的奋斗目标:现在,开荒工作已经取得重大胜利,干屯子河也顺利完成了改道。从现在开始,我们工作的重点要放在干屯子城的建设上来! 要集中力量打歼灭战,争取在 1953 年年底,完成城建基本工作。然后从 1954 年开始,要进行新的战役,那就是启动干屯子河新河道水利工程。

庆功会之后,干屯子城的兴建工程进入了轰轰烈烈的阶段。

跑去开荒的小罗子和杨翰林也都回到了干屯子。

小罗子回来后,就又跟上了边瞎子,烧砖,运砖,杨翰林则成了师部大楼的图纸施工质检员。

杨翰林本来是留在师部搞干屯子城的总体设计的,但他得罪了苏联专家。年初,苏联专家拿出了干屯子的城区设计图,那是一个辐射状的城市。杨翰林认为这样的城市会让老百姓出门辨不清方向,头晕。就去找苏联专家,竭力主张还是正南正北的井字形城市好。

苏联专家问了他的学历,又问了他的职业后,就发怒了,不是冲杨翰林,而是冲工程指挥部的领导发怒了:怎么回事? 你们怎么可以把一个给军马看病的兽医弄来搞城市设计? 我不要他,让他回去!

苏联专家不要杨翰林,指挥部没办法,就把杨翰林派到了水利工程上。

可在水利工地上忙得跟头绊子的杨翰林却还是抽空就写信,锲而不舍地逐级向上阐述城建方案,直到最后老将军又请了北京的专家来,开会论证,最终定了井字形的方案。

第二天,苏联专家不辞而别。这事儿让指挥部的领导惴惴不安了好些天,直到后来有一位年轻的将军出面说话,肯定了杨翰林的行为,事情才算不了了之。

后来,城建工程建设成为当年重点,师部大楼又是重中之重,指挥部的领导们考虑再三,还是把杨翰林派到了这项工程上,不过从设计者降到了施工质检员。

杨翰林被降,成了施工质检员这事儿,当时人们都认为是杨翰林得罪了苏联专家。但杨翰林失踪后,乜三说出了真正的原因:杨翰林的家庭成分不好,是旧官吏。领导上觉得无论是让他主管水利,还是主管师部大楼的设计,在政治上总是有些让人不放心。

当时,全国搞镇压反革命的运动,乜三被抽到师里的干部处搞运动审查。他在复核杨翰林的档案时,偶然发现了如下材料:

杨翰林是干屯子解放前的老县长杨树之的儿子,而且可能还是私生子。因为他的生母原来是迪化俄语专科学校的一个学生,至少比杨树之小 15 岁,这个女学生最终是否成了杨树之的姨太太还说不定。这就是说,杨翰林还有可能是杨树之搞"破鞋"的结果。另外,杨翰林在旧军队里当骑兵团的兽医,虽说是中尉军衔,但享受的是上尉待遇。此外,他所在的那个团,在杨翰林转业后,还有一个营发生过哗变。就是说,那个团的人反动思想普遍比较顽固。

乜三有觉悟,在发现了杨翰林的这些问题后,没有隐瞒,直接报送到了干部处长的办公室。

干部处长也不敢隐瞒,立即给师领导做了汇报。师领导考虑再三,把杨翰林派到了师部大楼的施工现场,当质检员。

这一事实证据确凿,乜三从未回避。但 38 年后,改名叫乜家驹的乜三,已经成了我们干屯子的父母官,边瞎子却因为乜家驹的一点小问题,骂出了这一事实背后的另一种事实:

"乜三!你他妈年轻时候就不厚道。52 年搞运动,你为了把曲萍弄到手,就整过杨翰林的黑材料!"

133

边瞎子骂乜三的时候,是举着探路杆子,站在乜家驹的办公楼前骂的。当时,乜家驹就在办公室里,却一直没敢出来。

04

乜三当年追曲萍,我听人说过,没见过。

但当时曲萍大体上已经是杨翰林的恋人,却不是什么秘密。现在回忆起来,我还有印象,并且隐隐约约地能记起一些片断:

片断一:

那年夏天,大人们都忙着火热的工作,家里成天没人,我很寂寞。

我爬上房顶,孤零零地看天看地。

湛蓝的天空很深远,微微地有一点嘘嘘的声响,那是树的声响。因为我看见了城边的白杨树头在隐隐摇动。

我看到了阳光下杨翰林的身影,他牵着一条大黄狗,从白杨树下走出,走到了学校的那排地窝子前。

他把大黄狗牵到曲萍的地窝子前时,狗叫了一声。曲萍从地窝子里出来,看见了狗,吓了一跳,后来就笑得像太阳下的向日葵。再后来,她跑回地窝子,就拿出了一个桌子腿。那些年开荒、施工,挖出的老东西多,锅碗瓢盆桌椅铺板鞋帽刀枪,等等,啥都有。不过绝大多数都朽烂锈蚀得不能用了。

但曲萍拿出的那个雕花的桌子腿还能用。

杨翰林把大黄狗拴到一个拉土的木车上,就接过了桌子腿。

之后他走下了男同志住的地窝子。再出来,手里就又多了一个巨大的木榔头。

曲萍扶着桌子腿,杨翰林挥榔头,他们把桌子腿钉到了曲萍地窝子门口前的地里。

当杨翰林把大黄狗拴到桌子腿上时,狗叫了,曲萍吓得躲到了

134

杨翰林怀里。不过,他们很快分开了……

几天后,我就听人说:杨翰林去施工指挥部的时候,不放心曲萍,怕被男人骚扰,就花了一个月的工资,买了一条狗,拴在曲萍地窝子的门口。

片段二:

曲萍和王小芸一样,爱吃辣椒。

1950、1951年的时候,干屯子只有一个小学,教师又少,办不成食堂,教师就在县政府的食堂吃饭。杨翰林调到工程指挥部工作后,没上水利工程时,有一阵也是在县政府的食堂吃饭。那时候,他天天都会带一小瓷碟腌的咸辣椒。辣椒切得很碎,碟子也很小(据说是杨翰林植树挖树坑时,从地里刨出来的)。杨翰林却怪异地举着,一路进入食堂。

杨翰林个头很高,人又瘦,举着那么小的一个小瓷碟子一摇一晃地进来,很引人注目。每次曲萍都会不打招呼地坐在杨翰林对面,兴高采烈地吃那碟咸辣椒。

这事儿好像很招人议论,以致有一天县政府的秘书七三就到了我们家,对我父亲说:

"刘校长,您老得抓一抓对年轻教师的政治教育啊。现在学校的老师们都在县政府的食堂里吃饭,可得注意影响啊。"

我父亲一听什么事儿和"政治教育"挂钩就头疼,这正是他的弱项,就急忙地问:"怎么啦?"

七三就说了曲萍总吃杨翰林的辣椒的事儿,说群众有议论,校长应该管一管。

结果我母亲笑了起来,说:"嗨,我当是啥事儿呢。你还没看出来啊,那辣椒就是曲萍腌的嘛,她自己要是每天都带到食堂去,你们这些小伙子还不猴急猴急地围上去了,借口尝尝味道,把人家姑娘家弄得没法吃饭!人家正是考虑到影响,才把辣椒给了杨翰林的嘛。"

尘土飞扬

135

我记得当时乜三的表情很吃惊："真的吗？"

"这能有假？我去过曲萍的地窝子，看到过她腌的咸辣子啊。"我母亲说。

乜三说："那也影响不好，何况杨翰林举那碟子的样子，就像跟谁示威似的。"

乜三那天走了后，我就听到了母亲给父亲说了乜三也在追曲萍的事儿。

片段三：

盖师部大楼的时候，我刚上学。我上学不到年龄，因为父母每天上班都在10个小时以上，我没人管。父亲就把我带到了班上。杨翰林回来当质检员的时候，有一天，父亲去县上开会，说是说好了曲萍老师要带我吃午饭。

放学后，我没见曲萍来，就去找她。那时候，她的大黄狗已经不在了，据说是被人偷走吃掉了。所以我径直到了她的地窝子。

我要喊曲老师的时候，听到了里面有哗哗的水声，不是洗锅碗瓢盆的声音，就退了回来。我知道曲老师有洁癖，一有时间就会洗自己，洗衣服，等等，她好像总有洗不完的东西。我想等她洗完了再喊她，就退到了白杨树下。

这时候我看到杨翰林背着行军包，像一只驼鸟在漠野上跃进，边走边哼着什么歌儿。

曲老师把世界洗得一片哗哗的水声。可杨翰林根本不在乎，到了地窝子前轻声呼唤了一声。

我们的曲老师立刻就出现了。她好像刚洗过头，头发有点湿漉漉的，她整理了一下散乱的头发，就把杨翰林拉进了地窝子。

我饿，也想走进去。

可听到里面的人在压低着嗓音说话，那声音在我听来，像咕咕的鸽子声。我等了许久，杨翰林还没出来，就有些着急。就想喊，可这时我听到了里面断断续续地传出了曲老师的啜泣声。

我吓坏了，就急忙地往回跑。

后来我跑到老城墙上，坐了许久才看到曲老师出来了，她出来倒了一盆水，就又进去了。

她好像根本就忘了要管我中午吃饭的事儿。

再后来，我看到杨翰林从地窝子里走了出来。他像从遥远的阳光中化出来的一头骆驼，疲惫沉默地一走一晃。

他没有再唱歌，而是像个醉汉，身上散发着一种莫名的忧伤。

那天我也很忧伤，望着高远湛蓝的天穹，我的心里倏地就汪起了忧伤。天地很大，可是我孤独得像戈壁滩上的一只旱獭。没人管我，我很饿。

那天中午我没吃到饭。这种对于饥饿的记忆缠绕了我许多年后，我忽然发现：我是以一生中缺一顿饭为代价，无意中目睹了一对恋人的约会。

片段四：

片段四、片段五等应该略去，因为那时候我已经10多岁了，部分地懂得了男女之间的那些事儿。杨翰林和曲萍后来的那些事儿，不该是本章的内容。

关于乜三追曲萍，这事儿在老一辈人中也有传说，但大多没有什么故事性。我的记忆中也没有两人单独相处的特殊场景。

唯一值得一说的就是罗子讲过的一个笑话，说是乜三借工作之名找曲萍谈话。谈的全是出身不由己、道路可选择之类的革命道理。可谈了一个多小时，曲萍趴在桌上睡着了。

05

边瞎子骑着高头大马来干屯子的时候，小土楼是干屯子的制高

尘土飞扬

点。到了 1952 年夏天，它还是。

师部搬来时，把它和周围的几间干打垒的土墙房屋修补了一下，就和县政府临时在这里合署办公了。

沐风栉雨无数日月的小土楼，作为当时干屯子的一个景观一个标志，据说是一个维吾尔草药神医的住宅加诊所，这个草药神医当初建土楼的理由就是他要在高处晒红花晾贝母之类的草药。这个极长寿的维吾尔神医，其生命像他的小土楼一样顽强地穿越了清末民初的所有岁月。相传，他是干屯子城湮没后，第一批来到格兰戈壁重建家园的人。但他在新疆和平解放前夕，却忽然不辞而别，去了哈密。

有证据表明，老将军在开完了庆功会后，在师长、政委的陪同下视察师部时，听了维吾尔神医建土楼的传说后，不无感慨地说了一句，新疆和平解放也两年了，你们到现在连一栋楼都没搞起来。我看，给你们一年时间，要是再搞不起来，我就去请那个维吾尔人来当你们这个官。

师长、政委，包括李大个子当即立正保证：您明年来时，一定让您看到大楼。

自此，兴建师部办公大楼就成了城建中的重中之重。

说是大楼，其实受材料的限制，主体的办公室都是两层。只有进门的中心部分是 3 层，如果加上尖顶造型的 1 层，也就勉强算是一个 4 层的楼。

但就是这样，指挥部也还是调集了精兵强将，忙得日夜不息。

大楼是苏式建筑风格，仅山墙就厚达一米，耗材料。所以后勤部门的干将边瞎子被调到大楼施工处，负责砖瓦、石灰的保障。苏式建筑用的却是砖木结构，许多细部的处理和计算就非常重要，故尔学过土建设计的杨翰林也被调来当了施工质检员，整天在脚手架上忙上忙下……

到了 1953 年春夏相交之际，干屯子城的建设已经有了城区和

长篇小说

郊区的地理概念。干屯子小学成了西城外的一个单位。杨翰林不但忙大楼的施工,而且还要负责 3 条街道两边商店饭馆的施工质检。他整天吃住在工地上,忙得连去"西城外"和曲萍见个面的时间也没有。

同样吃住在工地上的还有边瞎子。

那时候我们干屯子的城区绿化林带已经成型,3 年的青杨树长得有两人高了。边瞎子成天奔忙在南一路上,从砖窑、石灰场到大楼工地,两点一线,走的就是南一路。南一路两边的林带种得最早,长得也最好。边瞎子在这条尘土飞扬的道路上跑了无数个日夜,只知道林带那边也在夜以继日地施工,修路盖房子,忙得热火朝天,却从来没机会跨过林带看看在路的那边正在发生的变化。他和杨翰林在工地上的吃住方式不同。他是忙到大楼工地,赶上了饭点,就吃;忙到砖窑,赶上了睡觉,就睡,有时,还就在南一路上吃饭或者睡觉。

边瞎子忙得昏天黑地的时候,有一天,乜三在南一路上一把拉住了正拉车的他。

已经当了县政府干部科长的乜三夹着个公文包,和满脸污垢,汗流浃背,一个月都没洗一次澡的边瞎子一比,显得干净整齐,更像个领导干部。

乜三说:"边部长,歇歇。走,先去洗个澡,换套衣服。"

边瞎子问:"怎么啦?"

乜三说:"走,先换洗一下,然后去见见给你们分来的新同志。"

边瞎子说:"扯淡!我这里天天都有新来的同志,来了就干活呗。还让我换洗什么?你乜三神经病啦!"

乜三说:"今天不同,是女同志。"

边瞎子说:"女同志怎么啦?我这里不是也有女同志吗?她们也和男人一样,干活!"

乜三说:"今天的女同志和别的不同。"

边瞎子说:"有啥不同?一个月活干下来,就没有啥不同了。"

边瞎子说着就拉起车,要走。

乜三却又拉住了边瞎子:"边部长,今天来的女同志是王小芸。"

边瞎子听了一愣:"王小芸?她不是在师部文工队吗?怎么到咱们这儿来了?"

乜三说:"师部文工队精简整编,王小芸主动提出要下基层。有觉悟啊,我就把她分配到您这儿来了。"

在边瞎子看来,那么水灵的一朵花到了他这里,确实有些不好安排,没个轻松的事情可做嘛,就问乜三:"王小芸来了,干什么呢?我这里可不需要唱歌的。"

乜三说:"就搁在您身边呀!你随便让她干个统计员什么的就行了。边部长,你是我的老部长,我才把王小芸分到你身边的。你也30多了,只要你和王小芸能谈得来,我就以组织的名义出面撮合。到了吃喜糖的时候,部长别忘了我就行。"

那时候,组织上给一些大龄军人找老婆,已经不是什么新鲜事儿。但边瞎子还是有些犹豫:"这个,这不好吧?行了,人先让在我这里工作。你说的那个事儿,以后再说吧。"

乜三说:"以后?不能以后。走,换洗一下,马上和王小芸同志见面。以后,你哪里还有以后?现在手脚一慢,人就被这些光棍秃头们抢走啦!我的心血不能白费。走走走!"

06

那天,一向不太喜欢乜三的边瞎子,还真被乜三带着,换洗了一番,和王小芸见了面。

王小芸是主动要求下基层的,所以兴高采烈,见了边瞎子也是兴高采烈。

边瞎子倒是因为有了乜三的"情况通报",心虚,见了王小芸说话有些不利索。

七三机灵,对王小芸说,边部长是为革命出生入死立过战功的人,至今腰上还有弹片没取出来呢。和这样的老同志老首长在一起,要抓紧一切机会,好好向老首长学习。要在工作上继承老首长的光荣传统,要在生活上多多关心老首长。关心老首长的生活、健康,就是替组织在关心、爱护老首长,等等。

说得边瞎子面红耳赤,不得不轻声喝止。

王小芸倒是听着七三的话,频频点头,屡屡表态:一定要在工作上向老首长学习,在生活上关心老首长。

事实上,王小芸在接下来的 3 个月里也确实是这么做的。她甚至给边瞎子缝过衣服,补过袜子,洗过外衣,还多次给边瞎子送过饭,提醒过边瞎子不能走到哪里睡到哪里,小心有伤的腰等。

问题是 3 个月后,当七三自以为得意地去给王小芸捅破那层窗户纸时,王小芸却坚定地说:"我今年才 19 岁,还小,不想考虑个人问题。"

七三说:"你都 19 岁了,还小?"

王小芸说:"19 还不小?!"

七三说:"19 还小?!"

王小芸说:"反正我不考虑。"

七三不甘心,"八·一"建军节那天,见了边瞎子,就问:"王小芸怎么样?"

边瞎子嘿嘿笑着说:"对咱倒是不错,就是人家小,怕耽误人家。"

七三一听有门,就说:"老部长,人家有意,你就得主动些啊。"

边瞎子不知道咋主动,七三就拉着边瞎子非要去找王小芸。

王小芸下到基层后,女同志少,住处是个问题。边瞎子就去找了我父亲刘汗青,让她和曲萍住到了一起。曲萍认识了王小芸,地窝子里有了王小芸作伴,自然十分高兴。自此两人成双入对地进出地窝子,那地窝子也就被人取了个绰号:美人窝子。

那天是建军节,干屯子人多数都放了假。都是当兵出身,城建工程再忙,也要放半天假。乜三就是利用这个下午拉着边瞎子去买了点糖果,然后去找王小芸的。

乜三到了"美人窝子",喊了声:"王小芸,边部长来看你了。"

出来的却是曲萍。曲萍说:"小芸上厕所去了。"

两人就站在地窝子口上等。等了半个小时,不见地窝子后面的厕所里有人出来。曲萍就到厕所里找。

结果是:王小芸就在厕所里。但无论曲萍怎么说,她都不出来。

快到日头落山时,边瞎子明白了王小芸的心思。

"王小芸,边部长来看你,你连个人影也不露。不好吧?"这时候乜三还在外面一个劲儿地喊话,边瞎子一把堵住乜三的嘴,拉起他一溜烟地走了。

乜三还糊里糊涂地不肯走,说:"她不能在厕所里待一辈子吧?再等一下。"

边瞎子火了:"你他妈不要脸,我还得要哩。咱们把人家吓得躲在厕所里都不敢出来了,这成啥事了? 啊?! 快走!"

自此,边瞎子再没让乜三找过王小芸。可这事儿成了王小芸和边瞎子的笑话,大家传过一阵子,后来也就没人说了。

07

边瞎子终身没见过干屯子啥模样。

在那个人人忘我的年月里,边瞎子总是说:"等咱们的城市建起来了,我得上到制高点上,好好看看。"

边瞎子走进干屯子的时候,干屯子的制高点是维吾尔医生的小土楼。他站在小楼上,一目了然,把干屯子看得一清二楚后,就把县政府定到了干屯子。

142

到了 1953 年底，干屯子的制高点成了师部大楼。边瞎子上去过，但那天刮大风，满世界尘土飞扬，3 米之外不见一物，他什么也没看见。

边瞎子像天边飞来的一粒种子，落地后就在干屯子生根开花，一辈子没有离开过。但他却一辈子没见过新建起的干屯子是啥模样。

边瞎子是在我们干屯子有了完整的城市雏形，万人庆祝的前夕变成瞎子的。那是 1953 年底。

那天，干屯子第一阶段也是最基础最关键的城建项目已经陆续竣工。干屯子有了八九条笔直的道路，六七个小型工厂，四五个基本社区，两三个大商场和十多个小商店，还有了宾馆、学校、电影院、医院、科研所和十多个国营饭馆。另外，公园、广场、汽车站也都初具规模，正待逐步建成。

之前，老将军来视察，很兴奋，说："看来今年落雪前我们能开庆祝大会啊。我记得我们开过两次大会了，每次都是在那个维吾尔医生的小土楼举行。怎么样？今年的庆功会就在新盖的这个师部大楼前举行，行不行呀？"

人人都说行，没问题。

老将军就愉快地走了，等着落雪前来开万人庆功大会。

那天，师部大楼的主体已经封顶，正在准备内外装修和安装门窗。只有 4 层的中心部分在夜以继日地挑灯夜战，争取 3 天后封顶完工。

大楼的中心部分结构复杂，主要是有一个复式的回廊楼梯，从一楼一直通到四楼。这个回廊楼梯的位置在整个施工的过程中都被"之"字形的脚手架占着，它是大楼施工中最主要的上下通道。那个时候，干屯子人还没有见过起重机、挖掘机等重型机械，所有的建筑材料、砖块、石灰、木料、泥料等全靠人力，在"之"形字的脚手架上人挑肩扛，人抬手提。

143

最主要的运输通道当然也就最后拆除。

天亮时,中心部分全部封顶。已经一天一夜没合眼的现场指挥杨翰林决定要拆除"之"字形的脚手架了。

这时正在下面铺走廊地砖的边瞎子忽然想起了什么,就对身边的小罗子说了一句:"你去喊一声,让老杨慢些拆,我得上去看看。忙活了3年,人都快累死了。咱们到底建了个啥样的城市,我得看看。"

那时候小罗子跟着边瞎子已经在工地上干了3天3夜了,期间两个人也就睡了总共不到7小时。人在这种时候,脑袋就有些木,听了边瞎子的话,半天反应不过来。

边瞎子有些生气,说:"加几个班,就把你累成勺子了? 连人话都听不明白了!"之后,就一个人走到了中心部分,仰起头冲上面喊:"等一下,我上去看看!"

边瞎子抬头喊的时候,眼珠子是红的,嗓子是哑的。他一晚上都在马灯下铺砖,猛然抬头看到四楼上的天光时,眼就花了。白色的天光太刺眼了,他瞪着眼有些茫然,脑子里也像进了天光,有了瞬间的空白。

他的嗓子哑是因为他带着30多个人铺地砖,他得四处检查,到处喊叫,而这样的状态已经快维持一个月了。他平时是个大嗓门,但这个时候,他的嗓门再大也没用。因为声带是红肿的,发不出响亮的声音。

何况,四楼高处还起了风,"之"字形脚手架上还有人喊着号子在抬木料。

杨翰林在展开设计图给身边的人讲解拆除"之"字形的脚手架时的注意事项时,戈壁上起了风,风从遥远的沙漠升起,在天光散漫时到达干屯子。风不大,但到达师部大楼附近时,卷起了工地上的浮土……

杨翰林隐隐约约听到下面有嘶哑的喊声时,他扭过头,朝下看了一眼。而就在这时候,晨风吹来,夹着尘土,差点儿把他手中的图纸撕

144

开吹散。他急忙转身跨步，想用身体挡住骤然而来的风沙保护图纸，但一只脚却碰上了脚手架上的石灰桶。

在那个年代，干屯子还没有水泥厂，盖大楼用的是石灰混合浆。

杨翰林碰翻的是半桶相当新鲜的石灰水——一个工人刚往桶里加上水，正要加其它的混合料，准备修补一下砖墙上的缝隙。

石灰水像一条直线直泻而下时，边瞎子目无所视——白色的石灰水和白色的天光太相近了。当然，就是石灰水是赤橙黄绿青蓝紫中的任何一种颜色，边瞎子也会目无所视，那一刻他的脑中正好一片空白，他什么也没想，什么也没看到。

边瞎子仰脸向上，像在经历一场白沫翻腾的沐浴，直到随后跟进的铁桶砸到了他头上，又弹起来，掉到了地上，他才叫了一声。

边瞎子发出的并不是一声惨叫，而是一声低沉的惊叫。四五秒钟后，他才抱着头，在地上翻滚起来。

这时候，边瞎子的声音如熊嚎一般，有些凄楚，可以称之为惨叫了。

尘土飞扬

第十一章

干屯子的功臣边建新部长从此成了瞎子

水晶体一类的东西了

边建新同志的眼球上已经没有视网膜

石灰水太厉害了

没办法了

医生说

01

边瞎子被送到迪化医院半个月后，干屯子下了雪。

下雪的前一天，老将军来了，在师部大楼前主持了城建庆祝表彰大会。

那是个万人大会。会上老将军亲自宣读了表彰令，边瞎子被评为干屯子十大劳模。

会后3天，老将军去了北京。此后好多年，老将军再没到干屯子来。

会后3个月，边瞎子回来了。从此，他再没离开干屯子。

边瞎子是李大个子带着也三等人把他接回来的。很多人看见边瞎子的样子都心里难受：他瘦得成了一捆柴禾，那被石灰水烧了的脸，看上去虽然无碍观瞻，但他的双眼都瞎了。医生说，没办法了，石灰水太厉害了，边建新同志的眼球上已经没有视网膜、水晶体一类的东西了。

干屯子的功臣边建新部长从此成了瞎子。

我父亲说，到干屯子的人，都注定要吃苦受累。

02

小罗子在边瞎子出事那天，按捺不住心中的怒火，打了杨翰林一拳，还踢了杨翰林一脚。当时众目睽睽，杨翰林一手没还，一言没

147

发,只愣愣地看着人们把边瞎子往医院送。

但曲萍不愿意,找到李大个子闹。说要是不处理打人凶手小罗子,她就要逐级上告。

李大个子就把小罗子找来,骂:"你他妈是勺子吗?事情已经出了,杨翰林又不是故意的,你凭啥打人?!"

小罗子不服,还嚷嚷。李大个子又说:"你还嘴犟?!你在工地上打人,影响恶劣,性质严重。这还不算,我听曲萍说,你还经常跑到人家美人窝子去,找王小芸?你说,有没有这回事儿?"

这下小罗子不吭气了。

长篇小说

李大个子一看小罗子这副熊样子,就知道曲萍告得没错,不由得怒火中烧:"你小子胆子还真大?!战士不许谈恋爱你知道不知道?看来我不处理你,你真的会犯错误。这样吧,你给我收拾行李,明天就去 321 团开荒队报到。给我带人开荒去,听见没有?"

"听见了。"小罗子说。

第二天,小罗子真得就去了 321 团开荒队,当了突击连连长,领着人开荒了。

边瞎子回来的时候,小罗子专门从开荒队赶回来,紧紧抓住边瞎子的手,嘴中呢喃着说不出一句完整的话,双眼尽是泪。

边瞎子却笑嘻嘻地说:"你小子运气好。那天要不是你犯迷糊,听不明白我的话,那桶石灰就倒你头上了……"

小罗子听了摇了半天头,才叹着气说:"部长,这以后的日子咋过?"

边瞎子说:"啥咋过?就黑灯瞎火地过呗!咱们刚来那阵子,干屯子不是一到晚上一点亮都没有么?我就当天天过晚上了。"

边瞎子这话把大家都逗笑了。

边瞎子又说:"小罗子,你上心给我寻个好探路杆子。我这眼好的时候没顾上看咱们建起的新城,以后我就是摸索,也得把咱们的城给摸清楚。咱们建这么个城太不容易了……"

从此,边瞎子就真的点着个探路杆子,摸索起了干屯子城。

这一摸索就是 40 年。

03

许多人都说边瞎子挺冤的,本来他完全是有机会登上干屯子的制高点——师部大楼,把干屯子新城看得一清二楚的。但阴差阳错,他不止一次地错过了机会。

在后来的岁月里,边瞎子也说过,当师部大楼盖到两层的时候,他就起过要看一眼的念头。可这事儿像是命里注定的一样,不知怎么的,就几次都耽误了。

根据边瞎子的叙述,我总结了一下,他至少有 4 次差点儿实现自己的想法。

第一次是大楼中心的脚手架搭到 4 层的时候,他乘下午轮班吃饭,上了"之"字形脚手架。可刚上到二楼,就听到下面哗啦一声,低头一看,是有人卸车不小心,把一车砖翻倒了地上,至少有上百块砖断成了两截。边瞎子气得大骂,腾腾腾跑下脚手架,就训斥起了那个战士。每一块砖都是砖瓦厂工人的心血啊,他能不急吗?

第二次就是"八·一"建军节那天,师部大楼工地上下午放半天假,施工人员晚上看演出节目。边瞎子本来是想利用假日加班的,如果他那天加班,大楼工地上的人就会很少,别人都放假了嘛。他当然就可以从容地上到 4 楼,想怎么看就怎么看干屯子了。可是,偏偏那天乜三来了,逼着让他买糖果,去看王小芸……

第三次时机最好,是中午。杨翰林让工程停了十几分钟,因为某个施工程序搞错了。

平时,"之"字形脚手架上总是上下两班人排着队骆驿不绝,不在这上面工作的人,插在中间耽误别人工作,总显得不合适。现在,工程临时停了,又是开饭时间,许多人吃完饭,就地一蜷,靠着墙根就睡着了。

坐在地上吃饭的边瞎子看到天清气爽，阳光灿烂，正是登高望远的绝好机会，就想着吃完了那碗苞谷糁子，就上脚手架。可是那天他正好连续两天一夜没合眼，实在太累了，饭没吃完，人就睡着了，苞谷糁子撒了一裤裆……

第四次是上面来了领导，他陪着上了"之"字形脚手架。可刚到二层半的地方，工程处长就把他拉回到二楼角落，没完没了地强调上万平米的地面要铺砖，要求边瞎子亲自挂帅，抽调力量，组成专业技术队伍，按期完成烧砖、运砖、铺砖任务。等到工程处长说完了，上面来的领导也下来了，边瞎子只得陪着他们又去看石灰厂。

此外，他还有过几次应该说是不太理想但绝对可能的机会，又都被他自己放弃了。一次是阳光不错的下午，他已经在脚手架下等了几分钟，但看到上下脚手架的人川流不息，就想回头找个人少的时候再上去，于是走了。

还有两次是晚上。一次是半夜收工了，他动了想上去看看的念头，可回头一看，自己的手下有些人躺在通道上就睡了。他怕其他运输队的人拉车来了受影响，就过去吆喝，让他们都睡到墙根去。结果一忙乎，忘了登高望远的事儿。还有一次，他就睡在大楼里，半夜起来解手，看到风清月朗，星光灿烂，就动了上去看看的念头，可到了脚手架前一抬腿，觉得腰酸背疼，两腿发软，疲乏得厉害，就偷了个懒，又缩到脚手架下睡着了。

还有一次是他真实地登上了4楼，可是正好刮大风，尘土飞扬，他什么都没看见。

边瞎子最终还是没看到亲手建造的城市是什么样子，就成了瞎子。

04

边瞎子成了瞎子后，他的生活就成了组织上头疼的问题，得有人照顾他的饮食起居啊。那时候,刚解放,劳动者追求平等,还不兴请保姆这一说。

乜三是边瞎子的老部下,对他有感情,就主动找李大个子说这事儿,建议组织上安排人。李大个子当然同意,还让乜三到医院找护士。可是那时候干屯子医院刚成立,总共就3个护士,工地上又总有人受伤,忙不过来。乜三就说到了当统计员的王小芸,说这俩人组织曾经撮合过。李大个子就让乜三找王小芸问问。

乜三就找到王小芸,谈话。

王小芸不情愿,说自己来是干革命的,不是给男人当保姆的。

乜三立刻严肃地批评了王小芸:"你这是剥削阶级思想。什么保姆?是生活秘书嘛。当年红军长征时,中央首长不是还有秘书吗?"

王小芸的家庭成分不太好,听乜三这样说话,吓得就不敢吭气了。

乜三说:"那就这样吧。"

乜三说着站起来就要走,王小芸这才急了,拉住乜三问:"我还和曲萍姐住一起吧?"

乜三想了一下说:"这个自然么。就像上班一样嘛,下班当然是回家了。"

王小芸还想说什么,乜三不耐烦了,以干部科长的威严语气对王小芸说:"这是组织的决定。革命工作没有高低贵贱之分,你难道还要和组织上讨价还价吗?"

王小芸不敢讨价还价,只得到干部科报了到,然后跟着乜三找边瞎子报到。

边瞎子从迪化医院回来后,师部大楼已经竣工启用,干屯子县政府和师部合署办公,原来的小土楼没用了。李大个子就做主,把边瞎子安排到了下面的一楼居住。这在当时是非常特殊的照顾,因为边瞎子是功臣。

尘土飞扬

乜三带着王小芸来到小土楼时，看见门口坐着一个年过半百的尼姑，正在搓麻绳纳鞋底。

这尼姑眉清目秀，面容慈祥，但说起话来却干脆利落，柔中带刚："你就是乜三吧？你让人家一个姑娘家的，来伺候一个男人，觉得合适吗？"

"你是谁？"乜三不太高兴。

"我是边建新的姑姑。"尼姑不亢不卑地说。

边瞎子在干屯子一带有个姑姑叫秀姑，是经历过当年干屯子城湮没的人，这事儿乜三知道。

"姑奶……"乜三想叫姑奶奶，又觉得不合适。正犹豫间，边瞎子敲着个槭木杆子出来了："乜三，你还当干部科长哩，咋越来越不会办事了？你让人家王小芸来伺候我，他妈的啥意思？我看你是越来越没个政策观念了。我说我是黑肚子，没文化，我看你也快成黑肚子了！快，把人家王小芸送回去！"

乜三挨了这顿骂，心中气不打一处来。回到干部科，就给王小芸重新分配了工作：到321团开荒队报到，下基层锻炼。

王小芸偷偷抹着眼泪到开荒队报到后，过了一天就发现自己因祸得福：她被分到了突击连，连长正是小罗子。

小罗子告诉王小芸，他看到边部长成了瞎子后，就想到了找秀姑。后来他是发动了连里的许多人四处打探，终于在北山里的一个尼姑庵找到了秀姑。秀姑在听了边瞎子的情况后，也是长叹一声，就同意还俗了。

秀姑还俗后，就和边瞎子住在一起，长达25年。

在这25年里，干屯子人最熟悉的一个场景就是：一个面容慈祥眉清目秀的老太太牵引着边瞎子，一点一点地在干屯子的街道上走。在老太太的指点下，边瞎子走走停停，伸手四处摩挲着街上的一砖一瓦。

从乔尔玛雪峰下来的干屯子河,经过了上千年的流淌,是形成了一个巨大的弧才到干屯子的。大家都认为河道走了弓背,水资源流失太严重,应该走弓弦,修一条直线河道。沿途河水渗漏的地段要搞成水泥的,还要在河道上修3道拦河大坝发电、防洪、分水。

这是一项持久耗力的工程,但如果完成,到达干屯子的水量将比现在增加4倍。也就是说,到时候干屯子河就能够保障干屯子城区人口成倍翻番、耕地也可以成倍翻番地用水……

这是个诱人的前景。为此,早在那个仲夏之夜,老将军他们一行人就在哈斯木家的房顶上定下了决心:等干屯子城区建设初步完成后,就启动干屯子河新河道工程。

1954年,春播完成后,新河道工程正式启动了。

在新大楼里办公刚几个月的李大个子亲自挂帅,第一批上了北山水利工地。由于这时采取的还是"个人报名,组织决定"的方式,所以当时干屯子百分之九十的人都报了名,要上艰苦的水利工地。

但并不是谁报名都能获得上水利工地建设这份荣耀的。比如,我父亲刘汗青、边瞎子、杨翰林、王小芸等就没获得上水利工地的光荣。可以这么说,在您目前所熟悉的小说人物中,除了李大个子,就是小罗子和乜三首批上了工地。

他们在荒凉的北山中度过了风餐露宿、艰苦异常的几个月后,先是李大个子回来了,回来配合筹建新疆生产建设兵团的工作。接着到了8月,小罗子回来了,他是因为在雪水里泡得时间太长了,得了腰疾。

到了10月,新疆生产建设兵团成立,乜三和大批的人也回来了。

新疆生产建设兵团成立使得我们干屯子仅有的一些军人也都彻底转业了,他们和大批新来的支边青年一起在干屯子辽阔的漠野

153

上建立起了两个新兴的国营农场。

可是原来的师部却撤走了，搬回到了迪化。偌大的师部大楼一分为二，成了干屯子县政府和政府宾馆所在地。

那时候，那个维吾尔神医的小土楼还在，隔着一个广场，与师部大楼遥遥相望。而它的主人也就在这一年回到了干屯子——我小的时候就常常看见那个白发苍苍的维吾尔神医，他坐在二楼的露台上，和一家大小吃馕喝奶茶，印象很深。

06

庆祝新疆生产建设兵团成立的活动一结束，天上还飞舞着鹅毛大雪，第二批上北山水利工地的人就举着红旗启程了。

这批人里有了杨翰林。

杨翰林是写了血书才加入到水利大军中的。

杨翰林写血书那天曲萍正好去了他宿舍。曲萍看到杨翰林写了血书，就拉住了杨翰林的胳膊，说："人家又不信任你，你非去水利工地干啥呢？"

杨翰林叹气，不语。

曲萍又说："李大个子他们是夏天上去的。你看，回来的时候多少人得了病？小罗子现在还腰疼得天天得拔火罐子……"

杨翰林说："这个，我不怕。"

曲萍就哭了，说："你去了，我咋办？"

杨翰林单手握拳，使劲砸了砸脑袋，半晌才对曲萍说："你跟我来。"

曲萍就跟着杨翰林上了政府大楼（原来的师部大楼）的4楼。

杨翰林指了指广场中央，对曲萍说："我实在是看不下去啊！"

广场中央砌着一座干屯子建政纪念碑，秀姑正领着边瞎子在摸索纪念碑。曲萍看到秀姑拉着边瞎子的那根探路杆子，一边缓步而

154

行,一边在说着什么。而边瞎子则边走边摸索着纪念碑上的每一块砖,每一个字,每一幅浮雕图案……

曲萍看得心酸,蓦然回首,发现杨翰林的眼里噙着泪花。

杨翰林说:"边建新和他姑姑天天就这样在干屯子四处摸索,我看了快一年了。他已经摸索着走遍了干屯子的两条大路,连路边的树都要一棵一棵地摸上一遍……我实在是看着心里难受啊!"

"那你为啥非要天天看啊?!"曲萍对着杨翰林的胸膛捶打了一顿小拳头,又无奈地抹了把眼泪,同意了杨翰林上水利工地。

杨翰林上水利工地那天,曲萍专程到政府大楼前的广场上给他送行。两人在鹅毛大雪中进行了如下对话:

曲萍:"照顾好自己,我等着你回来。"

杨翰林:"放心。明年夏天我就回来了。"

曲萍:"开山放炮,一定要小心。"

杨翰林:"你一定等着我。"

曲萍:"我等。"

但到了1955年的夏天,第三批上水利工地的人又出发了,杨翰林却没有回来。

曲萍去找李大个子,问原因。

李大个子说:"水利工地上离不开杨翰林啊。"

曲萍说:"可是他两个星期前还来信说,他马上就要回来了。"

李大个子半天没说话,最后指了指自己的脑袋说:"是我不让他回来的。"

曲萍就急了,变了声调地问为什么。

李大个子被问急了,就火了:"你们女人真是不关心政治。你没看肃反运动正搞得热火朝天吗?他回来有什么好处?你别忘了他是起义人员。再加上边建新眼睛的事儿,他回来,能有什么好处?"

曲萍吓得噤若寒蝉。从此她就开始关心政治,担心杨翰林成为肃反对象。

尘土飞扬

155

让曲萍担心的杨翰林直到肃反运动结束也没出事。

倒是她从未担心过的好朋友王小芸在1955年的秋天出事了，而且是大事。

那时候的大事多，政治问题、经济问题、男女作风问题等等，都是大事。

王小芸犯的是男女作风问题，或者说她和小罗子犯的是男女作风问题。

这样的事儿在当时是传播速度最快的。大概是第二天，干屯子的许多人就知道了事情的经过。当然，最初流言很难听，说是王小芸和小罗子在土豆地里就干起了男女间的那种事儿，而且还是有一大堆人在的情况下。后来则证明时间是晚上，两个人是偷偷地干的。最后，事情才有了比较客观的说法：

321团抢收土豆，已经当了卫生员的王小芸跟着团机关干部一块下大田。到了突击连后，带队的副团长来了精神，拿出了当初开荒种地的劲头，领着大家干了一天半宿。之后，大家就学着连队职工的样子，就地睡了。

土豆地都是沙土地，白天日头照着，到了晚上就暖和。人躺上去，又软又舒服。那时候兵团已经开垦了大片的条田，往往一天突击干活下来，干活的地点就离地窝子很远，人又累，就都不想再回地窝子去。职工们多数都是出工前就带了铺盖，一收工，就在地头吃饭。饭后，各自拉开铺盖，倒头就睡。

团场机关的人也都是当年开荒种地出身，能干活，不怕苦，但谁也没带铺盖。好在机关的人往各个连队一分，也就没几个人。到突击连的算是多的，也就12个人。大家一商量，就都和职工们挤到了一个被窝。

王小芸和机关的另两个女同志当然也就分别挤到了 3 个女职工的被窝。

那天月华融融,星汉灿烂。大家兴致很高,情绪热烈。王小芸还给大家唱了好久没唱的《戈壁滩上盖花园》。但大家都太累了,所以没过一个小时,整个地头上全成了此起彼伏的呼噜声。

晚上有人摸黑起来解手,也有人说梦话,甚至还有人在睡梦里唱了几句歌:"劳动的双手能够翻天地,戈壁滩上建花园……" 这都很正常。

不正常的是:天亮时有个女同志惊叫了一声,随着她的叫声,几个瞌睡少的人睁开眼,都一下愣了。

——王小芸居然钻在了小罗子的被窝里。

两人睡得相当甜美。

副团长大怒,一声厉吼。这一对鸳鸯才大梦初醒,迷迷瞪瞪地睁开眼,看见一圈人围着他们,这才惊慌失措地找起了衣服。

小罗子居然是赤条条一丝不挂的。他结结巴巴地解释说:"惯了,惯了。"

这倒也不是假话,开荒时大家汗流浃背,有人烂裤裆。后来许多的男职工就不穿内裤成了习惯。

问题是:他的被窝里为什么会多出了王小芸?

王小芸说,是她晚上起来解手,钻错了被窝。

这倒也不是没可能。平时大家住地窝子,晚上黑咕隆咚起来解手,回来时钻错地窝子的事儿就不止一次地发生过。

问题是:大家捉住他们俩时,王小芸还搂着小罗子的后腰。而且前一天晚上,王小芸还借口小罗子的腰在水利工地上落了伤,在大家都睡了的情况下,她又单独爬起来给小罗子贴虎皮膏药,而且不止一人看到她还给小罗子做了腰部按摩。

这都让人没法相信王小芸的说法。

当天,两人就被带到了团部保卫科讯问。

尘土飞扬

157

小罗子开始又叫又喊,说自己是清白的,后来被问得语无伦次,只会说一句:"反正,我啥也没干。"

王小芸倒简单,一言不发,后来被问急了,就一句话:"我喜欢他。"王小芸的这句话,基本上等于给她和小罗子的事情定了性。

08

王小芸和小罗子出事后,边瞎子让秀姑领着,找了一趟李大个子。

当天,李大个子就骑了一匹快马,去了321团。

李大个子见了小罗子,一句话没说,上去就打了小罗子一个耳光:"狗日的,记住,这一巴掌是老边让我代他抽你的!记住了吗?"

小罗子说:"记住了。"

李大个子又打了小罗子一个耳光:"记住,这一巴掌是我抽你的!你个没出息的东西!"

小罗子又说:"记住了。"

之后,李大个子就去找321团的团长、政委,问要怎么处理这一对狗男女。

团长、政委异口同声地说:"小罗子原来是你李县长的手下,你看,怎么处理?"

李大个子说:"给他求情,我臊得慌。"

话虽这么说,团长、政委也还是明白李大个子来的目的,就给了小罗子一个撤销连长职务、就地劳动改造的处分。

王小芸的家庭出身不好,是富农,不像小罗子根红苗正,参加革命又早。团里就考虑要按照群众的意见,把王小芸定性成腐化堕落分子。

李大个子说:"这王小芸是主动要求下基层的。平时表现咋样?"团长、政委都说"不错,不错"。

李大个子又说:"这些女娃跑到咱们干屯子来干啥? 是为了建设边疆,建设干屯子啊! 就为这么个错误,成了腐化堕落分子,成了人民民主专政的对象,合适吗?"

团长、政委也都觉得不合适,最后就做了个决定:王小芸也劳动改造,但不能再和小罗子在一个团了,让她上最远的北山水利工地去劳动改造。

从此,王小芸上了水利工地的老龙口,一待就是7年。

尘土飞扬

第十二章

他害怕见这两个人

一个是伤害了他的曲萍

一个是他伤害过的边瞎子

有的只是两个让他想起来就心疼的人

他在干屯子无亲无故无牵无挂

杨翰林就再不下山了

从此

01

可能连杨翰林也没想到,他一上水利工地就再也没有下来。

刚上山的时候,他隔三岔五地给曲萍写情书,情书写得充满激情诗意,以致于当时的《水利工地报》副刊还真的把其中的一封隐去曲萍的名字后,当成无产阶级战士的崇高爱情诗给发了出来。

曲萍后来说,杨翰林是个天生的诗人,他写的情书每次都让她读得既心潮澎湃,又潸然泪下。

但李大个子不以为然。

他在看报时偶然看到了杨翰林的那封情书,就在上水利工地时,和杨翰林进行了如下谈话:"你小子行啊,还能写那么资产阶级的东西。"

杨翰林说:"不是资产阶级的,无产阶级也有爱情。比如马克思和燕妮……"

李大个子说:"你少扯这个!想惹火烧身啊?《红楼梦》是不是个写什么爱情的书啊?那个姓俞的什么伯可是让毛主席给点了名的!还有去年那个胡什么风?你是不是也想和那个姓胡的成一伙呀?那可是点了名的胡风反党集团……"

杨翰林还有些不服气,想说什么。

李大个子说:"你小子年龄也不小了,从起义部队到解放军,从军队到地方,走的地方也不少了,怎么还是这么不懂政治啊?你还不

161

如曲萍明白呢！"

十几天后，正是 1956 年的春节。杨翰林从工地上下来，和大家过革命化的春节，就抽空找到曲萍，问了写情书和政治的关系。

曲萍说："情书当然可以写，但不要在报纸上发表。否则白纸黑字，将来不好说。"

杨翰林听得有些迷糊，但过完春节再去水利工地后，却真的再没和报纸的编辑、记者来往，更没有投过稿。

不幸的是：没过多久，他和曲萍的恋爱就降到冰点，连情书也不写了。

起因是有人告诉杨翰林，说，曲萍脚踩两只船。

杨翰林不信。

那人就告诉杨翰林说："他下山时在干屯子电影院看到了曲萍和乜三一块儿看电影。"

杨翰林跑下山，找到曲萍。曲萍只哭，不说话。

杨翰林去找乜三，乜三坦然地说："有这事儿，不止一次。"

杨翰林气得要命，又找到曲萍，想骂她。可曲萍一句话就把杨翰林噎得半天说不出话，掉头回了水利工地。

曲萍的那句话是："事情你都知道了，还有啥问头么?！"

从此，杨翰林就再不下山了。他在干屯子无亲无故无牵无挂，有的只是两个让他想起来就心疼的人：一个是他伤害过的边瞎子，一个是伤害了他的曲萍。

他害怕见这两个人。

02

待在水利工地上不下山的杨翰林在许多人的眼里，越来越像一个忧郁的诗人。

他成天郁郁寡欢，少言寡语，除了拼命工作，就是在一盏墨水瓶做的煤油灯下写啊写啊的。他是工地上的技术员,有自己的一间地窝子,里面堆满了图纸啊报表啊一类的资料,每天一收工,他就一头扎进这间办公室兼卧室里,离群索居地生活。

1956年的春天,我父亲刘汗青到了退休年龄,李大个子把杨翰林叫下了山,问他愿不愿意再回干屯子小学当校长。杨翰林似乎是动了心,他来到我家,和我父亲聊了一个晚上。

我记得那天晚上,杨翰林和我父亲聊得花好月圆,相当投机。可他走后,我父亲却叹着气说:"这个杨翰林和他父亲一点都不一样,杨树之虽是书生,却务实能干,做事果断。当年领着我们和哥萨克匪徒打仗,也是身先士卒,虎气生生……"

原来杨翰林说是来找我父亲谈干屯子小学的事儿,可几句话后就扯到了1919年前后,他父亲和我父亲他们保卫干屯子的历史上。而且杨翰林一聊就兴奋异常,声称这段历史不能被黄沙掩埋,一定要让世人知道……

我父亲当然也兴奋,和杨翰林高谈阔论了一个晚上。直到最后杨翰林走了,我父亲才突然发现,他们空谈了一晚上历史,却忘了现实问题:杨翰林到底接不接这个校长呀?

在那个多、快、好、省地建设社会主义的年代,所有的干部都是求真务实,不尚空谈的。像杨翰林这样空谈一个晚上,却忘了讨论实际问题的干部,确实让我父亲感到了某种不习惯。

但他们却成了朋友。此后杨翰林下山必到我家,到家之后,必谈20世纪初叶干屯子的历史——也就是我父亲以及杨翰林和边瞎子的父亲他们那一代人,当年开拓干屯子、保卫干屯子的历史。

但我父亲退休的事儿却在这个夏天被一拖再拖,直到当年9月中国共产党第八次代表大会闭幕,他老人家依然是干屯子小学的校长。

关于杨翰林没回干屯子小学当校长这事儿,我记得小时候听父亲抱怨过,但不记得他说过什么原因了。现在猜测可能有以下几个

尘土飞扬

163

方面的原因：一个是曲萍还在小学，杨翰林可能觉得见了她别扭。还有一个是边瞎子那些年依然天天在街上溜达摩挲，杨翰林怕看见他心里难受。再一个可能是当时的政治形势对杨翰林不利，李大个子觉得他待在水利工地上比在干屯子安全。当然，最大的可能则是水利工地上离不开杨翰林。

我记得那年9月，中国共产党第八次代表大会闭幕，举国欢庆。杨翰林来我们家，正碰上了我父亲咯血。我父亲自1951的夏天去清理干屯子河的石头泥沙被累吐血后，就有了咯血的毛病。

当时，杨翰林是拿了一把锈迹斑斑的马刀来找我父亲的。在老干屯子的遗址附近，开荒修渠盖房子，挖出个刀啊枪呀的不新鲜，但杨翰林拿来的那把顿河马刀是在北山里发现的，地点正好是1918年坍塌的北山煤窑旧址。这就有了点意思：杨翰林怀疑当年的北山煤窑已经有了洋人的矿警，而且是带刀带枪的骑警。

我父亲不记得有这回事儿，但认为这完全有可能："当年的皮货行里就有奇卡，他们就有枪……"我父亲说到这里时，突然就咳嗽起来，接着就咯血了……

杨翰林目光忧郁地看了我父亲咯血的情景后，说了一句："刘老，你该早说。"之后就去找李大个子了。

据说，那天杨翰林直接到了县府大楼，自告奋勇要回干屯子小学当校长。可是李大个子甩给了他一张报纸，说："好好学习一下！我看，你还是老老实实地在工地上给咱们修龙口吧。"

杨翰林知道李大个子总是在时机好的时候就喜欢推荐他，形势不好的时候就总保护他。所以他就没敢坚持，只是喃喃地说了一通刘汗青早到了退休年龄，身体也不好，小学应该有个校长的人选。

李大个子说："校长的事儿，我们已经在考虑了。这几年和文化沾边的事儿都麻烦，你以后少掺和这种事儿。抓紧政治学习，你这阵子没写什么吧？"

杨翰林说没有。

李大个子说："这就好。带上报纸，回工地去吧。看看毛主席是怎么说的？资产阶级和无产阶级的矛盾仍然是国内的主要矛盾。"

杨翰林回到工地，把那张报纸看了几遍，只看到上面的报道说：毛主席在青岛会议上作了重要讲话，却怎么也看不到什么"主要矛盾"的事儿。

年底，我父亲退休，孔明的父亲孔向西从杨树沟乡调来当了校长。

03

杨翰林登在报纸上的那封情书并没有使他成为"胡风分子"，但李大个子的警告却并不多余。到了1957年，那封情书就差点儿成了杨翰林的"右派言论"。

1957年"反右派"的时候，乜三已经当了县政府办公室主任，根据群众的反映，他指示水利工地上的干部群众对杨翰林进行了第一阶段的"揭、批、查"，开了几个会，整理了一些材料后，他提交县委讨论杨翰林是否可以定为"右派言论"。

那时候边瞎子的眼睛虽然瞎了，但职务还在。只是一般的会议都不通知他参加了。但那次会议李大个子特别指示要让边瞎子参加。

结果边瞎子就在会上不点名地把乜三骂了一顿。边瞎子说："人家给对象写了一封信，和右派有×的关系么？你把人家的对象给撬走了，这还不够吗？还要把人家打成右派言论……"

据说，在那次会议上，乜三和边瞎子发生了争论。但在李大个子的主持下，杨翰林最终没被划到"右派言论"里去。

不过，杨翰林肯定成了惊弓之鸟，从此变得更加忧郁寡言了。

04

1958年"大跃进"的时候，乜三被保送去上农学院了。

尘土飞扬

165

乜三去上大学的时候叫乜三,上完大学回来就叫乜家驹了。

乜三的大伯乜掌柜缺乏领导能力,当年带人去烧敌营,就因为组织不当招致惨败。但乜三这个人天生就具有一个领导干部的特质:思想沉稳,做事缜密,关心政治,注意影响。多年来,我一直想打探一下他当年和曲萍谈恋爱的细节,但一无所获。几乎所有人都知道乜三和曲萍谈过恋爱,可怎么开始的,又是怎么结束的,却没有一个人能说得清楚。更遗憾的是:几乎没有一个人能说出他们谈恋爱时的任何细节。

注意,我说的是"谈过",也就是说,是一个有开始有结束的过程。

我不知道乜三和曲萍是怎么开始的,只知道他们一"开始",曲萍和杨翰林的关系就到了冰点。我也不知道他们之间的恋爱到底达到了什么样的程度,只知道他们结束恋爱的过程相当理智:乜三面临着两个选择,要么在干屯子和曲萍谈恋爱或者结婚,要么去乌鲁木齐(原迪化)上农学院。

乜三选择了后者。

乜三的选择使他成了那个时代的佼佼者——后来干屯子的领导者。

奇怪的是曲萍面对乜三的选择似乎也很平静,没听说他们之间闹过任何的事情,乜三就走了。乜三走了后,曲萍就像什么都没发生一样,该吃就吃,该喝就喝,当年还因为工作突出被评上了优秀教师。

许多人对此觉得不可思议,而他们的儿子杨子却有个略带调侃但不无几分道理的评论:"我继父乜家驹是谁啊,天生的领导! 会做群众的思想工作。我妈不就是一群众么!"

05

乜三走后一年,干屯子河新河道修通,正式开闸放水了。

干屯子城沸腾了,人们奔走相告,欢庆了 3 天。

3天后,人们发现前天还主持庆典的县长李大个子没了,走了。

李大个子是自己写了请调报告后走的,他去了正在开发的塔里木盆地,在那里开荒种地。10年后,他安息在了自己亲手建起的那个位于塔克拉玛干沙漠中的团场里。30年后,他安息的那个团场成了沙漠新城阿拉尔市的一个行政区……

李大个子走后,才有人悄悄议论说:李大个子当年给彭德怀当过警卫员。

那是1959年的9月,彭德怀刚刚在庐山会议上出事儿。

李大个子走的时候,带走了小罗子。

小罗子在和王小芸的丑事东窗事发、自己被撤职后,就一直在荒漠中的团场劳动改造。不过他的劳动改造和王小芸的不同,王小芸是被送到干屯子河的最上游也就是今天的老龙口一带劳动改造,而且带有监督的性质,不能随意下山。小罗子则是在劳动改造了不到一年后,就被分到了机修班,第二年还当上了班长。

李大个子把小罗子带走是因为小罗子对处分不服,总给他上诉,要求平反,还偷偷地跑上过水利工地去看王小芸。李大个子对小罗子说:"就是给你平反了,你那事儿也丢人现眼。跟我走,重新开始!"

小罗子虽然不情愿,但还是跟着李大个子走了。

李大个子还想把杨翰林也带走。

他对杨翰林说:"我知道你看见老边心里难受,但一辈子待在山上也不是个办法。跟我走,塔里木开发需要人才。"

杨翰林站在红山头上凝视了很长时间干屯子,最后谢绝了李大个子的好意。他说:"我……还是舍不得离开干屯子。我总觉得我爹就埋在干屯子的什么地方……"

李大个子就没头没脑地撂了一句:"有空和曲萍好好谈谈。"走了。

李大个子走的时候,干屯子刮了风。

167

王小芸知道小罗子去了南疆后,气得跳了一次河,幸亏人们抢救及时,才没落下什么后遗症。之后,她哭了 3 天,就疯狂地投入到了工作中。

王小芸和小罗子不一样,自从被监督劳动后,她一次也没提出过要平反啊自己是冤枉的啊一类的申诉。她很踏实,也很老实,一天到晚几乎不和什么人说一句话,只是一门心思地干活。

她靠自己的劳动赢得了组织的信任,到了"大跃进"的时候,她已经不再被监督劳动,甚至又过了一年后,还进了人人羡慕其工作轻省干净的卫生所。

只是,她依然不和什么人来往,一天里除了工作也没多少话,更别提唱什么《戈壁滩上盖花园》了。

王小芸的这种状态直到曲萍上山后,才逐步发生变化。

新干屯子河道建成后,县政府组织力量成立了水工团,专门负责河道维护和未来时间里相关水利设施的建设。

一年后,曲萍调进了水工团。

曲萍调进水工团这事儿是不是和 20 世纪 60 年代初的 3 年自然灾害有关,我不敢断言,因为当时干屯子乃至全疆的粮食供给情况要远远好于全国其它省份,至少在我们干屯子还没听说过什么人被饿得走投无路。

这就是说,曲萍进水工团极有可能和杨翰林有关。

事实和这个判断也差不多。

杨翰林在听了李大个子临走时的吩咐后确实去找过曲萍。曲萍也确实哭着请求过杨翰林的原谅,因为她说她实在没有办法抗拒乜三。

我猜测他们大概进行了一个各打 50 大板的责任分配。曲萍首先检讨了自己"脚踩两只船"的错误，而后又撒娇说："是你上山后就再不下山，失信在前，才有了我的错误。"

杨翰林大概思考后也觉得曲萍言之有一定的理，就承担了自己的那份责任。

于是两人逐步和好，直到曲萍追随杨翰林进了水工团。

半年后，水工团的第一批宿舍房完工。曲萍和杨翰林匆忙结婚，赢得了两间房子。那年头就这样，房子紧张无比，只有已婚夫妇才有资格申请。

那是 1961 年的夏天。次年，他们有了一个儿子，取名杨子。

07

曲萍初到水工团去看王小芸的时候，吓了一跳。

"小芸，你怎么成这样啦？"曲萍惊讶地叫了一声。她看到曾经如花似玉的王小芸黄皮腊瘦，消瘦黝黑的脸上还落上了褐斑。

王小芸凄然一笑，说："破鞋么，还能怎么样？"

破鞋是那个时代对女人的顶级辱骂。王小芸这样说自己，曲萍就感到了不快。

"你不能这样作践自己！这个没良心的罗子，有本事他再不要回来，他要是敢回来，我非啐他一脸唾沫……"曲萍没来由地骂了一通小罗子后，就硬是把王小芸拉到了干屯子卫生院看病。

诊断结果是王小芸气血双亏，月经不调，内分泌紊乱。

曲萍就数落王小芸，你不是当卫生员的吗？怎么弄成了这样？自己的身体自己不知道照顾啊？！

王小芸不吭气。

曲萍就又骂小罗子，骂小罗子是个负心汉、白眼狼、陈世美，骂得王小芸听不下去了，反倒劝曲萍："我的身体我自己知道，和人家

169

小罗子有啥关系？骂人家，没道理啊。"

曲萍就冲王小芸叫："那你跳河是为了啥？你到现在还替这个负心汉辩护？你真是烂泥扶不到墙上！"

年轻时候的曲萍敢作敢为，敢骂也敢做事，骂完了王小芸就去找了水工团的领导，反映王小芸的身体情况。

水工团的领导说，王小芸本来是被监督劳动的，我们就是看着她劳动好，有股子拼命精神，所以才解除了监督，把她和其他职工一样对待。也就是看她身体太差，所以又把她调到了卫生所工作。对此，群众还是很有议论的……

那时候粮食供给已经困难了，不光是男人感到了饥饿的威胁，就连女人也常常吃不饱肚子了。曲萍就给团领导提出了能不能让王小芸到食堂工作一阵子的建议。

团领导十分为难又八分坚决地说，这不可能！她过去的名声太臭了。就是现在，也还是有群众经常议论她和小罗子当初在土豆地里干的事儿……

曲萍没话说，只得回来，给杨翰林叨叨："王小芸真是命苦，自己害了自己……"

杨翰林叹口气，却说："再命苦，也比老边强啊。"

后来，曲萍和杨翰林结了婚后，就常常叫王小芸到家里吃饭，劝她不要一根筋，在个人问题上要想得开，要注意身体，身体是革命的本钱。

08

曲萍和杨翰林结婚后，杨翰林就对曲萍说："咱们得赶快生个儿子，让老边给他当爹。"

曲萍莫名其妙，问杨翰林什么意思。

杨翰林正埋头写东西，随口说："老边这辈子是让我给害了。我们总不能让人家再断子绝孙吧。"

曲萍听懂了杨翰林的意思是要把自己的儿子过继给边瞎子当儿子,就火了,闹了好几天,闹得杨翰林以后不敢再提这档子事儿。

曲萍怀了孩子后,怕杨翰林再动过继儿子的心思,就提前给孩子取了名字,叫杨子,意思是杨家的儿子,和边家无关。

曲萍怀了杨子后,隔三岔五地发低烧,王小芸就隔三岔五地来给她打针。有一天,曲萍看着王小芸,忽然就来了灵感,对王小芸说:"小芸,你觉得边部长这人咋样?"

王小芸随口说了两个字:"好人。"

曲萍就对王小芸说:"以前,乜三撮合过你和边部长,你到底是为啥不同意呢?"

没想到王小芸凛然地说:"曲萍姐,你可别拿妹子开这种玩笑。"之后就走了。

当天,曲萍给杨翰林说这事儿,杨翰林也指责曲萍:"你确实是胡闹!王小芸名声虽然臭,可这些年在工地上,一般的小伙子她都不正眼瞧,那是心思还在罗子身上呢!你还想着让她嫁给一个瞎子?她不觉得你是在骂她才怪!"

曲萍说:"我和她亲如姐妹,说说又咋了?!"

杨翰林说:"你就不怕人家跟你翻脸!"

曲萍可能有些怕王小芸翻脸,就好多天没再说。可一个星期后她就憋不住了,又试探王小芸:"听说今天工地上有个人晕了,是你给他打了葡萄糖才缓过来的?那人是饿晕的吧?"

王小芸说是饿晕的,接着又说:"现在葡萄糖也不多了。以后再出了这种事儿,还不知道咋办呢……"

曲萍就又说:"现在全国都闹自然灾害。我看,除了像边建新部长那样的老干部,粮油供应能充分保障外,其他的人,可能都得'瓜菜代'粮食……要知道这样,还不如嫁个老干部呢。好歹能吃饱肚子,还不受人欺负!"

王小芸不搭腔。

171

曲萍就急了,又骂小罗子,说:"要不是小罗子这个没良心的,就凭小芸你这么一朵花,啥样的人不是由你挑啊……"

王小芸又听不下去了,说:"曲萍姐,这和小罗子没关系,你别骂了。我明白你的意思。你是想让我嫁给边部长。"

曲萍急忙说:"姐是为你好。你看你现在这个样子……"

王小芸一摆手,打断了曲萍的话,说:"这事我想过了,行!但我有个条件。"

曲萍大喜过望,一把拉住王小芸的手,激动地说:"妹子你说。啥条件他边瞎子敢不答应?!"

"我和老边要有婚礼。婚礼要在新婚之夜的第二天举行,老边要在婚礼上当众给我说清楚:我是不是处女?"王小芸一字一句地说。

曲萍傻了。

09

曲萍给杨翰林一说,杨翰林也愣了。

"王小芸真的同意?"半晌,杨翰林才回过劲来,又问曲萍。

曲萍说是王小芸亲口说的。

杨翰林不信,要去问王小芸。正巧王小芸却来了,王小芸看着杨翰林说:"就是,我同意。只要答应我的条件。"

杨翰林一听就兴奋地收拾东西,要下山。

曲萍说:"你吃了饭再走!"

可杨翰林就像他要娶媳妇一样,急不可耐地呜啦了一句什么,就出门找了一辆拉水泥的车,直奔干屯子。

10

边瞎子却不同意,说自己是个瞎子,不能害了人家姑娘一辈子。

杨翰林垂头丧气地回到家已经是傍晚。

曲萍听了情况,说:"这个勺子,他还有啥不同意的。这事好办,你去跟团里的领导说,让组织上出面。"

曲萍在这方面还确实高人一筹,杨翰林给水工团的团长一说王小芸和边瞎子的事儿,团长乐得大嘴立刻合不拢了,匆匆忙忙地吃了几口饭就连夜下山了。

这个团长原来在边瞎子手下当过战士。

在边瞎子手下当过战士的团长自以为是去给老领导办好事,没想到照样让边瞎子骂了一顿。不过,他比杨翰林有收获。他带来了边瞎子的姑姑秀姑。

边瞎子的姑姑秀姑在边瞎子把自己的老部下骂得狗血喷头时,突然从里屋转了出来,她笑吟吟地先让边瞎子住了嘴,然后就开始笑吟吟地骂开了边瞎子。

秀姑骂人不带脏字,但一骂,边瞎子就低着头不敢吭气。

秀姑骂够了,其实也就把道理说透了,这时候天也亮了,秀姑才对水工团的团长说:"你啥时候上山?我能不能跟着去一下呀?我不会给你添麻烦的,我就是想看看那个小芸姑娘。"

团长兴高采烈地把秀姑带上了山。

秀姑上山后,啥也没干,直接就进了王小芸的卫生所。

秀姑再从卫生所里出来已经满面春风。她还特意去看了曲萍,对曲萍说边建新(秀姑从来不叫边瞎子)和他爹边一虎一样,是个犟驴,但心眼儿好,还让曲萍转告杨翰林,杨翰林是文化人,边建新是黑肚子,千万别跟边建新一般见识。

曲萍很感动,对秀姑说:"边部长和小芸的事儿要是能成,翰林是最高兴的。他一直都觉得心里难受,觉得对不住边部长。"

秀姑笑笑地说:"翰林这孩子可千万不能这么想。你别看边建新是个犟驴,他可是从来没埋怨过杨翰林呀!人呐,啥都是命。边建新的眼瞎了,那也是他的命呀……"

曲萍听了心里也高兴。两人就又合计王小芸和边瞎子的婚事。

秀姑对曲萍说:"这个事儿只要小芸姑娘没意见,我们家的那个犟驴还有啥说的?他一个瞎子,还挑人家姑娘啥哩?这都是他前世修来的福啊。"

曲萍担心王小芸提的那个条件边瞎子难以接受,就说:"小芸提的那个条件有些那个,就怕边部长……"

秀姑说:"这个由不得他做主。老姑我做主!其实呀边建新心里是很喜欢王小芸的。既然喜欢,受点委屈又怕啥呀!人家姑娘就是要个一世清白嘛!"

11

果然,边瞎子对王小芸提的那个条件相当不满。

"这叫啥,叫个啥嘛?!"他愤愤地对秀姑说。

秀姑严肃地说:"啥叫啥?人家姑娘就是想借你的口,给自己一个清白。你是部长,说话有权威么。你想啊,人家姑娘敢提这要求说明了啥?说明了人家是个黄花闺女!你一个瞎子,娶了个黄花闺女,不谢天谢地,还问叫个啥!"

"这这……这是不是黄花闺女,也不用这个吧?封建么。"边瞎子喃喃地辩解。

秀姑说:"啥封建呀?人家姑娘遭了这么多年不白之冤,想借此机会证明自己的清白,咋叫封建呢!"秀姑说到这里,忽然哭了,"一个女人,最重的是啥?是清白的身子,你还不明白吗?你这是在做功德哩!"

边瞎子知道秀姑的不幸身世,吓得再不敢犟嘴,只一个劲儿地保证:"行,行。姑,我到时候一定做这个功德。你老别再生气啦……"

但新婚之夜后的婚礼上,边瞎子却嗫嚅了半天,不知道该怎么替王小芸说。

边瞎子的婚礼来的人多。那时候结婚就是瓜籽糖，并没有酒席之类，但来的人还是乌泱乌泱的。这不光是因为边瞎子的名气大，主要还是因为王小芸提的那个条件太吸引人了。群众想看个热闹，弄清楚一下王小芸是不是处女。而当领导的有个别人也紧张，毕竟谁也不愿意弄出个冤假错案来。

边瞎子知道干部群众的这种心理，正不知道该怎么措辞，秀姑却从椅子上站了起来：

"各位老少，今天是我的侄儿侄媳妇大喜的日子。借此机会，我说一句：我虽然还俗了，但还是个吃斋念佛的人。我们佛家不打诳语，就是信佛的人不说谎。"她说着就把王小芸拉到身边，对大家说："我侄儿和媳妇昨天已经完婚了，我要告诉大家，我侄媳妇王小芸是黄花闺女！"

来宾虽然多，但只哄了一声，就鸦雀无声了。

王小芸捂住脸，忽然嚎啕大哭，哭得响遏行云，余音绕梁。

12

王小芸和边瞎子成婚后不久，原来的 321 团就给王小芸送来了正式的平反公函。

虽然是经济困难时期，但边瞎子是老干部，基本的生活还是相当有保障的。因此精神愉快、物质上又有保障的王小芸，没过几个月人就慢慢变得滋润起来了，身体也迅速得到了恢复。

到了 1962 年春节过后，王小芸怀孕了。这个孩子就是边儿。

谁也没料到就在这时候，王小芸突然离开边瞎子，跟着小罗子去了霍尔斯。

算起来，这都是 40 多年前的事儿了。

下部

瓷坛子里的书稿以及正
在发生的事

第十三章

到了霍尔斯后肺病更加严重

他是怕给我母亲和即将出生的我传染上

才借那个副连长非礼我母亲的事儿

故意把我母亲赶出家门的

01

　　杨子平静地回来了。

　　以往他每次外出回来都是蓬头垢面，满脸络腮胡子。这次，他的样子像个机关小干部，头发一丝不乱，胡子干干净净。

　　当时，外面在刮风，街道上多少还是有些尘土飞扬。我很奇怪他是怎么把自己弄得这么干净的。

　　他是快到子夜时敲开我的家门的。

　　他还给我带了一包 22 团特有的山蘑菇，这在杨子的造访史上从来没过，至少在我这儿从来没过。虽然在我刚当中学教师时确实教过他一年。

　　我妻子惊讶之余就张罗着要给他做饭，可他说了一句"我吃过了"，就径直走进了我的书房。

　　他说，他把他当年埋下的酒瓶子找见了。

　　他说，他找到了那个青花瓷坛子。边儿没骗他，大青杨下确实埋了一个瓷坛子。

　　他说，他有重大发现，他在瓷坛子里发现了父亲杨翰林的 6 本笔记。

　　他说，他发现父亲杨翰林的那 6 本笔记文采飞扬，其实是一部书稿。

　　他说："那部书稿就是 20 世纪初的甘屯子历史……"

180

杨子说这些时样子很平静,但语速很快,只用了大约 10 分钟。

这都是我极为感兴趣的内容。但当我追问时,他却忽然沉默了。

我给他一支烟,他吸了好几口,才缓缓地说:"刘叔,我这次去霍尔斯,不光是找到了我父亲的遗物,还发现了他失踪的原因。其实他是被一群狼给吃掉了……"

"是……这样的?你怎么知道的?"我吃了一惊,感兴趣的内容一下子跟着杨子转到了杨翰林身上。

"我在霍尔斯的公安派出所档案室看到了一份审讯笔录,还找到了一个放羊的农民老汉……"杨子又深深地吸了口烟,然后目光炯炯地看着我说:"我觉得我父亲杨翰林很伟大!从那份审讯笔录看,我父亲在修干屯子小学的时候就累出了肺结核!修老龙口的时候更是经常累得吐血。到了霍尔斯后肺病更加严重,他是怕给我母亲和即将出生的我传染上,才借那个副连长非礼我母亲的事儿,故意把我母亲赶出家门的。"

按杨子的叙述,杨翰林当年是利用看守马厩的工作之便,偷了一匹马用雪爬犁把即将生育的曲萍送出 22 团的。但他在回来的时候遇上了风雪和饥饿的狼群。杨翰林可能是怕公家的马死了回去没法交代,也可能根本没有这种担心,就是不想让公家的马喂了狼。总之,最后的结果是杨翰林让马跑回了连队,而他自己爬上了一棵树。

那是偌大雪原上唯一的一棵树。

后半夜,风雪变成了暴风雪。但狼群没有离去……

最后的结果是:杨翰林冻死或者冻昏了,从树上掉了下来。

饥饿的狼群于是一拥而上,顷刻间将杨翰林分而食之……

这最后的一幕恰巧被一个农民看到,当时风雪已停,他出来寻找自己在风雪中丢失的 3 只羊。结果他没看到自己的羊,却看到了一群饥饿的狼和一个男人的尸体。

这个农民认识杨翰林,知道杨翰林在被政治审查。他以为杨翰

181

林是受不了，要逃跑，结果遇上了狼，就偷偷地把他的遗骨收起来，埋到了一个河沟里……

这个农民是按自己的思维理解了杨翰林，因为他是地主出身，一有运动就想逃离霍尔斯。后来"文革"一开始，他真的逃回了河南老家，直到1996年才跟着在口岸做边贸的儿子来到霍尔斯……

"这个农民姓张，叫张富贵。已经快80岁了，耳朵聋了，记忆力也不好了。"杨子说，"但他对当年的事情却记得非常清楚……"

你的美一缕飘散
去到我去不了的地方
天青色等烟雨
而我在等你
月色被打捞起
晕开了结局
……

我突然就想起了周杰伦的《青花瓷》，并有点明白杨子为什么会面貌一新地出现在我面前了。在杨子的心目中，杨翰林的形象因为"失踪"而破碎了，就像一个完整的青花瓷器被轰然打碎。杨子无法接受这样的结果，20多年来，他一直在锲而不舍地寻找着、拼装着杨翰林散落的生活碎片，期望看到父亲清晰的形象，真正的结局……

现在，他找到了父亲生命的真实结局，看到了青花瓷的原形，他发现一切其实还是美的，至少是凄美的。他的精神世界尘埃落定，他的心踏实了。

02

杨子对杨翰林的最后发现让人伤感，也让人欣慰。

唏嘘之余，不知不觉我们的话题从杨翰林开始，集中到了1962年。

　　杨子："我的生父生母，还有岳母王小芸，以及罗子叔，他们怎么一下子都凑到了霍尔斯？就是因为'伊塔事件'吗？"

　　我："对，就是因为1962年春天发生的'伊塔事件'。事件发生后，自治区党委紧急动员，从兵团和地方抽调了大量人员，去了伊犁、塔城边界……当时，甘屯子河水利工地已经基本竣工，水工团也用不了那么多人。所以杨翰林他们正在收拾行李，准备回甘屯子。就在这时候，上面来了指示，杨翰林他们就被集体安排去了霍尔斯。对了，杨翰林当时很积极，他是自愿报名要去的，所以他在当时还是个临时队长。你父亲杨翰林要去，你母亲曲萍当然也就得跟着去了。我记得他们是第一批去的，他们走后不久，你罗子叔他们也去了……"

　　杨子："罗子叔他是怎么去的？"

　　我："塔里木也抽人呀，所以你罗子叔就被抽上了。好像他也是自愿报名的，所以他也是一个连队的临时负责人。"

　　杨子："那么，我岳母王小芸呢？她又是怎么回事？"

　　我："你没完没了啊？"

　　可杨子就是没完没了。他没完没了的方式就是双眼盯着你，不动。

　　"你看看地图就知道了。我们甘屯子位于南北疆通道的十字路口上，你罗子叔他们要去霍尔斯，当然要经过我们甘屯子了……"我说。

　　杨子忽然眼睛一亮，"看来罗子叔……他是不是路过，就从边儿爹手里把王小芸抢走了？"

　　"你应该叫她岳母。"我说。

　　"是，我岳母。当时是不是这么回事？"

　　"不是抢。是求。"我说，"你罗子叔不容易，他在李大个子的帮助下，给王小芸开了个调函，原来是准备把王小芸从我们甘屯子调走的。可是，等他到了甘屯子才知道，王小芸已经嫁给了边瞎子，而且刚刚怀孕……没办法，你罗子叔就在边瞎子家的院子里跪了一晚上。"

"真的吗？我1982年去霍尔斯的时候，他在车站钉鞋，完全看不出他当年是这么有情有义的一条汉子啊！——我岳父就答应了？"

我："你罗子叔在边瞎子家院子跪了一晚上，不是因为边瞎子不同意放人走，而是你岳母王小芸自己不肯走。你罗子叔到甘屯子听说王小芸已经嫁给了边瞎子后，就像个疯子，拿着把枪在河边乱跑。当时，因为要上边界线，所以都配了枪，但没子弹。要不，还说不定会出什么事儿呢。你罗子叔也就因为这件事造成了极坏的影响，到了霍尔斯后，就受到了记大过处分。接着组建22团，他就连基干民兵都没当上。22团是边境团场，一个人在那里连基干民兵当不上，肯定遭人歧视，精神上压力很大……"

杨子摆手，打断了我的话："刘叔，接下来呢？"

我："那阵子乜家驹刚上完大学回来，当副县长，听人说了这件事后，就派人把你罗子叔给绑了押到了县上，问清了情况后，就让人把情况告诉了边瞎子。边瞎子人大度，当即就让王小芸去看你罗子叔。据说，王小芸已经出门了，却又转身回来了，对边瞎子说，她不想去看小罗子了，就跟边瞎子在一起，生儿育女，好好过日子。边瞎子听了也不说什么，就给乜家驹打了电话，让把小罗子给他送过来。你罗子叔过来后，边瞎子就骂了一通你罗子叔没出息。然后，要过你罗子叔怀里的调令，自己摸摸索索地出了门，就去找乜家驹了。"

杨子盯着我，不语，意思很坚定：请继续。

我继续讲："你罗子叔不容易，也不简单。他随身带的是一份调令，一份命令。调令是调王小芸到李大个子的那个团场工作，命令是命令王小芸以那个团场工作队的名义，去霍尔斯'三代'。边瞎子找到乜家驹后就掏出了调令，要乜家驹签字。乜家驹不敢不从，就在调令上签了字，同意了你岳母王小芸调走。接着边瞎子就拿出了他和王小芸的结婚证,那也不是什么正式的结婚证,当时都没有什么正式的结婚证,就是组织科开的一个证明,上面盖了个章。边瞎子把那个证明交给乜家驹,让他重开一个离婚证明。乜家驹不干,说这不行。小罗子是你的警卫员出身,竟然这样,我去收拾他。"

杨子继续盯着我,不语。

"边瞎子说,这事儿和小罗子没关系,是我的主意。乜家驹还是不干,说婚姻法已经出台了,这事儿归民政科管。边瞎子就让乜家驹把民政科长叫来。乜家驹一百个不情愿,但还是把人叫来了。民政科长也想劝边瞎子,被边瞎子吼了一嗓子,就乖乖地开了离婚证明。不过,那科长也说得很清楚:您老按了手印后,得王小芸也按手印或者签字,这离婚证明才能生效。

听人说,边瞎子按手印时,手抖得厉害,嘴唇都是白的,看得乜家驹差点儿眼泪下来……"

杨子终于说话了:"后来的事情就是我岳父拿了离婚证明回来,我岳母王小芸坚决不签字吗?"

"是的。她不签,光哭。还骂你罗子叔,说他对不起边瞎子。当然,也骂自己。你罗子叔没办法,就跪到了地上,求边瞎子原谅。但就是这样,王小芸也不签字。直到天亮时,你姑奶奶秀姑出面了,对王小芸说,签吧,人生都是缘。你和边建新的缘分也就到这儿了。王小芸才签了字。她签了字后,就放声大哭,也跪到了边瞎子的面前……"

杨子长长地叹了口气。

此时,窗外的风停了。

03

风停时已是深夜,杨子走了。

您如果对我的这本书进行了顺序阅读的话,您可能就已经发现:我长期以来就对杨子的追问保持着谨慎的态度,能不说就不说,

尘土飞扬

能少说就少说。因为有些事情很复杂,有些事情我也没弄清。但自从边儿去世、杨子再次出走后,我已经改变了主意——事实上,在我的潜意识里肯定有种担心:我怕杨子出现一走不回的情况,那将使我失去告诉他许多东西的机会。

所以那天晚上我有问必答,每答必细,甚至到了杨子告辞时我还意犹未尽。

我想杨子也有同样的感受。因为我站在阳台上目送杨子的身影在华灯夜放的路上摇曳着消失时,我看到他也不止一次地回头张望我的阳台。

果然,翌日中午,杨子就打来了电话,问我想不想看看他带来的青花瓷坛子,还有他父亲杨翰林的那6本书稿。

"当然,我当然想看。"我说。

真的,这是我企盼了一个晚上又一个上午的事情。

没有了边儿的杨子家很冷清。

落满灰尘的房间里只有一个角落窗明几净。

我和杨子就坐在这个角落。

我们相对而坐,面前是一个柜式茶几,上面是一个瓷坛子。

这是20世纪初叶,在中国西部户儿家常见的那种瓷坛子,白底青花,可以盛水,可以装干货。杨子总是以一个古董经销商的目光打量这个已经陈旧的瓷坛子,它色泽沉浑,质地厚重得略显粗笨……

我想,杨子应该没看出它有什么特别。

"早就听说边家有个传家宝,应该就是这个瓷坛子了。"我说。

"它其实是被神化了。"杨子淡然地说了一句,举了举手里的啤酒。

杨子家没有茶水,杨子找出了几听罐装啤酒。我们以酒代茶,边喝边聊。

最初的话题有些散乱。

杨子:"我岳母王小芸和罗子叔去22团的时候,边儿还没出生吧?"

我:"对,没出生,也就刚怀上一两个月吧。当时也没名字。边瞎子和王小芸只是随口叫着'边儿',希望是个儿子。后来,王小芸和罗子到了霍尔斯,边儿出生后,这两个人可能就没琢磨,便心照不宣地把女儿叫做了'边儿'。意思可能是'边家的孩子'。"

杨子:"边儿确实是我岳母王小芸和我岳父边建新的孩子,没错吧?"

我:"没错。我记得当时人都在说,边瞎子让王小芸跟罗子走时,罗子太感动了,不知道说什么好,就跪在地上发誓说,这辈子我不要孩子,就养边儿一个人,把他当自己的亲娃……"

"但罗子叔没做到。对吧?"杨子淡然一笑,看着我说。

"是没做到。后来他和王小芸又生了几个孩子。为此,罗子更加觉得对不起边瞎子。总说臊得慌,不好意思见边瞎子。"

我和杨子聊天的时候,我们中间总是有人会把瓷坛子举起来,在灯光下看上几眼:它造型简朴,青花运笔细致,尤其是盖口严丝合缝,还有氧化的包浆和细微的磕碰也是真的。但我们都知道,不管怎么看,它也是一个普通的清末瓷制品,是当时农民家里最常见的生活物品。

可我们禁不住还是会把瓷坛子拿起来,看上几眼。

"是民窑的?"我说。

"是民窑的。西北过去多得很。"杨子肯定地说。

杨子把瓷坛子再次放回到桌上,说:"我听边儿说过,她出生后,我岳母王小芸没奶,她就是靠这个瓷坛子里的奶粉过的百天。她总说她是这坛子里的奶粉喂大的。"

我:"那时候正闹3年自然灾害,供应紧张。边瞎子是老干部,有点奶粉供应。可他吃不惯,秀姑就把奶粉积攒到了坛子里。后来,王

187

小芸走的时候,秀姑怕王小芸营养跟不上,就硬让罗子把坛子带到了霍尔斯……"

杨子侧过头看了看桌上的青花瓷坛子说:"这个瓷坛子是秀姑奶奶带到我岳父家的,这肯定无疑。问题是当初边儿爷爷边一虎火烧草料街的时候,它不是和边一虎一块儿下落不明了吗?"

"是秀姑后来在一个农民家发现的……"我说到这里,忽然吃了一惊:杨子是怎么知道边一虎火烧草料街这件事儿的呢?

我这样想了,也就这样问了。

"我看了书稿,我父亲杨翰林写了这事儿啊。"杨子说着拉开茶几下的柜门,取出了一个油纸包。

油纸是塑料还不普及的年代最常见的防水材料。杨子解开麻绳,层层打开油纸包。四五层后,我看到了一摞笔记本,6 本,开本都很小,只有 32 开本书的一半大。

"罗子叔虽然没多少文化,却很细心。"杨子说,"他在跟着别人一块儿收拾我父亲的房间时,发现了这包笔记本,就把它偷偷地带回家,藏了起来。后来闹'文革',红卫兵到处抄家。罗子叔就把它装进这个瓷坛子,埋到了大青杨下……"

那些小笔记本已经被潮气浸洇得有了淡淡的霉味,有两本的封皮还粘黏到了一起。我打开第一本,看到的是密密麻麻的蝇头小楷,打开最后一本,看到的依然是。

我蓦然想起,许多年前我隐隐约约地听罗子说过,他看到过杨翰林写的"书",那上面记的都是甘屯子老一辈人的事儿。罗子还说,杨翰林的"书"里还写了他婶——罗家嫂子的故事。可我后来饶有兴致地追问此事时,罗子却断然地说:"那本书早就让红卫兵烧掉了!你想么,杨翰林他爹是个旧社会的县长,他还把他爹写得跟边部长的爹一样革命,这咋对呢?红卫兵还能不烧吗?"

我恍然大悟:罗子之所以把杨翰林的"书"埋藏起来,是怕被人发现后会给杨翰林定上新的罪名。因为在那个政治运动接连不断的年代,死人也会被"钉到历史的耻辱柱上",何况杨翰林还是神秘"失踪"！

05

这次谈话后,杨子又走了,进了北山。

杨子说,他想去看看边儿当年种下的那些树怎么样了。

杨子还说,边儿种那些树不容易。他听说北山里有人到处乱挖,偷着开小煤窑。还有人发现了发菜,领来了一些口里人把河滩山沟刨挖得乱七八糟,尘土飞扬。他放心不下,怕那些人把边儿的树也给毁了……

杨子想事做事有时候就是这样总带点二百五的劲儿。

"可是你跑到霍尔斯把青花瓷坛子挖回来,不是要……"我欲言又止。我想提醒他:你挖回来瓷坛子的目的就是要把边儿的骨灰装进去安葬,可现在坛子拿来了,你不赶快把安葬的事儿办了,却要去北山,啥意思啊?！

可这种话搁谁头上也不好说。我只能欲言又止。

杨子好像听懂了我的意思,声音幽幽地说:"我总觉得边儿应该跟她的那些树在一起……"

"你的意思是……"我依然欲言又止,感到迷茫,期望杨子的答案。

但他好像没有答案,只苦恼地摇了摇头,没有说话。

这就让人隐隐地有点不安,担心他又会做出什么二百五的事情来。

好在他这次不是独自出走,而是和孔明一道进山。这还让人比较放心。

孔明好像是听说北山里发现了发菜,就想去看看的。

杨子临走时,同意了让我把杨翰林的6本笔记带回家进行阅读和研究。

尘土飞扬

189

罗子说得没错,杨翰林的确写了一本"书"。一本有关甘屯子早期历史的书,一本记录了甘屯子早期开拓者故事的书。

我不得不承认,杨翰林的书稿在叙事上虽然偶尔有些详略不当(他肯定是在工作累了就略写,精力充沛时就详写。对此,我将在极为必要的地方做极为谨慎的删略和夹注,以便您的阅读),但他比中国半数以上的作家更具有作家的天赋。他忠实地记录了100年前甘屯子的历史以及演绎那些历史的重要人物,但却毫不枯燥乏味。相反,它像小说一样故事一波三折,神奇迷人,人物栩栩如生,个性鲜明……

或许杨翰林真的就是在写小说?我在小心翼翼地揭开那些已经脆弱干硬的页码时,常常会这样想。但当我中断阅读,用我手头的资料去核对那些笔记文字时,又不得不承认,杨翰林写的是真实的历史。

我想,我之所以常常会以为自己是在读小说,可能和杨翰林的文笔太好有关,也可能和20世纪初叶我们甘屯子的历史和人物太神秘太有传奇色彩有关。

现在,我把杨翰林的6本笔记呈现在您的面前,让您也看一看100年前的甘屯子吧。

长篇小说

第十四章

二十二人仰天长叹

涕泗横流

齐呼

山河破碎至此

我等来日何颜见城中父老也

即以泪净面

站成一列

发一声喊挥刀引颈自刎

集体投入了甘屯子河

01

　　杨翰林的笔记一开篇就是对甘屯子的考据（我发现他特别偏爱考据，还喜欢把一些史料、背景材料直接当成一节搁在笔记中）：

　　干屯子过去的名儿叫甘屯子，之所以叫甘屯子，是因为西汉时有兵在这里屯垦，人马在河边饮水，都曰水质甘甜，后人便称此地为甘屯子。

　　不过，当时的驻军显然不多，文献记载：汉宣帝时，曾"屯军士36人"。

　　甘屯子形成一个县的规模大约是在清朝中期。据县志记载，当时"城东西宽五百丈有余，南北长八百多丈，城为长方形"，至今在干屯子西北两公里处还能看到一个残垣的土塄子痕迹，可见县志所言不虚。

　　城里的人口，按记载，顺治年间，有人口近万。到了雍正年，已有人口两万余。到同治年间，甘屯子人口到底多少，一时难说，应该约3万人了吧。

　　1871年，阿古柏凭借手中的军队和帝国主义的洋枪洋炮，相继攻占了迪化、古牧地、木垒、玛纳斯、鄯善等地。

　　甘屯子也未能幸免于难。

　　史料上说，阿古柏攻破甘屯子城时，汉军不足百余人，联合当地军民殊死奋战一天一夜。城破之日,汉军幸存者仅22人。他们沿甘屯子河向北山方向突围,晨曦时到达红山头,引首回望,但见城中狼烟四起,烈火蔽空,城中百姓,被匪军劫杀奸淫,悲声震野。

22人仰天长叹,涕泗横流,齐呼:"山河破碎至此,我等来日何颜见城中父老也!"即以泪净面,站成一列,发一声喊,挥刀引颈自刎,集体投入了甘屯子河。

此后,甘屯子"县城被毁,人口锐减。随后,县治一度不存,县以下更无政区建制,到处败垣颓井,杂草丛生。城乡人迹罕见,景象荒凉。"直到1875年,才"复有商贾往来,居民百户"。

1875年3月,陕甘总督左宗棠抬棺进疆,进军阿古柏。次年11月,清军收复北疆,旌麾南指。

此时,甘屯子才恢复县治。

那时候的甘屯子河还是两条,主流穿城而过,叫甘屯子河。支流从红山头的一碗泉方向流向杨树沟,叫小屯子河。但到了清末民初,支流小屯子河就逐步干枯了。

02

边建新的爷爷是个骆驼客,他可能是最早到过甘屯子的甘肃镇番人。

光绪二十九年,也就是1903年,边建新的爷爷跟着骆驼行的老大老骆驼到了甘屯子。

他们一到甘屯子就遇上了土匪,双方发生了械斗。边建新的爷爷乘机把东家的银洋装了一瓷坛子埋到了一棵榆树下。

5年后,边建新的爷爷再次遭劫,被人打得腹腔出血,回到家后不治身亡。临死前他把儿子边一虎拉到床前叮咛:"边娃子,在新疆的甘屯子,我埋下了一坛子元宝。咱家能不能改了这穷命,就看你能不能找到这坛子元宝了。记住啊,那是个青花瓷坛子……"

边建新的父亲边一虎,小名边娃子,当时十五六岁。他站在父亲炕前,把埋元宝的地点背了两遍:甘屯子城西有个水门,出水门有个涝坝,涝坝南边有棵老榆树,树南边 16 步处就是埋元宝的地点。

边一虎背到第三遍的时候,边建新的爷爷满意地闭上了双眼。

边一虎只给父亲守了 7 天孝,就踏上了西出阳关的漫漫长途。

那年镇番大旱。

03

镇番多骆驼,历史上骆驼户就丁兴驼旺。到了光绪年间镇番驼路已经四通八达,东至包头、天津,北至库伦、莫斯科,西至青藏高原与新疆伊犁,南至陕西泾阳、老河口等地。清代著名史学家张澍写过一个《橐驼曲》:"草豆为刍又食盐,惯走趁赶镇番人。载来纸布茶棉货,卸到泾阳又肃甘。"由此可见镇番驼队的辛勤繁忙。

04

边一虎到达甘屯子已经是清光绪三十四年(1908)的夏天。

他走了小半年。他先是跟着一支镇番人的驼队到了巴里坤,又跟着一支蒙古人的驼队到了古城子,然后跟着一支翻山越岭的马帮到了迪化。最后是他一路要饭,徒步到了甘屯子。

那时候的甘屯子已经是个有名的古道重镇了。

清末至民初,汉族商人来疆经商只有两条道路,一是从陕甘来疆称为东路,一是从蒙古进疆称为北路。东路行程长、关卡多、运费高,从安西到迪化常需时近半年。故,人多走北路。北路以骆驼载货,行程只需 3 个月,沿途无关卡。甘屯子地处东路,却是转入北路的最短途径,而且又通南疆。所以县治恢复后,内地汉人来此创业的开拓者络绎不绝,仅二三十年光景,甘屯子就成了一个远近闻名的货物集散地……

边一虎万万没想到,他一到甘屯子却会放声大哭。

<h2 style="text-align:center">05</h2>

清光绪三十四年(1908)小屯子河已经开始断流,但甘屯子河依然水量充沛。故尔,边一虎沿着甘屯子河走进城里时,看到的是街上人来车往,市井喧闹。河边绿树错落,柳浪闻莺……

据《甘屯子县志》记载:左宗棠收复新疆失地时,清军大将刘锦堂曾到过甘屯子。他在饮马河畔时,看到甘屯子是一块风水宝地,就跟当地官民谋划:甘屯子地处交通要道,县治恢复后,人烟必将稠密,商贾必将发达。而城里少井无河,必将制约县城发展。为什么不引水入城,促进本县经济发展?

众人听了,一致称赞。当地政府当下便发布通告:全城百姓,有人的出人,有钱的出钱,把甘屯子河水引进城里,造福子孙。

3年后,河渠修成。一条宽二丈的河水,自城外流入,向西流出,春夏秋三季不断。不但使城内多了旖旎水色,两岸多了鸟语花香,也使得城里的手工业得到了迅速发展。

人们为了纪念刘锦堂,便把城中一段河道取名刘公渠。

边一虎走进甘屯子时,城里已经有了各类店铺商号,饭馆客店。刘公渠两岸也出现了水磨坊、醋坊、擀毡制革作坊等。一心创业的边一虎看了这些自然心潮起伏,激动不已。他心中默念着父亲的临终遗言,跳了个蹦子后,就放趟子跑到了西边的水门。

可当他钻出水门后,却刷地脸色煞白了。

父亲所说的老榆树根本不存在!

他做梦也没想到自己忍饥挨饿,走了将近半年,最后看到的是这样一幅景象:

城西除了一个臭气熏天的涝坝,就是一片泛碱的荒滩。

涝坝里有三五个苦力正在洗羊毛，他们都是赤膊光腿，默然无言，像木偶。涝坝周围，也有三五个人，正在熟皮子。他们同样默然不语地在那些生皮子和熟皮子之间晃荡，像一些无生命的影子。在他们周围是几百张皮子，像贴在盐碱地上的膏药……

周围没有一棵树，甚至只有在远远的河边山坡上，才能看到一些斑斑点点的绿色植被……

那时候边一虎还是个少年，他蹲到地上就放声大哭了起来。

06

那几个熟皮子的人其实并不冷漠麻木。

一个叫哈斯木的维吾尔小伙子听到边一虎的哭声后，就跑了过来：

"巴郎，肚子饿了吗？你哭什么？"

哈斯木问了半天，边一虎才指了指涝坝说："树……这哒应该有树啊！"

哈斯木笑了，劝边一虎说："这儿原来是有树，树多得很！但熟皮子、洗羊毛要用芒硝、盐碱，等等，这些东西混到水里，水就不行了。渠水再从涝坝里流出去，天长日久，那些树啊草啊的就都死了……"

这天，在哈斯木的帮助下，边一虎找到了老骆驼家。老骆驼也是镇番人，边一虎父亲的老哥们，驼队里的老大。

老骆驼常年在外拉骆驼，一年里回不了几趟家，而且他在别处也还有家。

老骆驼在甘屯子的女人姓啥名啥没人知道，长辈叫她罗家的，一般人都叫她罗家嫂子。

罗家嫂子长得粗黑干瘦，身高脸长。但人很热情。听了边一虎的来历，知道他是老骆驼哥们的儿子，罗家嫂子二话没说，就收留了边一虎。

"行了，来了就住下。白天帮我打理一下铺子，晚上睡柴房。"罗家嫂子是开烧酒铺子的，但有一院房子，来往的骆驼客常在这里打尖休息，安排个把人的住宿很方便。

边一虎是跑来找那一坛子元宝的，没找到元宝自然也就成了一个落难的人。一个落难的人能被人收留，还能有间柴房住，自然很感激。

但边一虎还是惦记那一坛子元宝，隔了没两天就跟罗家嫂子打听城西怎么是个荒滩。

罗家嫂子的说法和哈斯木一样，也是说刘公渠从城西流出去，有水，所以渠两边长了许多的树。后来从迪化来了两个老毛子皮货商，是兄弟两个，一个叫哈佳，一个叫波尔克。他们买通了官家，就把原来来往牲畜饮水的涝坝当成了自己洗羊毛熟皮子的池子。那渠水再从涝坝里出来，就有了毒。结果这些年下来，城西的树就慢慢地死了，草也光了……

边一虎就问城西是不是有棵老榆树。

罗家嫂子说，前些年城西的榆树多了，当然有老榆树了。

边一虎一听，心里就凉了一大截子：那么多的榆树，到底哪个算是老的呢？

罗家嫂子看出了边一虎有心思，就问："咋哩？你咋一个劲儿地问树呢？"

边一虎机灵，说："没啥。我就是寻思像榆树这种树，根大啊，就是死了，根也应该还么。"

罗家嫂子听了就又叹起了气，半晌才说："你娃是不知道这里的冬天多冷，年年都有人冻死哩。这么冷的冬天树根能剩下？早让人挖去烧火了。"

边一虎一听，心就彻底凉了。树根都没了，上哪儿找那瓷坛子去啊？！

他这么一想，就无比仇恨皮货商哈佳兄弟了："这俩狗日的这么糟踏河水,就没人管吗?"

"管? 这两个老毛子厉害哩,这不又和官家合了股子,一哒哩搞北山煤窑的呢。"罗家嫂子说着就又笑了,"你娃是不知道啊,咱这甘屯子离沙漠近,树都没了,沙子可就来了⋯⋯唉! 所以说么,挖出了煤,也是个好事。冬天冻不着了,也就没人砍树挖树了。谁心里都明白着呢,没了树,沙子就来了⋯⋯"

心凉是心凉,边一虎还是不甘心。

有天做梦,他就梦到城西的涝坝开了口子,洪水漫滩四溢,把碱地里的瓷坛子冲了出来⋯⋯

他迷迷瞪瞪地穿了裤子就出了柴房。

月华如水。凉风一吹,他清醒了,知道是个梦。但一想既然起来了,就不妨去城西看看。因为白天去,那些干活的人要赶他。哈斯木说是谁都怕自己熟皮子的技术让人偷学了去,一般都禁止别人来看他们劳动。

边一虎没想到夜里更麻烦。皮货行的老板哈佳怕人偷皮子,天天晚上都派了人在下夜。那些人身上还背着毛瑟枪。

边一虎踏着月光走到涝坝边上时,下夜的人可能睡着了。

他没受到任何的阻拦和检查,也就没想到涝坝边上的工棚里还有人。

月光太好了,他先是在那些皮子间盲目地走,后来就情不自禁地掀开那些皮子,寻找起了榆树根。

枪声就在这时候响起了。叭的一声,边一虎就觉得有道亮光从自己头顶上掠过了。

他一动没动,看着下夜的3个人从不同的方向朝他跑了过来。

他听到下夜的人在呼喊威胁,让他别跑。

他就没跑。

他根本没想过跑。他没觉得自己犯了什么需要逃跑的错误。

08

皮货行的人把边一虎五花大绑送到县衙，说他们抓了一个偷皮子的贼。

县太爷姓马，做事也马虎，问都没问边一虎就给他做了判决：去北山煤窑挖煤。

县太爷的判决没有刑期。他没说边一虎挖煤的期限。

几个月后，光绪帝驾崩，同一天慈禧太后也去世。随后，溥仪继位，号宣统帝。

清宣统元年(1909)三月，老骆驼回到甘屯子，听罗家嫂子说了边一虎的事后，就气昂昂地去了皮货行。他一进门就嚷："凭啥抓我兄弟的娃？那娃有夜游症。"

那时候的洋人已经在新疆很跋扈了，但哈佳对老骆驼还是很客气，因为他的皮货经常还要靠老骆驼的驼队往科布多运输，他们算是生意上的伙伴。

哈佳对老骆驼说："边一虎还是个娃娃，他们当时抓住他也没想咋的，是县太爷正愁北山煤窑没工人，就把边一虎打发到那里挖煤去了。"

老骆驼就去了县衙，进了门依然是粗声大气的。

姓马的县太爷已经老眼昏花，半天才想起有这么回事，说："既然是贼，又让洋人抓住了，就该……"

老骆驼不等他说完，就吓唬说："小人请问大人，现如今是啥年头啊？"

"老爷我知道。是我大清宣统元年。"

199

"那大人可知道？咱皇上一继位就大赦天下了！像我兄弟的娃这等小事，皇上可是早都大赦了。大人，这可是皇上的圣旨啊……"

马县令一听，脸上的汗就流下来了。新疆是山高皇帝远，宣统皇帝是不是大赦了天下，他是真不知道。但他知道历朝历代新皇帝坐龙椅，都是要大赦天下的。

马县令不想让一个小贼娃子耽误了自己的前程，就下了令：把边一虎无罪开释。

09

熟皮子也叫硝皮子，用的主要材料和药物是福尔马林、硫酸、食盐、芒硝（元明粉）、碳酸钠（白碱）、渗透剂、JFC、甲酸、硫酸铵、硫代硫酸钠等。熟皮子是个又脏又臭又累的活儿，包括晾晒、浸水、脱脂、搓洗、复浸、揭里去肉、浸酸、鞣制等工序。其中最重要的一道工序是鞣制皮子，要用硝、碱等反复揉皮子。硝有毒，气味大、辣眼、腐手、呛人，工人天天一身脏臭。

捞皮子也是力气活，工人泡在水里，一身污垢。过去这些都是最低贱、最辛苦的苦力干的活儿。

10

边一虎一被放出来，就跑到烧酒铺子给老骆驼磕头谢恩。

可老骆驼已经"起场"走了。他一年回不了几趟甘屯子，每次回来也都待不了几天。老骆驼是多处有家的人。

边一虎就趴在地上给罗家嫂子磕了3个响头谢恩。

罗家嫂子那时候还年轻，受了这等大礼脸都红了，就急忙拉边一虎起来，问他今后咋打算。

"我想到皮货行里当伙计，学熟皮子。"边一虎说。

罗家嫂子一听,就骂开了:"你这娃勺了吗? 是不是在煤窑里让炭把头挤了? 你跑去给老毛子当伙计? 那些人心黑得跟啥一样,你去能挣上钱吗?! "

但边一虎很倔犟,说就想去学熟皮子。

"婶子算是白疼你了。"罗家嫂子非常伤心,她觉得边一虎去给洋人当伙计,这种理想让她脸上无光,就帮边一虎收拾了行李,说,"车走车路,马走马路。你今后要学成啥,婶子是不管了……"

在罗家嫂子看来,边一虎是要跟着洋人去学坏了。

她没想到,边一虎是一心一意地惦记着涝坝边上的那个瓷坛子里的元宝。

一年或者半年后,在涝坝里下苦熟皮子的边一虎找到了那坛子元宝。元宝已经发乌,没了光泽。

边一虎发现,他爹念念不忘的"元宝"其实不能叫元宝,准确的叫法应该是银元,也就是俗称的"银洋"或"洋钿"。

尘土飞扬

第十五章

甘屯子人撒尿必须带上一根木棍

因为尿一溢出人体

就会变成冰棍

你得边尿边敲

当然

这是一种夸张的说法

但那时候的人绝不敢迎风撒尿是真的

我的一位堂弟就是迎风撒尿被冻坏小鸡鸡的

01

在杨翰林的书稿中，没有写边一虎是怎么找到他父亲的瓷坛子的，只写了边一虎找到瓷坛子后的情形：

边一虎砸开冰层，从皮货行洗羊毛揉皮子的臭涝坝里，挖出瓷坛子后，就把里面的银元分成3份，1份拿到乜记钱庄换成了银元票，两份埋到了甘屯子不同的两个地方。

第二天，他到皮货行辞职，然后就进山了。

他从山里收了3马车干骆驼草。

他算计得很好，冬天正是骆驼缺草料的时候，一车拉回甘屯子可以净赚一倍的利润。

不料，刚出红山头几十头饥寒交迫的野驴从天而降，亡命地冲上来疯吃狂啃，眨眼工夫，3车草料被抢吃一空……

好在他随身带着一支借来的毛瑟枪，拼命射击，打死了8头野驴，当场剥了皮，心想进城搞点皮货生意也行。

可生驴皮没人问津。边一虎舍不得花钱在皮货行熟皮子，就买了芒硝烧碱自己熟。他在皮货行干过，人又机灵，早把那点技术学会了。

问题是一场大雪不期而至，一夜间把驴皮埋了3尺厚。等天明边一虎挖出驴皮再看，驴皮全部霉烂变质，成了棉花套子……

边一虎气得骂娘，跑到城西涝坝边挖出一份银元，要去"花花

沟"贩烟土。

罗家嫂子听了把边一虎一顿臭骂。

罗家嫂子指着街上一个冻得瑟瑟发抖的疯子训边一虎说："看见那人了吗？借了别人的高利贷，想做粮草生意。上一年拉了3牛车面粉往甘屯子运，结果初次上道就遇上了沙尘暴，车翻人倒。等大风过去，再看面粉，早让风吹得无影无踪。他也是个不服，跑到'花花沟'去给一帮云南人贩鸦片，结果怎么样？以身试法，让官家抓住，送进了大牢。这不，上个月刚放出来，人就成了这模样。疯了，连自己的屎尿都吃……"

生动的活教材让边一虎心惊胆战，不敢以身试法。

几天后，边一虎挖出了他埋在杨树沟的另一份银元，找到当时业绩最好的买卖经纪人孔老三，买了一匹黑骡子，干起了拉煤送柴的营生。

02

那时候的冬天太冷了，几乎人人都有这几样东西：

一是皮褂子。就是光板没面的羊皮大衣，也有兽皮的。基本特征是羊毛依旧，毛绒朝里，皮面向外，结实又暖和。

二是毡筒。就是用羊毛牛毛擀制的靴子，非常厚重饱满。

三是皮帽子。多用狐狸、豺狼等名贵兽皮制就，其中以山区哈萨克牧人的三叶帽最为保暖华丽，高耸的顶子和繁绮的刺绣使它天然地给人以巍峨壮观之感。

四是皮手套。也是连皮带毛缝制而成的，多数有根带子，用来挂在脖颈上。

此外还有鼻套、耳套。前者和皮帽子搭配保护鼻子，后者则专门用来保护耳朵。

不言而喻，到了冬天，甘屯子人出门是必须将上述几样东西穿戴起来的，否则就算你能走到大雪盈野、深可没膝的城外，你也可能

长篇小说

走不回来——你可能会被冻死了。

还有凛冽的寒风，它使皮肤娇嫩的妇女几乎不敢出门。而出门的男人，则需背对寒风，臀部朝前，缩颈抱肩，往前退着走。至于在院子里玩的孩童则须永远牢记：千万不能从皮手套里掏出热乎乎的小手，或者用沾了水的皮肤去触摸户外的任何金属器皿，否则你皮肤上的表皮就会被揭掉。

100年前的甘屯子冬天就是这样。

那时候，到处流传的故事是这样：

甘屯子人撒尿必须带上一根木棍，因为尿一溢出人体，就会变成冰棍，你得边尿边敲。当然，这是一种夸张的说法。但那时候的人绝不敢迎风撒尿是真的，我的一位堂弟就是迎风撒尿被冻坏小鸡鸡的。

为了不被冻坏，人们冬天都要伐树买煤取暖。

整个冬天里，边一虎就牵着那匹黑骡子，拉着一个雪爬犁，要么从北山煤窑拉煤，要么去杨树沟、梭梭滩拉柴，然后在甘屯子走街串巷，四处叫卖……

到了春天，边一虎已经有了些钱了，甚至他还开了一家草料铺。

边一虎把他的草料铺开到了北山煤窑的官道上，可以说是独具慧眼。他发现，从甘屯子到迪化，无论是马帮还是驼队都要在北山煤窑附近打尖歇脚。当时那里只有一家车马店，一个草料铺。

当然，他是卖了自己的骡子，再加上一个冬天挣来的血汗钱，才开了间草料铺的。这么一小笔钱要想在甘屯子开间草料铺显然是不可能的。城里的铺面租金贵。

边一虎只能把草料铺开到北山煤窑附近。

而他的运气也就从此开始了。

03

由于后来边一虎抱着瓷坛子火烧草料街，也由于边一虎千里寻宝的故事充满传奇色彩,在当年的甘屯子街上,人们总是喜欢把边家的发家史说成是一只青花瓷坛子的传奇。

其实严格地说,边家的那只瓷坛子只是边家的一个发祥物。边家的真正发迹还是缘于"一驮子元宝"。

有关"一驮子元宝"的故事如下:

老骆驼有一年带着一个庞大的驼队去库伦, 途中在一家草料铺打尖,遇上了一个毛头小伙子,两人相识。老骆驼在草料铺住了一夜后,翌日起场走人,小伙子发现铺子里扔着一驮子元宝……

边家的嫡传女子秀姑不止一次地给我讲过这个传说。她说,边一虎就是那个毛头小伙子。

从甘屯子到库伦途经迪化,而从甘屯子到迪化的第一站就在北山煤窑附近。这段路骆驼要走一天。老骆驼的驼队起场在甘屯子是件不小的新闻。3 天前,边一虎就得到了信息。他在煤窑的官道上,苦苦等了两天,最终把老骆驼迎进了自己的草料铺。

边一虎感激老骆驼的救命之恩,罄其所有,买了 5 只羊,炖了 12锅清炖羊肉,招待老骆驼和他的兄弟。

老骆驼在那个春夜里是第一次见到自己老兄弟的儿子,而且一见就喜欢。席间,他就问边一虎是否愿意跟他去库伦。边一虎婉言谢绝了。同时,在那天晚上,边一虎坦率地给老骆驼讲述了自己自到甘屯子后的全部经历。

老骆驼听了后,给了边一虎一个评价:侄儿子啊你不要着急! 我看准了,你将来必成大器。

同时,一生不知道伤感为何物的老骆驼,还为边一虎父亲的不幸经历长嘘短叹了好半天,给亡灵焚了香,祭了酒。

次日清晨,边一虎亲自为老骆驼牵骆驼,把老骆驼送上官道。晓风残月,长亭古道,让边一虎不禁伤感,就又送了三里地,方才驻足告别。

分手时,老骆驼对边一虎说:"侄儿子,我有一驮子货搁你的草料铺里了。你用得着的时候就拿去用！"

边一虎回来，发现那一驮子货原来是一驮子光绪元宝。当时他就伏倒在地，朝老骆驼远去的方向磕了3个响头。

相传，老骆驼自给边一虎留下这一驮子元宝后，就再没回来。

后来，中蒙发生激烈的边境冲突，老骆驼拉了3000峰骆驼进入炮火连天的冲突地区给边防军运送物资。3000峰骆驼一下死了2000多峰，老骆驼急火攻心，当即吐血而死。

据说，老骆驼在西北的土地上有4个家4个女人，但子嗣、家人除张掖的小罗子一家外，均下落不明。

04

1911年10月10日，武昌爆发辛亥革命。次年元月1日，中华民国临时政府成立。当月，伊犁革命党人起义，3天后成立伊犁临时政府。2月，袁大化发兵，与伊犁起义军鏖战于五台至精河一线。2月12日清帝退位，袁世凯接任中华民国大总统。袁大化与伊犁临时政府停战议和。

同年5月7日，喀什噶尔道尹袁鸿佑接替新疆都督的职务，但在即将赴任时被人戕杀。19日，杨增新任新疆都督。同月，蒙古"独立军"在沙俄支持下进攻科布多，新疆军队奉命东援未果。1912年底1913年初，丹必占灿率军侵入阿尔泰。数月后，察罕通古之战爆发……

这一年（1912），还有哈密爆发铁木尔领导的农民起义，于阗策勒村爆发的抗俄事件，以及自4月起就开始于南疆的连绵不断的戕官事件。

1912至1913年的新疆，内外交困，局势动荡不安，甘屯子的各行各业也陷入了前所未有的萧条低谷……

尘土飞扬

207

甘屯子城荒废时，城里最热闹的地方应该算瘸子街和草料街了。前者是集市贸易街，后者则是车水马龙，骆驼成群的车户区。

草料街的开拓者应该算是边一虎。

边一虎有了"一驮子元宝"，就把草料铺开到了甘屯子城。后来他的买卖越做越大，连兼并带联合，就把甘屯子的其他几家草料铺子也都弄到了一条街上，形成了后来的草料街。

边一虎是怎么把买卖越做越大的？传说很多。其中民国二年（1913）他买下卤品店那件事我以为就堪称典型。

故事得从草料街口的那家卤肉店说起。

起因看上去是两起相连的事故：先是卤肉店门口的一头猪被冻掉了蹄子，之后是孔老三的一只耳朵也被冻掉了。

大清早，有头溜弯的小母猪在店外的垃圾坑里发现了一泡小孩刚拉的热屎，就快活地跳了下去。正巧，店里的两个伙计抬了桶泔水往坑里倒，那猪吃屎心切，就全然感觉不到脚下有一汪水了。

结果，当它吃完屎后，四个蹄子就冻到了冰滩上。

猪的主人是个年轻莽汉，没生活经验，跳下去，急切地一用力，抱起了小母猪。结果，随着小母猪响彻云霄的一声惨叫，所有围观的人都发现，猪腿断了，四个蹄子全在冰滩上。

莽汉是个愣头青，认定小母猪的不幸源自倒泔水的俩伙计，扛起吱哇乱叫的小猪转身就进了卤肉店，硬是连吼带叫地逼店主买下了这头没蹄子的小猪。而且还要的是大猪的价钱。

风波平息后，店主就把俗称跑街的买卖经纪人孔老三叫到跟前，请他打听一下有没有人想盘下他的店。

原来这店主早就有归乡之心了。新年刚到，甘屯子就一会儿过兵一会儿来匪，搞得人心慌慌，买卖萧条。春节时，他让老婆去北山煤窑送卤猪肉,结果老婆却跟着一个矿工跑了。这事本来就让他抬不起头,现在又被人敲诈,更使他下定了回山西老家的决心。

孔老三立即就去找边一虎——那阵子,兵荒马乱动荡不安,愿意买房地产的人寥若晨星,边一虎却不在乎,做过两回房地产的买卖了。一回是买了个院子,改成了车马店;一回是收了个破落户的烂猪圈,搞成了草料铺的骆驼棚。

边一虎一听那卤肉店在城门口就来了兴趣,但出价之低能气死牛。

孔老三要求再高一点,"这价,搁往年只能把冻掉猪蹄子的那个坑买上。"

可边一虎慢悠悠地说:"如今街上哪个铺面不都是只能卖个猪圈的价钱?你想啊,杨都督啊现在是没手斗了么,把能用的军队都开到阿尔泰去了。唉,天下大乱,人饭都吃不饱,谁还要那房子啊地呀的干啥?"一番话倒把能言善辩的著名经纪人孔老三给说得没话说了,只能抢白边一虎说:"那您老咋就置办房子地哩?!"

"我也是不想置办哩。"边一虎说着就要回里屋。

孔老三赶紧把边一虎拉住:"老哥,咱甘屯子不是还没打仗么?房子地啥时候都有用。"

边一虎笑笑说:"那就我说的价。"

"老哥,你真是个好买卖人。"孔老三无奈地摇摇头,对着边一虎叹了口气,走了。

孔老三还不出价,又怕这生意黄掉,就只能盘算如何说服卤肉店的店主,接受边一虎的黑心价。结果,他出门时就忘了把帽扇子取下来,只顾蒙着头,一路心事重重地到了卤肉店。

其时,店主已把小母猪宰杀切洗完毕,正在火炉子上烧烤口条、耳朵等杂碎吃。见了孔老三,店主自然是客气地让座,自己到一旁去搬另一张凳子。

孔老三早垂涎三尺,一摘帽子坐下后,就边吃边故作轻松地说:

"你的事儿有门了,我给你找上买主了!"

店主却手提凳子,愣愣地望着他。

"咋啦?给你跑了半天腿,吃你个猪耳朵你就心疼啦?"孔老三边说边更放肆地大嚼大咽,"嗯,好吃,好吃。"

突然,他高叫起来:"这个耳朵好,味道好极了。到底是小猪的耳朵,又香又脆又嫩,——掌柜的,你是拿盐泡过了吗?"

店主摇晃了半天头,才说出一句:"孔掌柜,你吃掉的……那是你自己的耳朵!"

孔老三在摘帽子的一瞬间,就把自己冻麻木了的一只耳朵扒拉掉了,掉到了炉板上……

这事后来成了甘屯子的经典故事,被各族人民一代又一代地传说。当然,人们在津津乐道孔老三的独耳故事时,也免不了要说到边一虎最终买下卤肉店的事儿。有说他太心黑的,也有夸他会做生意的。

不过,大家都承认:在那样的动荡世道里,边一虎敢进敢出,的确是很有眼光和魄力的。

事实上,边一虎确实可以说是个乱世英才。考察他的发家史,你会发现每逢大的社会变故,他都会大显身手,大赢一把。

乱世英才边一虎自到甘屯子后,很快就赶上了光绪驾崩、宣统继位、辛亥革命、民国成立、袁世凯篡位等大的社会变故。自然而然,他也就迅速地发家立业,成了草料街上的行业老大。

06

镇番人的亲,扯扯秧的根。边一虎是镇番人,有了些家业后,就陆陆续续把老家的老娘以及几个兄弟姊妹都接到了甘屯子。再后来,随着他家业的扩大,甚至老家的七大姑八大姨也都跟到了甘屯子。

这里面就有边一虎的亲妹子秀姑。

秀姑初到甘屯子的时候，面黄肌瘦，貌不惊人。但经过了一年多甘屯子水土的滋润，很快就出落成了甘屯子有名的一朵花。

有意思的是，这朵花刚刚绽放，就碰上了户儿家的女儿叶子。而叶子一绽放，就成了甘屯子的另一朵花。

秀姑是在逛瘸子街时碰上叶子的。当时叶子的头上插了一根草标，看上去也是黄皮腊瘦，像片树叶。

叶子的父亲曾是花花沟一带的农民。那年春天，他带着借来的一点钱，到城里去买粮食种子，准备春播。进城后正逢上一帮流氓无产者在赌"十喜"，一时手痒就加入了进去，到了天黑时，输得一无所有。

叶子爹无颜回家，丢下老婆孩子，跟着一支驼队就走了。叶子娘听了情况，一气之下，吐血而死。叶子没办法，就给自己插了根草标，卖身葬母。

那时候秀姑十七八岁，走在街上风摆杨柳，非常引人注目。跟在她身边的一个姨娘看了一眼叶子，就打趣地对秀姑说："你刚来的时候，就和她一样。现在你看，满街的小伙子都盯着你看哩……"

秀姑好奇，就蹲下身子看叶子。一看就叫了起来："太像我堂姐了！"

叶子因为像秀姑的堂姐，秀姑就跑回家哭着喊着要让母亲把叶子买下来。边一虎的母亲心善，一听叶子的身世，自己先就落了泪。

边一虎是孝子，看母亲如此，就派人去找了叶子，出钱出人给叶子办了母亲的丧事。

那一阵边一虎正忙着收购冬天的草料，没空见叶子，他让人帮着去把叶子母亲安葬后就把这事儿忘到了脑后。

3个月后，守孝完毕的叶子自己踏进了边家的门。

那时候的叶子像雨打海棠，无比动人。

叶子说："我就是卖身葬母的叶子。现在，孝也守完了，我就来了。"这是边一虎第一次见叶子，一见就有些语无伦次，他暗自欣喜嘴上却说："谁没个难心事儿么？我，就是帮你把姨给葬了，让老人入

211

土为安。没，没别的意思。"

叶子说："我做的事儿是卖身葬母。我说过的话，不能一鼻子吸回去。"

边一虎心里欣喜若狂，又觉得有乘人之危之嫌，嘴里就打起了拌汤："这，这以前……咱们没见过……"

叶子说："你是没见过我，可我看见过你。让我说的话，嫁人就该嫁你这种儿子娃娃！不知你咋想哩？"

边一虎还没想出说啥，秀姑却就冲了进来，拉住叶子的手就喊嫂子。接着就是边一虎的母亲进来，一把将叶子搂到怀里，冲边一虎说："一朵花进了咱家的门，你还想挑啥哩吗？"

边一虎红着脸说："没挑，不敢。是怕人家心里不舒坦……"

边一虎的母亲不管边一虎，捧着叶子的脸说："丫头，你说，啥时候办喜事？"

这倒把叶子弄得不好意思了，就缩到老人怀里说："听妈的。"

于是，叶子就成了边一虎的媳妇。

据说，叶子和边一虎的喜事办得相当红火。秀姑当伴娘，和叶子往一块儿一站，就把甘屯子的老少爷们的眼睛都钉住了。

大家都高声大嗓地喊"甘屯子的两朵鲜花都进了边家"。边一虎在给人敬酒的时候，就反复地说"我也不是牛粪么"。

叶子和边一虎成家后，先后生下了一女一儿。两口子一直和睦恩爱，拌嘴也没红过脸。

家和万事兴。应该说，到了民国七年（1918），边一虎不仅是草料街的老大，而且已经成了甘屯子有头有脸的大户儿人家。

可谁也没想到就在那年来了场地震，许多的变故好像也就接踵而来了。

212

第十六章

路上的老人跌倒在地

家里的孩子滚下了土炕

牛马猪羊从倒塌的圈厩中冲出来

漫无目标地乱跑乱叫

01

杨子从北山回来了,他带着孔明来找我。

杨子说:"刘叔,我想把边儿的骨灰埋到老龙口!我总觉得边儿离不开她的那些树。还有,飞飞也是死在那儿的。孩子太孤单了。"

我恍然大悟,明白了杨子进山的真正目的。这目的在他的意识中可能是逐步清晰的。所以在这之前,他语言含糊,让人不安。

我说:"边儿能埋在红山头,不容易,是市上特批的。再说,你把她搁在北山里,以后祭扫也不方便吧?"

杨子说:"我和孔明商量好了。他也不卖汽车了。我们联手开个保护北山生态的公司,雇些人,再招些志愿者,就在北山里守着甘屯子河种树……"

我很惊讶,也很佩服这两个已到中年的男人,问他们怎么会做了这么个决定。

孔明有些激动地说,他们在龙口一带看到了那些偷偷挖煤的人,还和那些挖发菜的人打了一架。那些人把河谷挖刨得乱七八糟,尘土飞扬。再这么干下去,本来就草少没树、生态脆弱的甘屯子河可就要毁了……

"到了那时候,我和杨子可能就和我们的爷爷一样,挣再多的钱也没用了!"

孔明说着拿出了一个给市政府的建议书,递给我:"北山里挖煤的、刨发菜的人都疯了。水工团和环卫局的人根本管不过来!我们写了个东西,建议市上出面,把北山河道划成生态保护区,不让人随便进去!我们已经找了几十个人联合签名……"

我抓过建议书签了名,并随后和杨子约定:等我看完了杨翰林的书稿,我们要把其中的一些内容打印出来,送给市上的领导看。以便使领导们更全面地了解和认识甘屯子河的历史,尽快特批杨子和孔明的生态公司……

02

杨翰林的第三本笔记一开始就是对甘屯子那场地震的记述:

民国七年(1918)立冬前后,甘屯子一带发生了一场使 23 人死于房倒屋塌的地震,——立冬的意思应该是万物开始进入冬眠,但那年的甘屯子大地却一反常态,像一个睡眠中的人忽然发疯了。

地震像给大地过电,剧烈而急速的颤抖闪电般地袭击山川、河流,苍茫大地被电击后,骤然开始痉挛、打激灵。树木无风而动,房屋东摇西晃,大地深处滚动着雷鸣,蓝天白云中回荡着刺耳的哨音。路上的老人跌倒在地,家里的孩子滚下了土炕,牛马猪羊从倒塌的圈厩中冲出来,漫无目标地乱跑乱叫……

一天之内,过电 17 次,5 级以上地震 4 次,有感余震 12 次。乔尔玛雪峰连续发生 3 次雪崩,雪崩腾起的雪雾站在甘屯子城墙上就能看到。而北山煤窑中的山体滑坡更是持续了 3 天之久。

更严重的后果是在后面。

据悉,北山煤窑因此彻底塌方,几十名矿工惨死。同时,天山山体崩塌,巨大的泥石流淤塞甘屯子河,导致河水改道,进入玛尔斯河。

小屯子河在地震前已经干涸五六年了。但人们是看着它一年一

215

年地水量变小,最后成为干沟死河、一地烫土的。而甘屯子河则是一夜改道,又遇上了结冰无水的冬季,所以甘屯子河的变化没人注意。

03

根据秀姑的回忆,地震的最早发现者和牺牲者是陈瘸子。

当时陈瘸子已是个卖烟卷的疯老头。每日晨昏中,他那嘶哑而苍凉的叫卖声便像海盗的叫喊声一样紧紧抓住人们的心,以致耄耋之年,秀姑还常常叹他:"现在这些卖货的,是做甚生意哩?! 当年陈瘸子是咋吆喝的? 老刀——牌——香烟……那味儿,连人的心都揪得疼哩!"

地震那天, 陈瘸子就是用这样的声音满街吆喝的:"快跑啊,房子要倒了,人要塌死了……"

问题是:陈瘸子是在地震前半个时辰时吆喝的。那时候,风和日丽,天高云淡,谁也看不出会有什么不祥事情发生。

满街的人就看着陈瘸子摇头,叹息,觉得陈瘸子越发地疯了。

人们有理由为陈瘸子叹息。

陈瘸子曾经是甘屯子最繁华的街道瘸子街的开发者。

传说,陈瘸子初来甘屯子是光绪年间。

那时的陈瘸子非但不瘸而且身高八尺,腰挺肩拔,是个英姿勃勃的小伙子。那时候甘屯子还没人经营江南丝绸,陈瘸子却拉了两马车苏州丝绸,就地给各商家批发了,然后雇人在北山开沟挖煤,建起了小煤窑……

3 年后他的小煤窑成了北山煤窑,财大气粗的陈瘸子就整日风火不知天高地厚,竟突发奇想要挖山筑路,运煤进城,还认认真真和官家签了合同,要联合经营,产销统包。

不料大路刚在甘屯子破土动工修了二里,离红山头都还远得很呢,陈瘸子就被马车撞倒,住进了一家英国人的诊所。这个英国人原是

216

一支赴疆探险队的随队医生，因行至甘屯子，偶感风寒便客居于此。

陈瘸子在诊所住了3个月，出来时不但成了瘸子，而且连煤窑的股份也落到了英国医生名下。这英国医生一年后随着探险队回国，便将煤窑股份卖给了哈佳的皮货行，自己则在泰晤士河畔造了栋房子，过起了悠闲的绅士生活。

陈瘸子从此一蹶不振，只能提篮小卖，先是冰糖葫芦，后是香烟洋火桂花糖，满城叫卖，维持生计。

可那半途而废的二里路却奇迹般地发展起来，成了店铺鳞次栉比的一条街。哈佳沿用英国医生的旧称，叫它伊丽莎白么还是伊丽莎黑街。甘屯子人搞不清，他们怀着一种难以名状的心情叫它瘸子街……

地震那天，陈瘸子在瘸子街上来回吆喝了有三四趟，喊得到处鸡飞狗跳，牛羊乱跑。可是谁也没拿他的话当真。

后来，有人看到陈瘸子跳进了城西的涝坝。

哈斯木等人听到呼喊声急忙跑进了涝坝。但奇怪的是：陈瘸子一跳进涝坝就死了。后来人们都说这是因为涝坝的水有毒了。

正当人们议论纷纷，讨论该把陈瘸子埋到哪里的时候，地震了！真的地震了！！

04

一个保守的统计认为：民国七年(1918)甘屯子的地震，当天就有46家民房、手工小作坊倒塌。除了大商巨富的高宅大院外，一般民居也都受到了不同程度的损伤。一些比较著名的事例有：东门城楼上滚下了一个石质垛头，把正欲进城的一辆马车砸得稀巴烂。县衙门前的坊匾掉下来把一个试图告状的老女人生生地劈成了两半……还有刘公渠上唯一的一座石板桥也塌了，而且还压住了一个大人物的腿。

人来车往、市井嘈杂的瘸子街更是一片狼藉。多数店铺门歪窗

尘土飞扬

斜，倒了柜台，散了货架，有些货物撒得满街都是。甚至还有金字招牌掉在街上，店家顾不上，任由乱窜的人畜踩踏。

草料街的损失也不小。这里主要是马帮、骆驼客等体力劳动者的聚集区，房屋粗笨简陋，马厩、骆驼棚又多。一地震那些粗笨的房子要么没事，要么就房倒屋塌，压死压伤人畜。还有就是这里造成人畜间接受伤者多。地震一来，马惊骆驼跑，撞倒棚厩马槽不说，关键是大牲畜和人相撞相踏，弄得满街人哭马叫，血花四溅……

边一虎的草料铺就发生了伙计两死两伤的惨剧。

边记草料铺在抢救人员、牲口的过程中，有两个伙计一个被倒下的棚架砸碎了脑袋，一个被滚落的原木碾成了肉饼，还有一个人被奔马踏碎了踝骨，另有一人被倒毙的一匹死骆驼压得口吐鲜血，没死但人废了。

05

神经有毛病的陈瘸子在地震中去世后，另一个人的神经也出了毛病。

这个人就是哈佳。

哈佳的父亲曾是阿拉木图有名的皮货商，为人凶悍，仗着财大气粗，欺行霸市，在阿拉木图商界树敌甚多。哈佳成年的时候，他的父亲从彼得堡买来一部小轿车，带着夫人横冲直撞地在大街上兜风，结果翻进了河中，车毁人亡。管家趁机霸占了他父亲的财产并开始四处追杀他和他弟弟波尔克。两人无奈，只得带着从家中偷来的一袋子金币，辗转千里，逃到了新疆迪化。在那里，他们找到了表哥西里诺夫，在他的帮助下，他们来到了甘屯子并迅速买通县衙开始了父亲生前进行的皮货生意。

哈佳和他父亲不同，他是皮货、烟土双管齐下，一明一暗，两手都抓都硬。两年暴富后就从英国医生手里买下了北山煤窑的大部分

长篇小说

股份,后来随着和马县令关系的日益密切,北山煤窑就完全成了他和他弟弟的。甘屯子县衙所谓的"国家矿权"实际上名存实亡。

地震那天,哈佳正骑着一匹白马走在街上,他带着几个随从准备去城南的煤炭堆场视察。因为从年初开始他就和弟弟波尔克以及经理西里诺夫学习美国泰勒制的先进经验,以积极推动工人们满负荷工作,保障煤炭的利润翻番。可是他发现那些苦力们很懒,实行了16小时工作制后,许多人总是在工作时间偷懒打瞌睡。为了解决这个问题,他听从了西里诺夫的建议:对工人们不像弟弟那样实行鞭笞政策,而是实行仁慈的人文关怀,给他们吸食烟土,以提高他们的精神和效率。

可他带着烟土刚走上石板桥时地震了。白马一声嘶鸣,把他抛到河里,兀自跑了。

哈佳在被抛进河里时想起过父亲之死,他吓得魂飞魄散。

后来在大家的解释下他才明白自己没死,只是被巨大的石板压住了半条腿。

可大家围着他束手无策。石板太巨大了,大家都说弄不动。当初修桥的人是给地上泼水,冻成了一条冰道,然后一点一点把它从城外的一个山上推来的。

哈佳疼得大哭。

可没一个人有办法,只能看着他的血四处乱流,由红变紫。

哈佳哭了一个时辰又一个时辰,哭了快3个时辰,嗓子都哭哑了,才来了一个救命的人。

这个人就是熟皮子的哈斯木,他提了一把利斧。

哈斯木蹲到地上对哈佳说:"老爷,你嘛别哭了,没用。你的血快流干了,人嘛没血了,就死了。"

哈佳明白哈斯木的意思,那时候他的脸已经白得像个白瓷坛子了。

哈佳哭得更厉害了, 如丧考妣。但他还是对哈斯木喊了一句:"快啊,你……"

尘土飞扬

219

哈斯木当机立断,举起利斧,砍掉了哈佳石板下面的那条腿,把他救了出来……

自此,哈佳就终日趴在笨重粗大的俄罗斯铁床上,一动不动地抽起了大烟。而且他还睁着眼不分昼夜地恶梦联翩,梦见哈斯木举着利斧砍他的头,梦见他的父亲阴魂不散,天天逼着他,要让他跳河。还梦见那个肥胖的厨娘在往他的咖啡里下毒,西里诺夫在偷他的金币,看家护院的奇卡们在轮流搞他的女人……

到了后来,他变得完全歇斯底里了,嘴中连他自己也无法控制地大叫:"快跑啊,房子要倒了,人要塌死了……"

那叫声,和陈瘸子的如出一人。

他的弟弟波尔克从北山煤窑逃回甘屯子,看到他这副样子,心焦如焚,四处寻找医生。但哈佳反而对他疑心重重,无端地怀疑他是父亲的管家派来的杀手,一见他就色厉内荏地逼问他管家的情况,问他为什么要回甘屯子,是不是来抢财产的,等等。

波尔克使劲解释北山煤窑在地震中塌掉了,自己是从北山煤窑逃回来的,不是什么管家的杀手。但哈佳还是问个不休。

不久,波尔克就失去耐心,不再关心哈佳,忙于和西里诺夫争夺皮货行领导权去了。

而哈佳也就慢慢变得大小便失禁,口流涎水,连话也说不清楚了。

哈佳没疯,只是精神崩溃,成了一个痴呆的勺子。

06

地震之后,我父亲杨树之首次到了甘屯子。

他是带了部电台来到甘屯子的。那时候他30出头。

杨树之是当时的新疆都督杨增新的远房侄子。他在昆明某专科学校学了电报专业后,就来投奔远房叔叔杨增新。那时候电台是个很新鲜的东西,杨增新觉得稀罕,就专门设了个电报科让他当科长。

甘屯子发生地震后,杨增新怕发生民变,就派了杨树之以省府特派员的身份来视察。

杨增新之所以派杨树之来甘屯子,完全是因为他会发电报,有什么情况可以随时让迪化知道。所以杨树之来的时候身边跟了五六个人,那些人不是为了保护他,而是为了保护电台。

杨树之一到甘屯子就碰上了一件棘手的事儿:北山煤窑塌了,死者家属要求赔偿,可是皮货行拒不理睬。

众所周知,天山作为亚洲腹地最年轻的山脉,其崛起的速度,决定了它的断裂层数量众多而且脆弱。据考证,在20世纪,围绕着天山断裂层发生的地震,有记录的就高达27次。北山煤窑是光绪年间建矿开采的,属平行矿,许多年连续不断地开发,早就掏空了山体。因此,一场里氏七八级的地震,使山体滑坡,煤窑塌陷也在情理之中。

问题是有几十条生命因此成了冤魂。

当时,身为矿长的波尔克正在强行推行他的满负荷工作法,硬是逼着本来三班倒的工人变成了两班倒。结果煤窑一塌有一半的工人就被塌在了窑下……

这一半工人多是西出阳关的流浪汉,死就死了,没有家人为他们啼哭,更没有社会的舆论为他们鸣冤叫屈,他们的命运交响曲是自演自唱的。

可还有11个工人的家眷是在甘屯子一带的,这些死者亲属集合了起来,天天跑到县衙和皮货行号哭,要求理赔。

可皮货行说这是自然灾害,不能赔。马县长也说,你们的男人上煤窑都是签了生死文书的,没办法。

杨树之一到甘屯子这伙死者家属就围住了他。

杨树之很干脆,说:"赔,一定要赔,死了人哪能不赔!"

可马县长还是摇头:"有文书啊,没办法。"

皮货行的波尔克和西里诺夫也异口同声地说:"煤窑塌了。我们

尘土飞扬

221

也赔本了,哪有钱？我们是有合同的。"

杨树之就找到了边一虎,对他说:"你以前也在煤窑上干过,那死的人里面有没有你的老哥们啊？你说他们死得冤不冤？那些孤儿寡母的该不该得到赔偿？"

边一虎说:"该！当然该赔！可就不知道咋弄？我们草料街上的人都恨不得把这个皮货行给烧掉去呢！"

杨树之说:"那叫犯法,不能干！你看到没有？那皮货行虽然有带枪的奇卡给看家护院。但那院子没井啊,只要你们让这些下苦的人团结起来,围上它三五天,老毛子可就断水了……"

边一虎大叫了一声好,第二天就集合了200多人,全是草料街上的马帮、骆驼客,一下子把皮货行围了个水泄不通。

当天,波尔克指挥奇卡想冲出来,可一开院门,外面就响了枪,吓得一伙人赶紧缩了回去。那些马帮、骆驼客们走南闯北,本来就有枪。

3天后,皮货行放出了话:给水就赔钱。

杨树之于是就带着那11个死者的家属走进了皮货行。他们再出来,死者家属们个个怀里就有了皮货行赔付的银元。

这件事儿让杨树之在甘屯子获得了极高的声誉,不但当时那些死者家属一出皮货行的门就给他跪下了,而且几天后他走时,还有人跪在城门口送他。

死者赔偿的事儿在当时被甘屯子人认为是地震后最大的事儿。

谁也没想过还有更大的事儿——而且已经发生了:地震导致了天山中的乔尔玛雪峰山体崩塌,山体滑坡的泥石流淤塞了甘屯子河道,最后造成了河源改道！人们看到了北山里的雪崩持续了3天,但没想到甘屯子河会因此断流。

这是个毁灭性的灾难。

可是包括我父亲在内的所有人当时都没有察觉,因为甘屯子河地震时已经结冰了。

那时的甘屯子比现在冷得多,结冰早,化雪晚。

07

甘屯子过去的史记官刘汗青在他所著的《甘屯子县志》中写过这样的话:1918年秋至1919年春,甘屯子天灾于地震,人祸于哥萨克溃军,而人祸之初源则在于皮货行之内讧……

08

哈佳的弟弟波尔克是皮货行的二老板,原先就与经理西里诺夫有矛盾。北山煤窑塌陷后,工人逃逸,波尔克回到皮货行,正逢哈佳不能视事,皮货行权力的天平就在他和西里诺夫之间左右摇摆,两人的斗争便也争分夺秒,你死我活。

西里诺夫诡计多端,在皮货行有一定的群众基础,波尔克则仗着自己是哈佳的兄弟,在皮货行享有二老板的地位。于是两人经过短暂的明争暗斗后,权力之争便进入了白热化。

西里诺夫提出要追查北山煤窑坍塌的责任,要波尔克个人赔偿那11个死者家属的抚恤金。波尔克则针锋相对,提出了他哥哥哈佳是被人用了慢性毒药弄成勺子的。

最后是波尔克被迫个人支付了那11个家属的抚恤金。

波尔克怀恨在心,不久便抓住了报复的机会。

皮货行的二楼有个小阁楼,是上层们开会决策的地方。小阁楼平时不开,因为里面藏有许多神秘的法器,是专供决策之用的。

小阁楼里的法器之一就是在一张木桌上放置着的几根人发。它们是主司粮草、皮货的。人发长就出货,人发短就进货。其原理外人不知,以为神秘。其实也就是热胀冷缩的原理,如果空气湿度大天气热,头发就会变长,那么进货过多,仓库里的货物就容易发霉腐烂;如果气候干燥,湿度小,头发就会变短,进货不会发生霉变。

然而地震后,皮货行的粮草、皮货进货却连连失误。在 20 世纪初,无论华商还是洋商,经营模式都是股份制。皮货行的奇卡都有股份,货物进出失当,他们就会遭受不同程度的损失。于是,波尔克领头,众奇卡围攻,要追究经理西里诺夫经营不当的责任。

西里诺夫一查,发现那几根头发不知为什么变成了一种莫名其妙的植物。那植物长得酷似人的头发,但却不具备人发热胀冷缩的功能,只是一味地缩短枯干。

注:杨翰林的书稿在这里没有写明这种植物叫什么,但从实际情形来看,它肯定就是后来口里人在北山里发现的发菜。它因为谐音与"发财"相近而在 21 世纪初一度身价百倍。

西里诺夫举着那种植物就去质问波尔克:"为什么只有北山里才有的这种植物跑到了小阁楼里?"

波尔克大怒,把一杯红酒泼到了西里诺夫脸上。西里诺夫又大喊大叫地去追问皮货行的胖厨娘:"为什么小阁楼里的人发变成了只有北山里才有的这种植物?"

西里诺夫的这种追问看上去很有道理,因为小阁楼的钥匙除了他和哈佳就是胖厨娘有,她要经常打扫房间。而且一个有目共睹的事实是:那个风骚的胖厨娘,在波尔克回到皮货行之后,就和波尔克公开打情骂俏,成了准情妇。

西里诺夫心眼多,想绕个圈子让奇卡们明白:是波尔克和胖厨娘联手偷偷换了人发。

可他这个圈子绕得有些复杂,奇卡们还没明白过来,胖厨娘就大骂一声,提着一把菜刀,把他从二楼一直撵到了街上。

事情并未到此结束。波尔克一想既然翻脸了那就彻底翻脸,于是干脆叫了两个和胖厨娘沾亲带故的奇卡,唆使他们追到街上侮辱西里诺夫,并提出了要为胖厨娘的名誉而战的决斗要求。

西里诺夫知道这是阴谋,但也无可奈何,因为他明白自己绝不是任何一个奇卡的对手。面临灭顶之灾,西里诺夫只得拒绝决斗,骑上一峰瘸腿的母骆驼，在众人嘲弄的呼哨声中狼狈地离开甘屯子，逃到了迪化。

09

《新疆文史资料》记载："1918年秋，在苏联红军追击下，巴维列夫部众被迫自霍尔斯退入新疆境内，到达迪化后，曾帮助杨增新镇压当地哥老会暴动……1919年春末，巴维列夫率部众300余人，自迪化假道甘屯子去科布多途中，曾与当地民众发生激烈战斗，之后失踪……"

10

哈斯木在地震时救了哈佳一命，这谁都知道。

但波尔克一回来，就把哈斯木吊到了房梁上，审问他为什么乘地震把老爷的腿砍掉了。

哈斯木说："我要不砍，老爷的命就没有了。"

可波尔克不听这些，在和马县长喝酒的时候顺便就把哈斯木给告了。

当时跟随在哈佳身边的人，都在波尔克的威压下陆陆续续地在县衙大堂上证明说：本来他们是可以把石板搬掉救出哈佳老爷的。但哈斯木下手太快了，没等他们动手，就把老爷的腿给砍掉了。

马县长就判哈斯木要赔哈佳的那条腿。

哈斯木是熟皮子的苦力，除了两间土房一个馕坑几条毡子外，几乎一无所有。但波尔克不以利小而不为，还是折腾来折腾去，把这些都霸占了，说是刚好够赔哈佳的那条腿。

数九寒天，哈斯木一家无处可去，只得徒步向甘屯子河下游流浪，打算去霍尔斯投靠亲戚。

临行前,哈斯木特意去了趟皮货行。

他盯着波尔克看了许久,然后说:"二老爷,我嘛得把你好好看仔细些,牢牢地记下。要不,过了这个冬天,我嘛可能就看不到你了。"

波尔克不解其意,说:"你是怕冻死在外面,回不了甘屯子了吗?"

哈斯木摇着头说:"不。我嘛,今年回不来明年回,明年回不来后年回。10年,20年,我也要回到甘屯子! 你嘛,恩将仇报,胡大会惩罚你的。你等着吧,你能看到冬天的太阳,看不到春天的太阳,能看到春天的太阳,看不到夏天的太阳!"

哈斯木像个预言家。果然,冬天过去,夏天还没来,波尔克就死了。

波尔克是被西里诺夫捅死的。

11

西里诺夫是怎么投靠巴维列夫的,又是怎么说服他进兵甘屯子的,不得而知。

反正清明刚过,巴维列夫就致函杨增新,说他要假道甘屯子,穿越沙漠,北去科布多,与那里的白军会合,反击苏维埃红军。

杨增新喜笑颜开,马上给巴维列夫置酒饯行。

巴维列夫早就使杨增新如坐针毡了,这个心腹大患,近在咫尺,随时都可能哗变生事,危及到他。现在这股祸水要走,杨增新当然高兴了。

席间,巴维列夫指着西里诺夫说:"我途径甘屯子时,将在这位朋友的商行'商榷军饷'。"

杨增新未予反对,还随即让人写了文牒,饬令各处"提供粮草,以礼法借道送客"。

3天后,巴维列夫及其部众大摇大摆地到了甘屯子城。

巴维列夫的300多人全是骑兵,走在路上尘土飞扬。远远地人就看到了,大家就寡喊着"土匪来了"关了城门。那时候的甘屯子虽然小,但还是有城门,还有低矮残破的城墙。

西里诺夫就从白军中站了出来,喊:"我是西里诺夫!我是来找波尔克算账的。我有杨都督的手谕!"

马县长糊涂,见西里诺夫是熟人,手里又拿了张号称"手谕"的公函纸,就想也没想,让人开了城门,自己慌里慌张地跑去迎接巴维列夫等人。

红胡子上翘着的巴维列夫理都没理他,就催马扬鞭,傲气十足地疾速进城了。

马县长望着全副武装的哥萨克骑兵马蹄踏踏、鞍辔叮当地从他身边疾驰而过,脸刷地白了。

半个时辰后,皮货行那边响起了连续的枪声。再后来,哥萨克人就放起了火。

那时候,马县长已经脱了官服,在督促家人收拾细软。

12

皮货行平时就有看家护院的,自称奇卡。

皮货行的奇卡虽然也一有闲暇就舞枪弄棒练功夫,但却不像别处看家护院的打手那样锋芒毕露,一步三晃地招摇过市,甚至惹事生非闹乱子。皮货行的奇卡多是白俄退役老兵,有严格的纪律和良好的职业道德。

13

巴维列夫的骑兵先锋从天而降时,皮货行的奇卡们出于职业本能,都自觉地爬上梯子,在房顶上进行了最初的火力抵抗。但没过多久,他们就发现哥萨克骑兵越来越多,浪奔潮涌一般,铁骑踏得整个

尘土飞扬

227

甘屯子都在发抖,就都扭头问起了老板:"怎么办?"

可波尔克已经吓傻了,翻着白眼,说不出话。

波尔克是在小阁楼里和胖厨娘做爱时听到楼下人喊马叫枪声大作的。胖厨娘怒不可遏,提一把菜刀冲出来,就吆喝着让奇卡们奋勇抵抗,拚命还击。

可勉强跟出来的波尔克刚看了一眼楼下的哥萨克,就吓得瘫倒在地了。紧接着他就看到哥萨克人里有四五支长枪对准胖厨娘开了火,她挥舞着菜刀,正要喊什么,忽然就一言不发地滚下了房顶……

情况如斯,奇卡们还有什么斗志?干脆就从房顶上把枪扔下去,举起了手。

波尔克脸色青白,眼珠暴突,黑紫的嘴紧闭着一句话也说不出来。

直到西里诺夫爬上楼顶,波尔克还是那副样子。

西里诺夫笑嘻嘻地抓住波尔克的下颏,一捏,他就张开了嘴。西里诺夫就把马刀瞄准了放进他的嘴里,然后用全身力气,捅了过去。

哈斯木说得对,波尔克没看到那年夏天的太阳。

波尔克死后,哥萨克把皮货行洗劫一空,然后放了把火。

关于这场火,刘汗青的《甘屯子县志》是这样记载的:

"时熊熊燎天烈焰,冲霄回旋,火舌舔空,浓烟蔽日,金蛇乱舞而炽风狂喷,火龙飞腾而红光闪烁……皮货行的石头小二楼,倏忽间厦倾墙倒,檩飞石崩。其中不及亡者,惨不忍闻之声若鬼哭狼嗥。大火又殃及池鱼,使无辜百姓商旅受损严重。翌日午后火泯,目光所及,竟为灰烬……自此,甘屯子商行多有迁徙,游商行旅亦遁逃不止。"

显然,这把火之所以烧成这样,是因为它秧及到了周围的商铺和民房。这把火烧了有一天一夜还多,到了次日下午,明火暗火才被渐渐扑灭。

据说,哥萨克人火烧皮货行的时候,哈佳还活着,哥萨克骑兵是把他固定在那张俄罗斯大铁床上烧死的。

皮货行的火烧起来后,巴维列夫就放任哥萨克骑兵自由劫掠,自己找了个地方,洗澡、吃饭、歇息了。

乘乱,西里诺夫就带了几个哥萨克跑到了乜记钱庄。

乜记钱庄的乜掌柜是天津卫人。

许多年以前,在海河边的天津卫,有一种流氓憨不畏死,讲打讲闹,混一时是一时,人称"混混儿"。他们有组织设名堂,不劳动、不生产,但凭一张嘴一膀子力气在社会上立足,有的竟也能"成家立业",跻身绅士之列。

乜掌柜的父亲就是混混儿出身。

民国之初,天下大乱。天津卫成了军阀政客洋人买办云集之处,忽而义和团杀洋人,忽而洋人闹教案,忽而袁世凯起兵,地界上几乎没个清静之日。加上乜掌柜的父亲知道混混儿即是平地抠饼,空手拿鱼的无本生涯,一旦立业,便有同类存心觊觎。老人家一发狠就带上全部家产,下中原出阳关,到了迪化。

到了迪化不久,乜掌柜兄弟4个分家。乜掌柜是偏房所出,分得最少,没办法,就远走甘屯子,开了一家钱庄。

乜掌柜初到甘屯子时,甘屯子人还没见过钱庄。他的本钱虽小,却是仅此一家,别无分店,自然也就独霸一方,越做越大,几年工夫成了业界老大。

西里诺夫到了钱庄,直截了当,提出要向乜掌柜"借军饷"。

乜掌柜知道这是敲诈,却淡然一笑,说:"我们开钱庄的,那个敢说自己借不出钱来?要借,也得你们长官来给我说句话吧?"

西里诺夫料想乜掌柜也跑不了,就让人把钱庄团团围住,自己去请巴维列夫。

巴维列夫觉得有趣,正好又酒足饭饱也歇息好了,就上马到了

钱庄。

他一进院子就看到院子当间支着一口大油锅。烈火熊熊,油锅冒烟。

乜掌柜端坐在锅边的一把太师椅上,定定的。

巴维列夫觉得奇怪,就下了马。

乜掌柜见巴维列夫下马,也站了起来,一拱手,声音洪亮地说:"长官要借军饷?"

巴维列夫说:"对呀。"

"啥时还?"

"等我们帮沙皇陛下复位登基的时候。"

乜掌柜听了也不再说什么,只一挥手,让两个伙计抬上来了一盒子金条,哗啦倒进了油锅。

"兵者,凶器也。我祖上的规矩,当兵的借钱要从油锅里捞。"乜掌柜边说边把手伸进了油锅,"看到了吧,钱庄的钱都在这锅里。谁捞出来是谁的!"

乜掌柜话说得很平静,他的手进油锅的时候一道白烟,抓了金条出来,跟着的就是一缕黑烟。

众人目瞪口呆,傻傻地看着乜掌柜捞金条的手在油锅里进出。

乜掌柜的手由黄变黑,已经看不清手的样子了,但他还是边捞边平静地说:"来呀,想要钱的就来捞……你们不捞我可全捞了!"

"好! 儿子娃娃。"当院子里熟肉的香气已经带上了焦臭味时,巴维列夫忽然用生硬的汉语大喊了一声。之后他就翻身上马,说了句:"金子是你的,你慢慢地捞吧。"说罢就驱赶着西里诺夫和那些呆若木鸡的哈萨克走了。

乜掌柜由此残废了一条胳膊。他的这件惊人奇事后来也在甘屯子广为流传。

乜掌柜就是乜家驹的大伯,乜家驹系乜掌柜的三弟所生。

第十七章

我有一锦囊妙计

遇有事变

你可依计行事

记住了

看到甘屯子时方可打开

……

杨树之急忙打开布袋子

里面是一方大印和一张县长委任状

01

杨翰林的笔记从这里开始有了残缺。这些残缺主要还不是因为纸张粘连、损坏、字迹漫漶等造成的,而是有些段落,作者根本就没写。不过您放心,我对 20 世纪初甘屯子的那些人和事儿还有点儿研究,为了使您阅读顺畅,我会在需要的地方做必要的补充和说明。

皮货行的火烧起来的当天傍晚,我父亲杨树之到了甘屯子。

从迪化到甘屯子要走 3 天的马路,快马加鞭也要两天。但从迪化出发的杨树之当天就到了。

这都是因为杨增新都督料事如神。

巴维列夫的人马刚离开迪化,杨都督就把我父亲杨树之叫到了官邸。他先盛赞杨树之年轻有为,上次处理北山煤窑死难者家属理赔案有力得体。然后他告诉杨树之说他准备了 35 峰骆驼,上面有 35 顶哈萨克毡房,还有 3 挂马车的粮食。他要杨树之带着这些东西,跟着巴维列夫走。跟的距离不能少于一天的路程,也不能多于一天的路程。

"带上你的电台。巴维列夫这伙贼娃子到了甘屯子必生变故。你到时候就用电台报告。"杨都督说。

杨树之看了一眼自己的随从,竟然是纯粹的骆驼客,没一个真正的武装军人,就问:"巴维列夫要是途中哗变,咋办?"

杨都督说:"那也是到了甘屯子后的事了。我有一锦囊妙计,遇有事变,你可依计行事。记住了,看到甘屯子时方可打开!"说着就给了杨树之一个大洋布袋子。

古人袖中的锦囊,到了杨都督手里竟然成了个大洋布袋子!杨树之觉得多少有些滑稽,但他还是老老实实背着那个分量不轻的布袋子,跟在巴维列夫部众后面走,直到看见甘屯子城才打开。

可那时杨树之不但看到了甘屯子,而且还看到了甘屯子的大火和流弹。

杨树之急忙打开布袋子:里面是一方大印和一张县长委任状。

杨树之暗叫一声苦,知道眼前的匪乱和大火都将成为自己不可推卸的责任,就急忙让驼队停下,叫了几个年轻小伙子,打马扬鞭冲进了甘屯子城。

从那天起,他成了甘屯子的县长。

02

我父亲杨树之带人直奔县衙,却见里面空空如也,只有一个眉清目秀的小伙子在伏案疾书。

外面火光冲天,枪声不断,小伙子却充耳不闻,只顾低头挥毫。

"喂,衙门的人呢?"

小伙子抬头,平静地说:"马县长一家跑了,衙役们也就散了。"

"那你咋没跑?"

"我是本县的书记员,不能跑。"

"你叫什么?"

"刘汗青。"

杨树之指着他说:"我是甘屯子新来的县长杨树之,字西鸿。我现在让你当官,你是本县的史记官!不是书记员了。记住了?"

刘汗青不答话,却提笔记录自己当了史记官一事。

尘土飞扬

233

"行了，回头再记！你现在找一面锣，到街上给我吆喝去！一、让人赶快救火。二、让本县列绅都来县衙开会。三、让哥萨克人停止劫掠。四、让他们的长官来县衙谈判。"

让拿笔的办跑腿的事儿，属于用人不当。所以4件事儿没一件顺溜：百姓和士绅们都自顾不暇，哪里能顾上救火、开会？所以火烧到了第二天下午才熄灭，而来开会的士绅也就边一虎等三五个人。至于哥萨克人，他们更是从士兵到军官理都不理刘汗青的锣声和喊叫。

无奈，杨树之就带人满街去找巴维列夫。

杨树之是谈判高手。他找到巴维列夫，谈了不到一个时辰，哥萨克人就退出城，宿营到了杨树沟。

甘屯子的后人们把杨树之这次谈判吹得神乎其神，有说杨树之得到了神助，把哥萨克人全弄晕了；有说他剑术高明，比败了巴维列夫，等等。其实，真正的原因很简单：

一、巴维列夫和伊塔地区的白军有联络，他在等消息，当时并不想把事情闹得太大。

二、民众已经开始反抗，有四五个哥萨克已经丧生，士兵住在城中民宅里不安全。

三、既然杨树沟有35顶毡房，还有3车粮食，为什么不顺水推舟先要上了再说？不仅是巴维列夫，换了谁也会这么想。

03

按协议，哥萨克人这次进城造成的双方人员伤亡、财产损失等一笔勾销；甘屯子人要在7天内征集足够的粮草以便哥萨克人7天后穿越沙漠；哥萨克人住杨树沟期间，甘屯子人不得去该处。

此外，按协议哥萨克人每天进城人数需不超过20人，带枪不超过5支，且不得寻衅滋事。

但哥萨克人没有一天真正遵守过这一协议。尤其是第六天晚上，一伙借酒闹事的哥萨克士兵，在草料街鸣枪寻衅，闯入多家民宅，抢劫财物，调戏妇女，结果引发了和马帮、骆驼客们的激烈冲突……

注：杨翰林的笔记在这里出现了奇怪的残缺，好像少了两页。以前后文推测，这场冲突应该持续了有一夜，规模也不算小。但前因后果、程度如何等，我们不得而知。

杨翰林的笔记接下来就进入了边一虎家那天的情形。

04

清晨，街上的枪声完全停息了。

一个伙计想看看外面的情况，刚一开门，却低声寡喊了起来。

"喊×啥哩?！"边一虎提着一杆长枪从房顶上下来，到街门口一看，也吃了一惊：街门口直挺挺地躺着一个大胡子哥萨克兵。奇怪的是，这家伙的裤子全退在一条腿的脚腕上，大腿光溜溜地露在外面。

这时天色已经放亮，拐子街头，隐隐约约已有人影晃动。

"让人……看见，可就是咱们……杀的啦……"伙计有些局促不安地说。

"快抬进来！"边一虎四下一望，没人看见。情急之中，他伸手抓住大胡子的一条腿，嘿的一声，就把死人大胡子甩进了院子。

"这是别人杀了人，栽脏哩。"伙计说。

边一虎望望天，东方已泛起鱼白肚的光芒，"天都亮了，要把人弄到别处，是不行啦!？"

边一虎看大家。大家却傻着眼。

"全是些提不起来的窝囊废！"边一虎一急就骂这个凶手不是个儿子娃娃，敢做不敢当，祸害了自己。骂着骂着，就一跺脚，下了一个命令："看个啥！快去菜窖里挖个坑，埋人！"

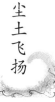

尘土飞扬

235

05

　　20世纪初叶,新疆的冬季寒冷而漫长,储存过冬的蔬菜是个事儿。那时候,新疆人不管有钱没钱,一般都有菜窖。有钱的大户人家,人多嘴多,菜窖就大,往往需要在地下挖出房子大小的坑,搭梁盖顶,再将覆土盖得像小山一般以求保温。这种菜窖都有坡形甬道和窖门,进出要掌灯。一般人家的菜窖就简单,向下挖个两三米的直洞,然后打两三个侧洞,将萝卜土豆埋入其中,白菜大葱大蒜码放整齐即可。这种菜窖没门,但有防风挡雪的顶盖,洞壁上有踏脚的凹龛,供人上下进出。

06

　　把大胡子哥萨克往菜窖坑里放的时候,大家才发现,他的身上插着一支银簪子。显然,就是这东西要了大胡子的命。

　　边一虎费了好大劲儿,才把簪子拔出来。一看,他明白了:这是一个妇女在面对大胡子的强暴时,从头上拔下了两寸长的簪子,挣扎之时,一下戳到了大胡子后背。正巧,簪子戳到了他的心脏。

　　杀人了!这个妇女或者她的家人或者家里的伙计,惊慌之际,就趁着街上没人,把尸体抛到了边家街门口。

　　"活该!"边一虎朝大胡子吐了口唾沫,心里平和了许多。

　　为了省事,大家把直洞里的虚土掏掉后,就把大胡子直插进去,埋了。

　　谁也没想到,就是这个大胡子哥萨克,几个时辰后却引发了甘屯子之战。

我发现杨翰林的第四本笔记一开篇的叙事，正好可以弥补前面两页残缺的内容。不过杨翰林要是写了那两页的话，他一定会用史笔，叙述清晰而明确。而在这里他却用了小说笔法，需要你耐心解读，做些分析和联想。

杨翰林第四本笔记的叙事是从罗家嫂子开始的。

罗家嫂子是甘屯子的老道女人。这不仅是因为她是老骆驼的女人，还因为她本身就厉害。

光绪二十二年（1896），罗家嫂子刚开酒铺子，总有下三烂的车夫、骆驼客轻薄骚情。有一回，有个车夫赊账不还，还借酒遮脸，胡说荤话，说喝了嫂子的酒，还想喝嫂子的奶啊……

罗家嫂子也不恼，只冷冷地说："想喝嫂子的奶？行啊。明儿下午来吧。"铺子里的几个酒客听了这话，就一哄而散，相约了明天下午来。

当晚，罗家嫂子就拿了家里一个大锅盖，让人在锅盖上掏了一个小孩儿拳斗大的洞。等天麻麻亮，就自己扛起锅盖，让伙计抱上一个小猪仔，两人到城北郊外的乱坟岗挖了一个直上直下的土坑。那乱坟岗是野狼出没的地方，挖好坑后，罗家嫂子就让伙计回去，自己抱着猪仔蹲在了坑里，上面盖着锅盖。

伙计走后，她就不停地捅小猪仔，让它发出声音。

那天正好刮风，风停后，狼就被引来了。

那狼饿，急切地用爪子抠了几下锅盖没抠开，就不顾死活地把前爪伸进锅盖的洞里，想抓猪仔。罗家嫂子个儿高，看准了狼前爪，一把拽住，就势站起来，就把锅盖和狼一块儿背到了肩上……

罗家嫂子就这样把狼背到酒铺子，冲那几个约好看热闹的酒客

237

说："想喝奶的,过来！看看是不是母狼？"

酒客们早已惊得面面相觑,无话可说。罗家嫂子却背着吱哇惨叫的狼走到那声称要喝罗家嫂子奶的车夫跟前,把狼后身对着他说："嫂子这儿有狼奶,喝不喝?！"

那车夫急忙单膝跪地,拱手作揖："嫂子,兄弟无德。饶了兄弟这回吧！酒钱我加倍付。"

从此,罗家嫂子卖酒,再没人敢胡骚情,敢耍赖赊账。

08

哥萨克人嗜酒如命,自到了甘屯子,就一拨一拨地天天到酒铺子喝酒。

他们对卖酒的算是最客气的,不给钱,但愿意签字画押,认赊账。他们签得都是蛆一样的绕花子字,罗家嫂子一个也不认识。到了第六天,她一数,有 30 多个蛆一样的名字了,再一算账,赔得厉害,就招呼了伙计要到杨树沟去要账。

孔老三正巧进来,听了原委就说："嫂子认识那些人？"

罗家嫂子说："长得都是红脸大胡子,模样差不多。难认得很。"

孔老三说："那你咋要账？"

罗家嫂子说："碰呗,碰上一个要一个。"

孔老三说："我去吧？我有办法。"

罗家嫂子知道孔老三是干经纪的,挣的就是佣金,就说："那我佣金给你高些,十抽一。"

孔老三就带了账本乐滋滋地到了杨树沟。

孔老三之所以说他有办法,是因为他知道要想从过路的乱兵手里要钱,门儿都没有,他们只认自己的当官的。所以他要找巴维列夫。他认为巴维列夫得了杨县长给的 35 顶毡房,还有粮食,肯定得顾个面子,不会让士兵赖账不还。

按协议甘屯子人是不能去杨树沟的。但孔老三不怕，他给西里诺夫介绍过买卖，有交情，西里诺夫应该给他帮忙。

孔老三到了沟口，就大喊西里诺夫的名字。

西里诺夫出来，听了孔老三的事儿，说："你们买卖人可真是要钱不要命！行，走吧！"

西里诺夫带着孔老三过了两个岗哨，到了一个毡房前，西里诺夫一把把孔老三推进去，自己却转身走了。

巴维列夫正盘腿坐在地毡上，端着一碗奶茶，在研究一张破旧的地图。

孔老三没想到西里诺夫这么坏。但事已如此，只得硬着头皮上前点头哈腰："长官，您忙呢？我是酒铺子的二老板……"

孔老三以为把自己说成了酒铺的二老板就有些身份，可巴维列夫回过头看见他，却没吱声，只微微地点点头。

孔老三正要说事儿，巴维列夫突然问："你，来干什么？"说着忽地就站了起来，以标准的军人姿态，转身抓起了行军床上的指挥刀。

孔老三吓得一哆嗦，急忙再点头哈腰："我，我是，来是要账的……"说着就给巴维列夫递上账本。

巴维列夫用刀挑开账本，突然一声厉喝："什么东西？"

孔老三惶恐不安，更加点头哈腰："就是钱。贵军欠的钱。不不，是赊的账，也就是钱……"

"钱？什么钱？"巴维列夫闻言顿了一下。

"贵军的人，喝了铺子的酒，赊了账。明天你要走了，应该把钱付了……"孔老三说。

"混蛋！"巴维列夫恼怒地挥起刀，哗地伸出去。

孔老三吓得牙口洞张，巴维列夫就幽默地把刀尖伸进了孔老三嘴中。

孔老三急了，咬着刀尖呜呜啦啦地求饶："长官饶命，长官饶命。这酒钱，我们不要了，不要了。"

尘土飞扬

239

巴维列夫却忽然改变了主意,他可能是想到了对称这一美学原理,就饶有兴致地看了一会儿孔老三的独耳,从灰色的眸子里泛出了一缕灿烂的笑。他慢悠悠地一捋上翘的红胡子,说:"不,拿别人的东西,应当付钱。这样才公平。"

孔老三愕然。

"不过,我们应该赌一赌。"巴维列夫说着抽回马刀,从容入鞘,又拔出腰间的左轮手枪,哗地转了一下子弹轮,"现在,请你告诉我,我需要扣动扳机吗?"

孔老三急忙说:"不不不!"

巴维列夫又转了一下子弹轮,"如果上帝保佑你的话,这一下应该没有子弹!那么我就付给你钱!"

孔老三误会了巴维列夫的意思,以为是要让他拿生命去赌,就哆哆嗦嗦地急忙摆手:"长官,官爷,我们不赌,我不要钱了!"

"不,你必须赌!"巴维列夫说着又转了一下子弹轮。

孔老三还想说什么,巴维列夫却不耐烦了,他上前一步,把枪管顶到了孔老三的独耳上,开始又转子弹轮,转了一圈又一圈。

孔老三死闭着眼,却听不到枪响,后来可能受不了这种重压,急了,一仰脖子昂然地说:"该死的娃娃×朝天!你开枪!"

巴维列夫像孩子终于缠着大人同意了跟他玩游戏一般,高兴得简直有点手舞足蹈。他兴高采烈地把孔老三的头扳正,甚至还把孔老三乱了的一缕头发捋了捋,然后把手枪对到他的独耳上,左右审视一番,确定不偏不倚后,嘴里快活地数着一二三,扣动了扳机。

枪响了。孔老三运气不好,输了。

09

孔老三捂着半拉耳朵回来,罗家嫂子一看,气得说不出话,眼泪却下来了。

240

罗家嫂子是心疼孔老三,落了泪。

甘屯子的酒客们还没见过罗家嫂子落泪,就都纷纷地劝她,劝孔老三。

正劝着,街上传来了一阵吵闹,秀姑披头散发,疯一般跑了进来:"嫂子! 快……"她满脸是泪,冲着罗家嫂子叫了一声,话没说完,就绕过柜台,跑进了后院。

大家再往秀姑身后看,就见草料街东头有一群哥萨克醉汉,一边喊着"噢,漂亮丫头"! 一边东摇西晃地闹腾。有的砸商铺的柜台,有的踢人家的院门,还有一个小媳妇正被两个哥萨克一人拽着一条胳膊,在撕扯……

"儿子娃娃们,嫂子请客,喝了碗里的酒,都出去,打这帮狗日的!"罗家嫂子大喊一声,那些酒客们愣了一下,随后喝了碗里的酒,一哄而起,冲出了酒铺。

罗家嫂子却还跟在后面烧伙地喊:"狠狠地打! 把狗日的打伤了嫂子赔钱,打死了嫂子去抵命!"

罗家嫂子的酒铺子在草料街上,酒客们一追打,哥萨克人再一开枪,住在草料街的车夫、马帮、骆驼客也就闻声而动,出来乘乱追打起了哥萨克人。

一街人乱七八糟打闹到后半夜,杨树之县长带了人出来,把哥萨克人送出城,方才寝事。

可不知为什么,天快亮时,街上又响起了枪声,说是哥萨克人又来了。街上的人就又上房的上房,打枪的打枪。闹到了东方发亮时,才有人出来说明:是晚上没跑出去的两个哥萨克人从马棚里偷了两匹马,逃出了城……

可天刚亮,街上又响起了刘汗青的锣声,说是杨县长发话了,各家各户都要磨好刀,擦好枪,准备和哥萨克人打仗。

果然,到了中午,哥萨克人倾巢出动。他们提出昨晚他们失踪了一个哥萨克上等兵,要进城挨家挨户地搜查。

241

杨县长婉言回绝,说贵军进城必将引发血战,不如双方派人组成缉查队,捉拿凶手。

　　巴维列夫断然拒绝,下令枪杀城外百姓,火烧民宅,围攻甘屯子城。

　　长达13天之久的甘屯子之战由此打响。

10

　　跑掉的马县长和杨都督有点像,均是无为而治。甘屯子没有一兵一卒,城墙年久失修,破烂不堪。加上地震,那些又矮又小的土城墙有些就坍塌成了一道土坡……

　　杨树之一天之内给杨都督发了3份电报,陈述甘屯子危局一触即发,请求援兵。最后得到的是24个字:疆内动乱,无兵可派。对夷人当施之以礼,晓之以理,使事态平息。

　　杨树之满面愁容。他知道哥萨克人早与伊塔地区溃军有叛乱预谋,甘屯子一战不可避免,就与乜掌柜、边一虎等士绅联络,在哥萨克人退出城的当天,暗中整修城池,招募民兵。

　　但哥萨克人翻脸太快,他所面对的依然是仓促应战的局面。

　　草料街的枪声平息后,他到城门上瞭望,不见小股哥萨克人前来闹事,就知道大战在即,立刻下令城外百姓紧急入城,一个时辰后关闭城门,同时让刘汗青提了锣,满城喊话:

　　"有刀有枪的都上城,准备打老毛子。没刀没枪的,只要是儿子娃娃,敢跟老毛子打仗的,提把铁锹,拿块石头也行!"

　　甘屯子街上多的是游手好闲的二杆子,没事可干的愣头青。他们本来一堆一堆聚在太阳地里议论昨晚上打老毛子的事,听了刘汗青的话,乐勇好斗的本性泛起,就找锹拿刀,相互吼喊着上了城墙圈子。再加上给大户人家看家护院的都有枪械,又与杨树之暗中有约。听了县长发话,也就一声吆喝,都上了城。

242

故尔,到了中午巴维列夫来攻城时,城墙四周倒也人头攒动,场面壮观。

11

秀姑在大战前就失踪了。

为此,边家老太太又哭又嚷。边一虎就亲自带了家丁、伙计满城忙活着找。到了快中午时,找到酒铺的那个伙计,才得到确切消息:一清早时,有个老尼姑出城逃难,秀姑跟着她跑了。

伙计发誓说他当时看得真真的,没错。

老太太听了这话,就不哭嚷了,见边一虎要打发人出城去找秀姑,就骂:"土匪说话就来了,你不领着人打去,还找啥妹子哩?! 快去! 别人家都去哩。"

边一虎说了句"还是母亲深明大义",就领着家丁、伙计各带家什上了城。

边一虎带人上城,正巧是杨树之与巴维列夫谈判破裂,巴维列夫一声令下,哥萨克人开始攻城的时候。边一虎啥都没弄明白,就见哥萨克人大喊呜啦,杀声震天,虎奔狼窜般地涌到了城下……

"×他哥呀,这咋个打法啊?"边一虎没见过这阵势,不由得左顾右盼,想听到个命令什么的。

可甘屯子人也没见过这阵势,不少的人吓得吱哇乱叫,抱头就想跑。那杨县长也就顾不上指挥,吼着喊着让人别跑。

边一虎一急,就喊了一嗓子:"是儿子娃娃的,打呀!"

一城墙的人这才反应过来,打枪的打枪,扔石头的扔石头。一时间枪声大作,流弹纷飞;乱石如蝗,漫天飞舞……

第十八章

他们在尸体和血泊之中
映着青的天光
红的夕阳
黑的云霭
显得十分悲壮

01

甘屯子人民在战争中学习战争,越打越会打,越打越能打。

但到了第三天,哥萨克人还是攻进了城。只是因为暮色降临,他们不敢恋战,放火烧了城门,炸了两段城墙,就退到了野外。

那天,边一虎和杨树之都意识到了未来的不祥。

当时,残阳如血,暮霭四起。边一虎他们防守城东的那一支人马刚把城门泥封掉,全都累得瘫软在地,大汗淋漓,浑身散发着落水狗的那种气味……

杨树之过来,看到边一虎他们几十条汉子沿着城墙横七竖八地歇息。他们在尸体和血泊之中,映着青的天光、红的夕阳、黑的云霭,显得十分悲壮。——悲壮的另一原因还在于篝火初起的原野上,飘荡着一曲奇怪的萨克斯管的乐音。暮春季节,清角吹寒,更平添出一份寂寥和清冷。

杨树之见状,大为感动,大为惭愧,亦大为愤怒。当即便架设电台,赋诗一首,向省府求援:

接战春来苦,孤城日渐危。

裹疮犹出战,饮血更登陴。

不厌狼烟起,但惊天地昏。

日久无援军,心计欲何施?

245

这首诗被当做告急电由杨树之亲自发给杨都督后,意外地得到了杨都督的当即回复:

真有龙城飞将在,胡马焉能度阴山?

杨树之看到这份回电,当时就瘫坐在地上,呆望着红山头再不说话了。

他知道,伊塔地区的白军肯定叛乱了,本来就被各地戒官、暴乱弄得焦头烂额的杨都督,此时真的是无暇顾及甘屯子了。

02

这天晚上,边一虎和叶子进行了这样的对话:

边一虎:"这老毛子打咱甘屯子,是借口死了个他们的人,要抓凶手。"

叶子:"是哩。"

边一虎:"咱家菜窖里埋着个老毛子, 他们可能找的就是这个人。"

叶子吃惊地蹦了起来:"边家娃子,是你把事情做下了?"

边一虎:"是……我做下的。"

叶子哭了,哭得凄惶泪掉:"怕啥来啥啊! 我就怕是你做下的。你是不是想去顶门子①啊?"

边一虎:"头掉了不就碗大个疤么? 总不能让一城的人都跟着受罪吧。咱甘屯子到今天这样儿不容易,听说好几辈子人才干出来的呢……"

那时候叶子已经怀孕,怀的就是后来的边建新。她挺着个大肚子,伏不下身子,就那么仰面靠在炕柜上,任泪流了一晚上。

边一虎见叶子这样,心里也难受:"你看这甘屯子咱最后肯定是守不住呀,要是让老毛子打进来,那还不是杀人放火? 到时候人没了,城可能也就烧没了……"

天亮时,叶子开了口:"儿子娃娃敢作敢当。你要去就去吧……临走,你给我肚子里的娃把名取上。"

边一虎说:"就叫建新吧,这甘屯子又地震又打仗的,都毁得差不多了。让咱儿子建造新的。"

叶子听了,点头,又哭。

边一虎就吆喝着让伙计们把菜窖里的大胡子挖出来,用抬把子抬上,跟他出城。末了,他从怀里掏出个银簪子,对叶子说:"这个你收着,多少值几个钱。"

叶子接过那簪子,看了一眼,说:"这是秀姑的。咋到你手上了?"

"啥?"边一虎一听,不禁叫出了声,"你说啥? 是秀姑的?"

"是呀……"叶子看边一虎情绪不对,就急忙问,"你咋啦?"

边一虎摇着头,嘴角抽搐了半天,说不出话。突然,他瞪起黄眼珠子,冲伙计们大吼一声:"去,把那个大胡子哥萨克给我剁了,扔到猪圈喂狗!"

边一虎喊这一嗓子的时候,眼里噙着泪。

03

边一虎最终没剁大胡子哥萨克,也没把他喂狗,而是让伙计们抬到了杨树沟。

边一虎去顶了门子,可是哥萨克人并没放弃攻城。

《甘屯子县志》记载:

城中大户边一虎为救百姓,抬尸出城,主动顶门子。但白军却谎称死者并非失踪之人,依旧攻城不止。当日,白军打破城池,攻入瘸子街,烧杀劫掠,使之成为一片废墟……

甘屯子父老群情激愤,遂同仇敌忾,抱定血战到底之决心。

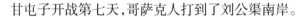

04

甘屯子开战第七天，哥萨克人打到了刘公渠南岸。

当天，为保家业不惜油煎胳膊的乜掌柜毁家纾难，出重金组织了一支百人敢死队，乘夜暗潜出城外，到杨树沟纵火烧了哥萨克人的营地。

这可能是甘屯子人在整个保卫战中唯一一次出城夜战。

没有军事经验的乜掌柜从《三国演义》里得到启示，认为白军驻扎城中，营地必然空虚。火烧其营地，其粮草必断。粮草一断，其必退兵。

为了确保成功，乜掌柜还以重金又贿赂了留守营地的西里诺夫，让他把警戒的哨兵都叫到毡房里喝酒，喝醉最好。

连骂边一虎出城顶门子是勺子的杨树之都认为此计甚好。

当晚，杨树之在罗家嫂子的酒铺给 100 个真正的儿子娃娃饯行。

罗家嫂子情绪激动，一个又一个地给人敬酒："来，是儿子娃娃的，把嫂子这碗酒喝了，出城去，把老毛子的营地烧掉。"

末了，她还拿出酒铺里的剩余藏酒，一个骆驼 2 坛子，共拉了 13 峰骆驼，让敢死队去把她的酒都泼到哥萨克人的毡房上，点火烧。

大家情绪激动，认定此役必胜。

胳膊上还扎着绷带的乜掌柜亲自带队，独耳也只剩了半拉的孔老三扛着一把门扇大刀，就连白面书生刘汗青也参加到了敢死队中。

当夜月黑风高。

敢死队人人嘴里咬着一根筷子，拉着骆驼悄悄出了北门后，就掉头直奔杨树沟。

杨树沟果然不见哨兵。

乜掌柜很得意,说:"西里诺夫人虽坏,却是商人出身,讲信用。拿了咱的钱,果然就把哨兵们都哄到了毡房里喝酒了。娃娃们,准备放火!"

敢死队队员们于是两三人一组,逐步摸到35顶毡房前,等乜掌柜一声枪响,就泼酒的泼酒,点火的点火。

不到一刻钟,杨树沟就成了一条火龙。

那个时候,杨树沟已经没有多少杨树了,有的是一沟的荆棘骆驼刺芨芨草。这些东西也都还是干燥的时候,见火就着,一着就星火燎原。再加上那天风大,大得出奇,火借风势,一下就席卷了两三公里……

问题是:大火刚起,哥萨克人就冲了出来!不是从毡房里,而是从外面的野地里。他们个个跃马扬鞭,手中挥舞着寒光闪闪的马刀,高喊着呜啦,旋风般冲了过来……

乜掌柜知道自己中计了。

05

乜掌柜带人火烧敌营,100人的敢死队误入埋伏,被哥萨克骑兵在野地里追杀得鸡飞狗跳,四散逃窜,完全没有还手之力。

亏得哥萨克伏兵只有20多人,不能围歼敢死队。乜掌柜、刘汗青等30多人才得以陆续逃回甘屯子。至于那其余的60多人,则是有的落荒而逃再没回来,有的横尸郊外,死在了哥萨克骑兵的刀枪之下。

死者之中就有孔老三。孔老三死得很英勇,他的肚子都被马刀挑开了,但他还是捂着肠子,高举大刀,追了八丈多远,砍断了西里诺夫的脖子……

孔老三有子名向西。孔向西生有一儿一女,儿子名叫孔明,女儿名叫孔雀。

死者之中应该还要算上乜掌柜。他在那天晚上被飞奔的一匹烈马踢倒，在胸口上烙下了一个新月形的紫斑，这块紫斑像一朵紫罗兰花一样鲜丽怒放了几天后，乜掌柜就吐血而死了。

乜掌柜生前无子。他在哈密有一兄弟，生有3个儿子，小儿子就是乜家驹。

火烧敌营一役，仗打得一塌糊涂，乱七八糟，火却烧得很成功。不，是有点成功过头了。3天后，站在甘屯子城上，人们依然能看到杨树沟里野火不尽，烟雾氤氲……

从此，杨树沟草木尽逝，完全成了一条沙土干沟。

06

100壮士火烧杨树沟的次日，边一虎逃回了甘屯子。

边一虎是抱定了必死的决心出城去顶门子的。但巴维列夫在知道了他是靠一瓷坛子元宝起家的后，就下了命令：留着这个人，等我们占领了甘屯子后，我要让他带我去看看那个神奇的坛子。

边一虎这才恍然：巴维列夫对那个大胡子死不死其实根本没兴趣。

边一虎肠子都悔青了。

故尔，当杨树沟成了一条火龙后，边一虎根本没去管外面发生了什么事儿，就乘着混乱，仓皇奔逃了。

他为了躲开追击者，先往南，再往西，绕了个大圈子后从城西的水门逃回了甘屯子。

边一虎逃回甘屯子是午后，边家人欣喜若狂。

一家人正置酒办菜要给边一虎压惊，却就听到了街上的锣声：

"大家注意了，县长有令：渠南的百姓快收拾东西到渠北躲避！渠北的百姓快快到渠沿上去，挖沟砌墙，阻挡老毛子的骑兵……"

边老太太一听，就推开了桌子，对边一虎说："看来昨晚的仗没打胜。儿子,快! 带上枪到渠边上去。"

07

刘公渠水不大,渠不宽,却是一道天然分界线,把甘屯子分成了渠南渠北两块地方。甘屯子渠南有瘸子街,渠北有草料街,都算是热闹所在。甘屯子地方不大,人马进来,通常都会多走几步,把两条街都逛一下。正常年份,逛两街的人车都得走桥。因为渠边杂木错落,渠中有流水,水中有淤泥,通行艰难。

刘公渠上有两座桥,一座木桥,一座石桥。木桥专走人,石桥多走车马。

08

杨树之是一介书生,却看到了刘公渠的战略重要性。

甘屯子之战一开始,他就动员渠北的住户挖断道路,砌墙堵路。还下令在渠北的树上拉铁丝、结毛绳,在渠边栽木桩堆石头,形成障碍,以阻碍哥萨克骑兵的冲锋。甚至连那座断了的石桥,他也让人当河拉起来,立成了障碍。

哥萨克人打到刘公渠时,他又让人烧掉了木桥。

结果,哥萨克人就立马渠边一筹莫展了 3 天。此时正是河水解冻不久的时候,河中泥水淤积,马踏下去,跋涉艰难,即便能到渠北,又有那么多的障碍和刀枪抵抗……

但到了第十天,朗朗正午忽然艳阳隐匿,惊天动地的大风骤然而起。之后天穹就成了筛子,撒胡椒面似的落黄色沙尘。正当人们为自己无端地被黄沙弄成了土拨鼠的模样而诅咒忿懑时,却忽然发现周身寒彻,气温骤然降到了零下……

很少有人想到这是一场灾难的前兆。

251

一夜之后,沙停风止,刘公渠上的泥水落沙冻得就像混凝土。哥萨克人乘机跃马扬鞭,冲过渠道,又砍又杀越过了渠边障碍、击退了百姓们的抵抗,进入了渠北的草料街。

"苍天无眼!这是要灭我等啊?!"杨树之气得双手哆嗦,夺过一支毛瑟枪,对天打了一枪后,就要往县衙门口的石狮子上撞。

跟在他身边的边一虎等人急忙拉住他,劝说:"县长你看,老毛子虽然过了渠,但寸步难行……"

杨树之回头再看,这才缓过了神。

哥萨克人确实寸步难行,因为所有的街巷道路上都被挖得大坑小坑,面目全非,还垒了街垒,砌了土墙。

09

哥萨克人虽然寸步难移,进展缓慢,却不断扩大着战果。甘屯子人不得已,只好边抵抗边掩护着家眷,一直往北撤退。

第十二天,气温又骤然回暖到了渠水解冻,满渠污泥流淌。

哥萨克人不能在渠道上自由来往,自然被分成了两块。巴维列夫怕渠北的哥萨克形成孤军深入的局面,停止了继续进攻,让主力集中到了草料街。

边一虎就去找杨树之,说:"这是个机会,我们应该乘渠北的哥萨克人不多,把渠北夺回来!"

杨树之正领着刘汗青在城北查看甘屯子河,听了边一虎的话,长叹一口气,说:"兄弟啊,你算算,咱们甘屯子还有多少人能和哥萨克打仗?"

边一虎一听就蔫了:甘屯子人节节抵抗,伤亡惨重,已经没有多少儿子娃娃能冲锋陷阵去和哥萨克人拼命了。

杨树之又说:"你是甘屯子的老户儿,你想想,这甘屯子河往年都是几月来水啊?现在是几月啊?"

边一虎一想又吓了一跳：往年甘屯子河这时候早来洪水了，可今年河里的这些泥水，还是去年的冰雪化的……

"县长，可能今年天气不正常？"刘汗青说。

"天气是不正常。可再不正常，山里的冰雪化了，河里就该来水啊……"杨树之的话让边一虎心惊肉跳：

"县长，那你说这是咋回事儿？"

杨树之望着远远的红山头，摇头叹息了半天。末了，才毫无意义地朝刘汗青和边一虎挥了挥手，答非所问地说："行了，你们俩都去喊人吧。让愿意走的人，赶紧走吧。"

10

刘公渠冻结得突然，哥萨克过来得也突然。所以边家老小没顾上拿啥东西就逃出家门，到了城北。

边一虎边吆喝着让人快出城，边往城北走。他想去吩咐家人都先去红山头躲着，实在不行就进北山。但他途经一处民宅时却被乜掌柜的车户拉住了：

"大兄弟，快去看看。俺家掌柜不行了。"

边一虎进了院子，看见乜掌柜高高地坐在房顶上，就急忙爬了梯子上去。

乜掌柜坐在一张太师椅上，刚吐过血，一动不动，身边围了一圈人。

"乜掌柜，你上这么高干什么？上面风大。"边一虎说。

乜掌柜面如死灰，无言，不动。他身边的家人悄声告诉边一虎：老爷坐了一下午了，在看癞子街。

乜记钱庄在癞子街，前些天癞子街被哥萨克占领时，钱庄就被洗劫一空后烧了。

边一虎正不知道说什么，乜掌柜却开口了："13 年前，我来癞子

253

街的时候……街上只有 7 户人家。现在,上百户了吧……啊,甘屯子到如今的样子不容易! 可这下全毁了,全让狗日的给毁了……"

乜掌柜说到这里又剧烈地吐起了血。

边一虎就劝乜掌柜赶快出城,走人。

"不,我不走。火烧杨树沟是我领着人干的……那些死在沟里沟外的兄弟们……还等着我去收尸哩! 他们是为保卫甘屯子死的,他们的魂儿还没……散哩……"

乜掌柜说着说着就突然咽气了。

乜掌柜的宅院在瘌子街, 他逃难到给自己赶车的车户家后,死在了人家的房顶上。

11

乜掌柜的车户忠诚,怕哥萨克人糟踏他的遗体,就背着乜掌柜出城,要把人葬到城外的山头上。

边一虎跟着送葬的队伍走到城北, 叶子腆着大肚子跑了出来:"边家娃子! 快,去渠边! 找娘! "

边一虎一细问,才知道是边老太太犯了倔劲儿,非要回家拿上那个青花瓷坛子才肯出城。

"那坛子里也没啥,就是炼了一坛子猪油么……"叶子说。

"你懂个鸟! 快出城,去红山头。"边一虎冲叶子大吼一声,转身就跑了。

边一虎找到母亲时,她正边往渠边走,边冲两个阻拦她的伙计嚷嚷:"闪开! 我都 60 多岁了,还有几年活头? 死就死了,我怕啥?! "

边一虎抢步过去,一把抓住母亲的胳膊,还没说话,边老太太就给了他一个耳光:

"你个没良心的! 你爹当年可是舍命给你藏下那坛子元宝的啊? 那青花瓷坛子是你爹留给我们的唯一念想, 你就准备把它丢了走

254

人？"

"娘，你听我说……"

边一虎话没说完，边老太太一把甩开他的手："儿娃子，你怕死，你娘不怕。我就不相信这老毛子不是娘生爹养的，我家啥东西都成他们的了，我拿个坛子他们还能不让……"

她边说边扭身往前走，可她的话还没说完，渠对面就射来一发子弹，准准地打进了她的额头。

她轻唤了一声"哟……"就朝后倒了下去。

边一虎惊呆了。他目瞪口呆地看着母亲朝后倒下去，又目瞪口呆地看着开枪的哥萨克朝他嘻笑，转身，从容离去。

两个伙计已经把边老太太半扶了起来，边一虎这才惊醒过来。

"娘！娘哇……"随着一声撕心裂肺的嚎叫，边一虎扑倒在了地上。

边一虎的母亲享年66岁。

12

边一虎是怎么进入草料街的，不得而知。

边一虎又是怎么拿到家里的青花瓷坛子的，也不得而知。

反正，当天晚上草料街上的冲天大火烧起时，边一虎已经怀抱青花瓷坛子走在了大街上。

他左手抱着青花瓷坛子，右手举着火把，身上还背着一捆油松木劈柴。

他先是用手中的火把点燃一家马厩或者骆驼棚，然后就把火把扔出去，投进院里的草垛，使之点燃，形成新的燃烧点。他小时候放过羊，投掷很准，他又对草料街家家户户的情况了如指掌，哪里有草垛，哪里有柴火，不用看，一道抛物线，扔过去就得，几乎没有失误。

把手中的火把投出去后，他就从背上的劈柴捆里再抽出一根油松木，把头儿往青花瓷坛子一戳，使之沾上一些猪油以便点燃，然后就对着身边的火点燃新的火把,举着再引燃新的马厩骆驼棚,再投出去,再抽新的劈柴……

他不喊不叫,干得从容不迫。

他走的是一个"之"字形,点燃了南边点北边,点完了北边再点南边。

街两边的火光映红了他的身影,也使他的身影飘忽不定,仿佛他自身就在燃烧……

长篇小说

骤起的烈火使沉睡中的哥萨克人惊诧不已瞠目结舌。他们冲到街上,看到边一虎闪烁不定的身影后,都会先傻一阵子,再向边一虎冲锋或者射击。

但已经有些晚了。

他们睡得太沉了,边一虎已经点燃了小半条街他们才惊醒,并且边一虎又是从草料街东头开始放火的。草料街的西头是水门,对于骆驼骡马来说,就是个死胡同。所以这些被烈火和飞弹吓惊了的骡马骆驼,在旋风般向西奔窜的过程中,不是把刚出门的哥萨克人踏倒,就是冲散。并且成群的骡马骆驼挤在西街不是堵住哥萨克人冲锋的路径,就是挡在院门口,让里面的人不敢出来……

不过,还是有人开枪打着了边一虎。但边一虎依然在从容不迫地点火,不紧不慢地前进。

到了后来,整个草料街已经成了一个烈火熊熊的烤肉槽子,才有人冲到了边一虎跟前,砍伤了他的胳膊或者身体的某个部位。

边一虎倒下了。

哥萨克人踏着他的身体抱头鼠窜,骡马骆驼越过他的身体四散逃命。大家都以为边一虎肯定死了,可不到一个时辰,草料街的西头又出现了新的烈火。放火者依然是边一虎……

那天晚上,边一虎像个不死的火神,面对多次的枪打刀砍,多次地从地上爬起,浑身血污,脚步踉踉跄跄地东摇西晃,四处放火。

13

《甘屯子县志》记载:草料街大户边一虎其母有节,不愿家中青花瓷宝物丧失敌手,欲取之,被酋杀。边一虎大忿,乘夜焚烧草料街。大火波及渠北,竟成一片火海,遮天蔽月,其后焦土灰烬厚达3米……

自此,边一虎生死不明,杳如黄鹤。

14

草料街大火烧焦了半个渠北区后,就被忽然而起弥漫几十公里的滚滚沙尘窒息了。

关于这场沙尘暴,蒙古族学者巴特尔在他的学术著作《动荡的亚细亚腹地》中有明确记载:"1919年的那场风暴,应该是近百年来最大的一场陆地龙卷风。它可能孕育于中亚西部,在新疆的北部沙漠形成超强气流,所到之处,摧枯拉朽,风尘弥漫,有时竟达几百公里长,几十公里宽……"

陆地龙卷风是黎明时到达甘屯子的。

据当时的目击者、甘屯子的法定史记官刘汗青老先生在他的回忆录中回忆:

……忽然,随着西北方沉沉云霭中闪出一道强烈的白光,我的耳畔骤然响起了天翻地覆的尖啸,接着就在我感觉自己被一股强力推出城墙作弧状运动飞旋时,我看到早已被打得千疮百孔岌岌可危的东门城楼整体拔地而起,凌空飞向东南二三十米的半空却依然保持着原来的巍巍雄姿……

在全部的感觉只剩下昏头胀脑、灵魂出窍之后,不知过了多久(实际上刘老先生是昏过去了,一直到当天午后才醒来),刘老先生

257

迷离恍惚的感觉中有了宁静感,他试着蠕动了一下才睁开眼:的确,风小了。

他看到尘土飞扬的天空中电闪雷鸣,映得缕缕落沙恍若闪闪的金条,稀薄而飘忽不定。

后来,雷电停息,刘老先生慢慢地爬起来,想回县衙。这时候他才发现一切都变了,变得陌生而荒凉。在微弱的天光中,他看到熟悉的街道和房屋都没了,成了一片瓦砾,而整个甘屯子就像一个大垃圾场……

"回家!"不知为什么当时还没结婚的刘老先生产生了这么一个强烈的愿望,他想找个完整的房子当家,躲避一下。

可他走了不远的一段路后,就发现这个愿望根本不能实现,甘屯子已经没有一处完整的房子了。找不到栖身之地的刘老先生感到自己成了一个孤魂,在踏着柔软的细沙四处飘荡。

后来,当他漫游了足够长的时间后,他发现透过漫漫沙帐,南方渐显出了一团微弱的淡晕。许多古怪的影子也就无声无息地从沙壤中长出来,像古生物的化石复活了一般,神情怪诞地四处游荡——而且全都互不干扰目光呆傻、胳膊忘记摆动地各自盲目行走。

整个黑暗期,只有一个活化石和刘老先生进行过一次对话:

"今儿个三星咋还不见升哩?"

"怕是到四更天哩吧。"

后来,沙雨变稀,天光渐显。刘老先生看见一个被沙尘埋住双腿的姑娘双手抓着破砖烂瓦狂乱地挥舞,大张着嘴仿佛在呼救,却一点声音都没有。他觉得她很像秀姑,就过去试图帮忙,不料满脸感激之色的姑娘却使劲朝他掷砖块,使他无法靠近。他只得放弃营救工作,在阳光彻底复照万物时爬上了县衙的废墟。期间,他数次回头,都看见那姑娘在冲他冷冷地笑。

……

1919 年的那场陆地龙卷风,对于刘汗青他们老一辈的人来说,无疑于一场噩梦。

这场噩梦长达十几日之久。

①顶门子：在100年前的新疆，比较有实力的店铺，平时都会养若干闲人，平时没事时，好吃好喝，大把的银子花着。到了主家遇到危难时，便要出面去顶罪顶死。这些人便被称作顶门子的。

尘土飞扬

第十九章

三天后

沙暴过去

人们不再是从废墟中站起来

而是从黄沙里爬了出来

⋯⋯

哥萨克人一个也不见了

边一虎火烧草料街,哥萨克人损失惨重,次日便退出了甘屯子。

但人们发现哥萨克人退兵却是 3 天后。所以史学界对甘屯子之战的时间计算有分歧,有说共计 13 天的,有说 16 天的。前者是按巴维列夫退兵的可能时间算的,后者则是按照发现城里没了哥萨克人的时间算的。

史学界的这种分歧源于一个基本事实:1919 年的那场黑风暴在到达甘屯子后,当天就把甘屯子搞得满目疮痍,几成废墟。但一天一夜后,它却忽然减弱了许多,甚至有一度人们还看到了太阳的光晕。

就在人们从废墟中站起来,想看看周围的一切成了什么样子时,沙暴却又骤然再起,并且一连持续了三天三夜。这三天三夜,狂风送来的千百吨黄沙几乎快把甘屯子埋掉了。

3 天后,沙暴过去。人们不再是从废墟中站起来,而是从黄沙里爬了出来。

这时候,大家才不约而同地发现:哥萨克人一个也不见了。

这就导致了史学界长期以来的基本认识:巴维列夫部众在遭遇沙尘暴后,退出甘屯子,后下落不明。

但前年,蒙古族学者巴特尔却有了新的发现:他在蒙古高原的库苏古尔湖畔找到了 3 个当年追随巴维列夫的哥萨克人。根据他们的回忆,1919 年巴维列夫确实是在带兵退出甘屯子后,就北去科布多

尘土飞扬

了。不过,他们在穿越沙漠时遇上了更可怕的陆地龙卷风,结果九死一生,只有8个人逃到了科布多。

这8个人后来都在库苏古尔湖畔勤恳牧羊,其中5人现已故去。

事实也应该如此。因为当时与巴维列夫相约暴动的伊塔白匪军,在巴维列夫攻打甘屯子时,其实只有伊犁的诃勒部众按时暴动,但3天后就被歼灭了。巴维列夫成了孤军,无路可走,只能冒险穿越沙漠去科布多了。

02

认为甘屯子之战打了13天的人,是基于这样一个事实:

一天一夜的沙暴过去后,罗家嫂子就回到了她的酒铺。半个月后有人还看到她活着。这就说明哥萨克人应该是在风暴前锋抵达甘屯子的次日撤走的,否则罗家嫂子不可能半个月后还安然无恙。

我认同这个观点也是基于这个事实。

03

风暴的前锋刚过,罗家嫂子就不顾惊沙扑面,回到了她的酒铺。

边一虎火烧草料街,罗家嫂子的客房、后院被烧成了一片灰烬,只有临街的一间铺面幸免于难。

罗家嫂子不屈不挠地干了一个上午,清理出一条甬道,坐进了自己的那间铺面里。

从这个意义上讲,罗家嫂子是第一个重建家园的人。

可惜,她刚坐下,更厉害的第二波沙暴就莅临了……

三天三夜后,她最后的那间铺面成了废墟,在一个新诞生的沙丘上只露着一个墙角。人们看到就在墙角处,那面写着"酒"的幌子却在神奇地飘扬。罗家嫂子就在幌子下面,锲而不舍地刨挖沙丘,清理沉沙。

一些决计离开的人，看见酒幌子，就过来劝罗家嫂子：

"嫂子，别干了，没用。甘屯子废了，走吧。连老毛子都走了……"

"你们走吧。我和老骆驼是在甘屯子认识的，他每次回来都要喝我烫的酒，我是为了他才开这个酒铺的。我不能走！我走了，老骆驼回来就找不到酒，找不到我了……"罗家嫂子说完了继续清理黄沙。

当天晚上，第三波沙暴来临。甘屯子掀起了新的逃亡潮。又有人劝罗家嫂子：

"走吧嫂子，再不走，风沙就要把人埋了。"

"埋了就埋了，我心甘情愿。我得等老骆驼回来喝酒。"罗家嫂子说。

四天四夜后，沙暴真的过去了。甘屯子成了一片黄沙中的废墟。杨树之带着甘屯子最后一批人离开时，看到罗家嫂子独自坐在高高的沙丘上，身边插着那面已经破烂不堪的酒幌子，就过去劝她：

"罗家嫂子，跟上大家走吧！甘屯子河干了，人没法活呀！"

"我不走！我要等老骆驼回来。"罗家嫂子说。

杨树之想让人把她拽起来，跟大家走，却听到她轻声地唱了起来：

城没了哩嘛人在哩，
人没了嘛我在哩。
等不来你嘛梦哈（下）你……

杨树之长长地叹了口气，就领着甘屯子最后的十几户人走了。

半个月后，弥漫的沙尘渐渐远去。尘埃落定后，甘屯子的史记官刘汗青听到一片死寂的废墟上有细如游丝的歌声飘曳："城没了哩嘛人在哩，人没了嘛我在哩……"就寻着声音在沙海中艰难跋涉……

刘汗青找到罗家嫂子时，她已经咽气了，双手还紧紧地抓着酒幌子的旗杆。

史记官记下了这最后的一幕。

263

罗家嫂子终年 46 岁，生前无子，但有许多侄子，其中一个后来到了甘屯子，人都叫他罗子。

04

甘屯子的史记官刘汗青，是最后一个离开甘屯子的人。

杨树之带着最后一批人离开甘屯子时，看见刘汗青依然在认真地书写风暴过后的甘屯子日志，就给了他一匹骆驼，让他跟着走。他留下了骆驼，但拒绝了杨树之的好意，说自己是史记官，一定要记下最后的一切。

半个月后，甘屯子成了寂静的废墟，刘汗青确信废墟上再也没有生命的故事后，才骑上骆驼去了迪化。

刘汗青到了迪化后，把日志交给了杨都督。杨都督请他吃了顿饭后，就把他关押了，一关就关了 23 年。1943 年，盛世才抓杀共产党人，监狱放不下人了，刘汗青才被释放。次年，三区革命爆发，包尔汉也被释放。

刘汗青 1943 年被放出时，时年 49 岁，这事有案可查。但他一直说他是 1944 年和包尔汉一块被放出来的。他被关了 23 年，有点学会不尊重历史了。

05

我父亲杨树之可能是第一个知道甘屯子未来的人。

早在他决定把刘公渠作为抵抗哥萨克人的最后一道防线时，他就已经发现了事情有些不妙。他在组织抗敌防线时就注意到了刘公渠的水不对劲，渠里只有融化的冰雪水，没有新年的雪山水。为此他天天瞭望红山头，还偷偷出城，查看甘屯子河的水情。

三天三夜的沙暴停歇的那天，他以为黑风暴过去了，就一清早骑了匹骆驼进了北山。

杨树之进到了北山的什么地方,看到了什么,不得而知。但有一点可以肯定,他明白了甘屯子河在 1918 年的那场地震中已经改道断流了。

那天他是伏在骆驼上,昏昏沉沉地回来的。

当时,甘屯子人要么在哀叹家园被毁,要么在寻找亲人,只有少数的人在准备和正在逃亡。

沉浸在恐惧和丧失亲人、牲畜、财物的巨大悲痛中的人们,看到县长半死不活地回来,以为找到了主心骨,都懵头懵脑地问他怎么办?

他却不说话,无声地哭了。

他一哭,许多人也就跟着哭了。就在大家都哭声一片的时候,却听到杨树之声音洪亮地喊了一嗓子:"大家可知道?甘屯子河干了?"

百姓们全被县长的这一句话给问懵了,半天回不过神来。

"还不明白啊?甘屯子河没水了,去年就没水了。我今天才去看的,没水了,以后也没水了。快,大家都逃命去吧!待在这儿是死路一条!"大家都被沙暴整得头脑迟钝到了麻木的程度。半晌,才有人回过了神:"县长说得对!甘屯子完了,快走啊,逃命要紧!"

于是大群的人开始结队逃亡,离开甘屯子。

但也有人听了杨树之的话,怒火中烧,朝他吐唾沫,骂他是狗官,不想着抗灾救人,重建家园,却号召人们逃离甘屯子。

但这些人很快也发现,他们其实也应该逃亡。

因为几个时辰后,第三波沙暴就来了,一下子刮了四天四夜。之后,它停息了。

沙暴停息的当天,杨树之亲自组织,带走了那十几户 4 天前还骂他唾他的甘屯子人。

他们走的时候,甘屯子河已经被沙尘湮埋成了一条浅沙沟。天上依然是日月无光,落沙不断。

尘土飞扬

杨树之他们是提着马灯走的。

06

我父亲杨树之逃回迪化后，就隐入了市井之中。

听我母亲说，他一直对1919年哥萨克人攻打甘屯子时，杨增新没派一兵一卒驰援耿耿于怀。故尔，到了1928年他就暗中参加了枪杀杨增新的"七七政变"，之后就逃出迪化，下落不明。

我父亲杨树之逃出迪化时，把家产全留给了我母亲。那时候我母亲不到30岁，我刚3岁。

我14岁初中毕业时，我母亲让我上了迪化师范专科学校。她说，我父亲杨树之之所以给我取名翰林，是希望我成为一个有学问的教书先生。因为他在甘屯子当县长的时候，很想在当地办一个学校，可这个愿望他最终没有实现。

但我师专还未毕业时母亲突然病故。家中无以供给，我只得去"当兵吃粮"，成了陶峙岳骑兵部队中的一个兽医。

我在旧军队时，听一个张姓连长说过，"七七政变"时，他奉命带兵追缉过一个嫌疑人，那人逃到甘屯子废墟后，渴死了。

根据张姓连长的肖像描述，我怀疑那个嫌疑人就是我父亲杨树之。他是渴死在甘屯子一口枯井边上的。

07

甘屯子湮没10年后，哈斯木回到了甘屯子。

他爬上红山头，举目四望，不禁呆若木鸡。

皮货行没了！甘屯子也没了！

展现在他面前的是一片大沙暴过后的死寂。黄色的沙海无边无涯一直伸向隐约的雪山，深邃浩大的天空中悠悠地孤浮着几朵黄云。极目远处,天边是一片惨白的云霞,冬天的太阳悬浮在纹丝不动的云霞中,大得惊人,红得像血,让人惊心动魄,恐惧战栗……

哈斯木走进沙丘不断的废墟,刨开沙子,在颓废的城墙上挖出了一把锈迹斑斑的马刀,又在沙土中挖出了一个簸箕。他就用这两件东西四处探索、挖掘,最后找到了自己的家。

他的家已经彻底荒废,成了埋在黄沙下的一堆灰烬。

哈斯木刨开黄沙黑灰,看到自己种下的一棵桑树已经成了朽木……

哈斯木在那棵已成朽木的桑树旁打下了废墟上的第一口井。

那时候的甘屯子已经被人叫成了干屯子。

08

杨翰林的笔记到此结束了,隔了一个空白页,他抄录了一段关于甘屯子的史料:

1919 年,甘屯子城湮没后,杨增新撤了甘屯子县,归镇西县。甘屯子离镇西县城远,要七八天的马路(马车走七八天),百姓怨声载道。但杨增新充耳不闻,不管不问,可能是希望人们淡忘甘屯子曾有县治这件事儿。

1928 年,迪化发生"七七政变",杨增新被部下樊耀南枪杀,金树仁接任新疆省主席。1931 年,哈密改土归流,废除王制。金树仁因哈密王的缘故,通令恢复甘屯子县。谁知那个倒霉的县长,在接了委任状,带了官印到镇西和镇西县长交接时,马仲英进疆了,一下子占了镇西县。这县长当时已经和镇西县长交割完了县志图册、户籍人口,可被乱枪打死了,委任状、官印、县志图册、户籍人口表册等,全都留在了镇西县衙。

其后,马仲英腰部受重伤,又考虑到金树仁正在重新布置军队,自己后方有马步芳、马鸿奎等人为患,加上隆冬将临,部队无御寒棉

267

衣等物,将士思乡心切等因素,只好下令部队分批偷偷撤离新疆,回安西、玉门、敦煌一带驻扎。

1932年8月,马仲英见金树仁统治集团内部相互倾轧,危机四伏,遂第二次进入新疆。次年5月,马仲英派兵再次攻占镇西县城,并委任马履康为县长,将金树仁政府委任的县长李含荃押解至哈密,并于同年12月杀害于哈密北沙窝。

1933年末,"四·一二政变",金树仁东归。盛世才忙着和马仲英以及南疆的穆罕默德·伊敏打仗,根本顾不上甘屯子县治的事儿。

甘屯子成了一个有人有地、有名份有法律依据,但没县长没政权的县。只是后来的镇西县长为了中饱私囊,隐瞒事实,偷偷地向甘屯子百姓摊捐收税。

5年后,1937年,"八路军驻新疆办事处"成立,八路军为帮助盛世才恢复经济,提出了甘屯子县治问题。盛世才心眼多,怕是共产党人跟他要官,推脱说:"新疆没干部啊,等你们恢复一下,派个人去当县长吧。眼下就先让镇西那个县长代管着吧,我看他管得还不错。"

后来,又过了6年,盛世才开始杀起了共产党人。再后来,三区革命爆发,再后来新疆成立联合政府。那些年新疆尽是多事之秋,甘屯子的事儿谁也顾不上。

再后来,到了1950年,解放军的边建新才带人建立了县政权。

从金树仁算起,甘屯子有县的名份,没县长没政府,也有19年了。

09

杨翰林的书稿到此结束,没有落款,没有时间。我仔细翻阅了第六本笔记后面的那些空白页,确信杨翰林真的一字未著后,有些遗憾。

268

我相信杨翰林不是在写小说，但他所创造的文本的确很像小说。根据小说叙事的主人公原则，我以为他至少应该对边家人后来的结局做一交代。

　　但杨翰林没有。

　　现在，我补充上吧。

　　边一虎在火烧草料街的当天就失踪了。有人说他被火烧死了，有人说他被沙暴埋掉了。总之，不管是哪种说法，大家都相信边一虎是很英雄地死了。

　　但是到了1931年，却有一个相对可靠的消息说：边一虎去了苏联，还当了红军。这消息是秀姑从一个逃难者嘴里听说的。——那年，马仲英第一次进疆，攻占了镇西县，有一伙逃难者从镇西县逃到了北山。

　　按那个镇西县逃难者的说法，他是和边一虎1920年从霍尔斯山口去的苏联，后来他回到了镇西，边一虎没回，因为当了红军。那个镇西县逃难者还说，边一虎告诉过他，在甘屯子的某地某处，他丢掉过一个家传的青花瓷坛子，他就是靠那个坛子里的元宝发家的……

　　秀姑说她当时根本不信，因为边一虎发家的故事大家都知道。但几年后，她下山化缘时，却意外地在一个户儿家的窗台上看到了边家的瓷坛子。一问，那家人说是在甘屯子的废墟上捡的。再一问，那家人说的捡拾地点正是那个镇西逃难者说的某地某处。

　　这就是我说消息"相对可靠"的原因。

　　秀姑是出家人，不打诳语。

　　叶子是第一波沙暴停歇的时候出城走的。

　　由于边一虎的英雄行为，叶子和3岁的女儿受到了烈士遗孀应有的尊敬和照顾。大家怕叶子怀孕的身子颠簸后出意外，特别弄了一架大爬犁，由一匹骆驼拉着在沙地上滑行。哭哭啼啼的叶子坐在

269

放了 3 床被子的爬犁上应该走得很平顺很安全。

可她还是在途中早产了。

早产的结果是:叶子满脸欣慰地告别人间,边建新呱呱坠地。

因为新生儿需要奶水,大家就把边建新托付给了一个安西女人——那女人的儿子当时刚刚满月,而把边一虎的女儿和边家的其他人带回了镇番。

安西女人家也是拉骆驼的,边建新小时候放羊,到了 14 岁时就跟着那家人拉骆驼,常年跑银川、内蒙、兰州、宝鸡、西安,最远到过张家口。

跑着跑着边建新就跑到革命的队伍中来了。

据说是兵荒马乱的一天黎明,边建新被一阵枪声惊醒,发现驼队的人都逃了。他害怕,又担心店家跟他要房钱,看到店前人影幢幢地有一队扛枪的人赶路,就跟上了这支队伍。结果他一跟就跟到了陕北。当时他 21 岁。他跟上的那支队伍就是李大个子带的队伍。

后来,大军进疆,边建新就到了甘屯子,不久,成了著名的边瞎子……

关于边家后来的事儿,我所能补充的就这么多。它们基本上都是当年我听刘汗青和秀姑说的。

秀姑是出家人出身,不打诳语。刘汗青是史记官,懂得自律。所以这些事儿都应该是真的。

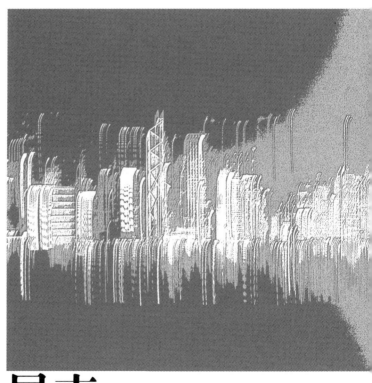

尾声

他们写了条横幅：守望母亲河

01

我把杨翰林的书稿让人打印出来，准备直接递给市长时，杨子来了电话，说他们在北山建立生态保护区的建议案已经由市人大通过，政府相关部门已经发文，严打偷开小煤窑、挖掘发菜的犯罪行为。目前，大批警力正陆续进山，在水工团的配合下，打击破坏生态的犯罪，为设立保护区做准备……

"那么，你们还要去北山吗？"我问。

杨子说："要去。我得去守望边儿和飞飞，守望甘屯子河……"

当天，我去给杨子还杨翰林的笔记，看到他家里聚集了许多人。他们都是年轻的志愿者，他们写了条横幅：守望母亲河。

02

创办生态公司审批手续需要时间，杨子他们着急，就先成立了一个"保护北山河源生态协会"，成员全是志愿者。

这个协会得到了市政府的高度重视，作为长期监护甘屯子河北山河段的志愿者,杨子、孔明等人被赋予了"保护河源,长期监护北山生态变化,定期提供预测报告"的任务。同时,市政府还将每年拨出专项资金,由市环保局、水工团和协会联合负责,用于北山生态绿化。

但杨子还是卖掉了房子,要和卖掉车行的孔明合资去北山河谷植树。

"反正我也用不着市区里的房子了,卖了它,把钱拿来种树,最符合边儿的心愿。"杨子说。

03

又一场尘土飞扬的大风过后,杨子他们进山了。

杨子抱着边家祖传的青花瓷坛子,身后跟着孔明,还有二三十个志愿者。

按照边儿的遗嘱,杨子把边儿的骨灰装进了青花瓷坛子。但他改变了边儿的另一条遗嘱,自作主张要把青花瓷坛子埋在老龙口。

杨子他们为了引人关注,举着那条"守望母亲河"的横标,要徒步走进北山。

我送他们到红山头。

在红山头上,我们祭奠了瞎子边建新的墓地,同时取消了边儿的那片墓地,种上了一棵旱柳。

边瞎子生前说过:"我得在红山头上看着,别让哪个狗日的把咱们甘屯子给糟踏了。"

就为这句话,人们把他埋到了红山头上。

边瞎子的墓地在山顶上,不大,但肃穆。因为周围有片绿化带。

274

边瞎子和他的女儿，一老一小，一头一尾，守着甘屯子河，合适。我想。

我这样想的时候，看到杨子在边瞎子的墓地前跪了下去："爸啊，你看着吧，10年后，我们要让北山变成绿树成荫的生态山！"我听见杨子喃喃地说。

"叔！"孔明偷偷地指了指杨子身边的坛子，对我耳语说，"听说边儿她爷爷就是为了这个瓷坛子，吃苦受累跑到甘屯子来的？"

"最初……是，后来不是！"我说。

"那我爷爷孔老三呢？他是为什么到甘屯子来的？"

"这个……我不知道。但我知道，你们的爷爷奶奶父亲母亲，都心甘情愿地为甘屯子付出了一切！包括生命。"

孔明点点头，就走过去拉起杨子，和我挥手告别了。

他们带着那群年轻的志愿者走进北山的时候，我看了看表，时间是2008年6月6日，早上8点多快9点的时候。

尘土飞扬